dtv

»Dass wir uns hier treffen und miteinander sprechen, ist kaum zu glauben. Viele Gebete müssen dem vorangegangen sein.« In zehn meisterhaften Geschichten erzählt Yiyun Li von dem komplizierten Verhältnis zwischen Menschen, die einander lieben wollen und sich doch nicht verstehen: Eltern, deren Kinder die in sie gesetzten Erwartungen nicht erfüllen; eine sitzen gelassene Lehrerin, die sich mit Sonnenblumenkernen und englischen Romanen darüber hinwegtröstet, dass ihr Jugendfreund sie nicht wie versprochen nach Amerika geholt hat; der Sohn, der sich nicht verheiraten lassen möchte, weil er nur Männer liebt. Das alte und das neue China prallen aufeinander – und manchmal reichen eben selbst tausend Jahre frommen Betens nicht aus, um Wünsche in Erfüllung gehen zu lassen.

Yiyun Li, geboren 1972, wuchs in Beijing auf und lebt seit 1996 in den USA. Ihre Kurzgeschichten und Essays wurden unter anderem im ›New Yorker‹ und in der ›Paris Review‹ veröffentlicht. Für ›Tausend Jahre frommes Beten‹ erhielt sie unter anderem den PEN/Hemingway Award und den Guardian First Book Award. Ihr hochgelobter Roman ›Die Sterblichen‹ stand auf der Shortlist des Internationalen Literaturpreises. Yiyun Li lebt mit ihrer Familie in Oakland, Kalifornien, und lehrt am Mills College.

Yiyun Li

Tausend Jahre frommes Beten

Erzählungen

Aus dem Amerikanischen
von Anette Grube

Deutscher Taschenbuch Verlag

Von Yiyun Li
ist im Deutschen Taschenbuch Verlag erschienen:
Die Sterblichen (14096)

Ausführliche Informationen über
unsere Autoren und Bücher
finden Sie auf unserer Website
www.dtv.de

MIX
Papier aus verantwortungsvollen Quellen
FSC® C019821

2014
Deutscher Taschenbuch Verlag GmbH & Co. KG,
München
Lizenzausgabe mit Genehmigung des Carl Hanser Verlag

Die amerikanische Originalausgabe erschien 2005
unter dem Titel ›A Thousand Years of Good Prayers‹
bei Random House in New York.
Umschlagkonzept: Balk & Brumshagen
Umschlaggestaltung nach einem Entwurf
von Peter-Andreas Hassiepen, München,
unter Verwendung einer Fotografie von
Weng Peijun (Weng Fen)
Druck und Bindung: Druckerei C.H.Beck, Nördlingen
Gedruckt auf säurefreiem, chlorfrei gebleichtem Papier
Printed in Germany · ISBN 978-3-423-14315-8

Tausend Jahre frommes Beten

Überzählig

GROSSMUTTER LIN geht an einem Novembernachmittag mit einem Essensbehälter aus rostfreiem Stahl in der Hand durch die Straße. In dem Behälter befindet sich eine offizielle Bescheinigung ihrer Arbeitseinheit. »Hiermit bestätigen wir, dass Genossin Lin Mei ehrenhaft aus der Kleiderfabrik Roter Stern, Beijing, ausgeschieden und in den Ruhestand getreten ist«, steht in leuchtendgoldenen Schriftzeichen auf dem Dokument.

Es ist nicht darauf vermerkt, dass die Kleiderfabrik Roter Stern bankrott ist oder dass Großmutter Lin, auch wenn sie ehrenhaft in den Ruhestand getreten ist, keine Rente bezieht. Selbstverständlich wird diese Information nicht mitgeteilt, denn diese Fakten entsprechen einfach nicht der Wahrheit. »Bankrott« ist das falsche Wort für einen staatseigenen Betrieb. »Interne Reorganisation« bleibt auf der Bescheinigung gnädigerweise unerwähnt. Und abgesehen davon wird Großmutter Lins Rente nur vorübergehend zurückgehalten. Wie lange, dafür bleibt die Fabrik die Information schuldig.

»Selbst in den Bergen gibt es einen Weg«, sagt Tantchen Wang, Großmutter Lins Nachbarin, als sie von Großmutter Lins Lage erfährt.

»Und wo ein Weg ist, ist immer auch ein Toyota.« Die zweite Zeile des Toyota-Werbespruchs rutscht Großmutter Lin unwillkürlich heraus.

»Na also, Großmutter Lin. Ich weiß, dass Sie ein optimistischer Mensch sind. Bleiben Sie positiv eingestellt, und Sie werden Ihren Toyota finden.«

Doch wie um alles in der Welt soll sie ihre versiegenden Ersparnisse wiederauffüllen? Tagelang addiert, subtrahiert und dividiert Großmutter Lin und gelangt zu dem Schluss, dass ihre Ersparnisse in einem Jahr aufgebraucht sein werden – in zwei Jahren, wenn sie hin und wieder eine Mahlzeit auslässt, gleich nach Sonnenuntergang ins Bett geht und sich warm zudeckt, so dass sie den unersättlichen Ofen im langen Winter im Norden Chinas nicht noch zusätzlich mit Kohlen füttern muss.

»Machen Sie sich keine Sorgen«, sagt Tantchen Wang, als sie sich das nächstemal auf dem Markt treffen, und blickt hinunter auf den einzelnen Rettich, den Großmutter Lin für ihr Abendessen gekauft hat und wie einen rundlichen Buddha in den Händen hält. »Sie können ja immer noch heiraten.«

»Heiraten?« sagt Großmutter Lin und wird rot.

»Seien Sie doch nicht so altmodisch, Großmutter Lin«, sagt Tantchen Wang. »Wie alt sind Sie?«

»Einundfünfzig.«

»Dann sind Sie ja jünger als ich! Ich bin achtundfünfzig, aber ich bin nicht so altmodisch wie Sie. Wissen Sie was? Die jungen Leute haben kein Monopol mehr aufs Heiraten.«

»Machen Sie sich nicht über mich lustig«, sagt Großmutter Lin.

»Ich meine es ernst, Großmutter Lin. Es gibt so viele alte Witwer in der Stadt. Es sind bestimmt wohlhabende und kranke alte Männer dabei, die jemand brauchen, der sich um sie kümmert.«

»Sie meinen, ich könnte eine Stelle als Betreuerin bei einem alten Mann finden?« fragt Großmutter Lin.

Tantchen Wang seufzt und stupst ihr mit dem Finger gegen die Stirn. »Benutzen Sie doch Ihr Gehirn. Nicht als Betreuerin, sondern als Ehefrau. Dann können Sie zumindest Geld erben, wenn Ihr Mann stirbt.«

Großmutter Lin stockt der Atem. Sie war nie verheiratet, und der Gedanke an einen toten Ehemann macht ihr angst. Doch Tantchen Wang trifft auf der Stelle, zwischen zwei Fischständen, eine Entscheidung und findet binnen kurzem einen Mann für Großmutter Lin.

»Sechsundsiebzig. Hoher Blutdruck und Diabetes. Seine Frau ist gerade gestorben. Er wohnt allein in einer Wohnung mit drei Schlafzimmern und hat eine Rente von zweitausend Yuan im Monat. Beide Söhne sind verheiratet und verdienen gutes Geld bei der Regierung«, erzählt Tantchen Wang und wundert sich, dass Großmutter Lin gar nicht beeindruckt ist. »Also, Großmutter Lin, wo sonst finden Sie einen so guten Mann? Der alte Mann wird bald sterben, und die Söhne sind so reich, dass sie nichts dagegen haben werden, Ihnen was von seinen Ersparnissen abzutreten. Ich sage Ihnen, das ist die geeignetste Familie weit und breit. Ihre Schwelle ist ganz abgetreten von den Füßen der Heiratsvermittler. Aber von allen Frauen interessieren sie sich nur für Sie. Und warum? Weil Sie nie verheiratet waren und keine Kinder haben. Warum waren Sie eigentlich nie verheiratet, Großmutter Lin? Sie haben uns den Grund nie gesagt.«

Großmutter Lin öffnet und schließt den Mund. »Es hat sich einfach nicht ergeben«, sagt sie.

»Sie müssen es mir nicht erzählen, wenn Sie nicht wollen. Jedenfalls wollen sie niemand mit einem Haufen Kinder und Enkelkinder. So einer Stiefmutter würde ich auch nicht trauen. Wer kann schon garantieren, dass sie den alten Mann nicht bestiehlt, um ihren Kindern etwas zukommen zu lassen? Sie sind die Beste. Ich habe zu ihnen gesagt, wenn es nur noch einen ehrlichen Menschen auf der Welt gäbe, dann wären Sie es, Großmutter Lin. Warum zögern Sie noch?«

»Warum holen sie sich nicht jemand, der ihn pflegt?« fragt Großmutter Lin und denkt dabei an die zwei Söhne, die bald ihre Stiefkinder werden könnten. »Wäre das langfristig nicht billiger?«

»Wissen Sie denn nicht, wie diese jungen Hausmädchen sind? Sie sind faul und stehlen Geld – und auch Ehemänner, wenn sie von einem jungen Paar angestellt werden. Sie lassen die alten Leute den ganzen Tag in ihrer eigenen Kacke sitzen. So ein Mädchen nehmen? Pfui. Da würde er nur noch schneller sterben.«

Großmutter Lin muss zugeben, dass eine ältere Frau als Ehefrau in der Tat eine gute Entscheidung ist. Begleitet von Tantchen Wang, geht Großmutter Lin zu dem Vorstellungsgespräch zu den beiden Söhnen und ihren Frauen. Nachdem sie eine Stunde Fragen gestellt haben, wechseln die Söhne einen Blick und wollen von Großmutter Lin wissen, ob sie noch Zeit brauche, um über das Heiratsangebot nachzudenken. Da sie nicht viel nachdenken muss, zieht sie eine Woche später in ihr neues Heim. Ihr Mann, der alte Tang, ist kränker, als sie gedacht hatte. »Alzheimer«, sagt eine Schwiegertochter beim Hochzeitsessen.

Großmutter Lin nickt. Sie weiß nicht, was für eine Krankheit es ist, vermutet jedoch, dass es etwas mit dem Gehirn zu tun hat. Sie stützt ihren Mann mit beiden Händen und führt ihn zum Tisch, hilft ihm, sich zu setzen, und wischt ihm den Speichel vom Kinn.

Großmutter Lin wird Ehefrau, Mutter und Großmutter. Sie erinnert sich nicht mehr, wie alt sie war, als die Leute anfingen, sie statt Tantchen Lin Großmutter Lin zu nennen; unverheiratete Frauen altern schneller als verheiratete, glauben die Leute. Es ist auch nicht mehr wichtig, denn sie meint, ihrem Namen alle Ehre zu machen.

Jede Woche schaut einer der beiden Söhne vorbei, erkundigt sich nach dem Befinden des alten Tang und lässt das

Geld für die nächste Woche da. Der alte Tang ist ein stiller Mann. Er sitzt in seinem Sessel neben dem Fenster, versunken in unergründlichem Schweigen. Hin und wieder fragt er Großmutter Lin nach seiner Frau, und sie erwidert, wie mit den Söhnen abgesprochen, dass sich seine Frau im Krankenhaus erholt und demnächst nach Hause zurückkehren wird. Doch kaum hat sie geantwortet, scheint der alte Tang alles vergessen zu haben und nimmt seine Meditation wieder auf, ohne zu erkennen zu geben, ob er sie gehört hat. Sie wartet auf weitere Fragen, die nie kommen, und schließlich gibt sie es auf. Sie stellt den Fernseher lauter und schlurft durchs Haus, fegt und wischt Staub, poliert und wäscht, doch jeden Tag wird sie mit der Hausarbeit früher fertig. Dann setzt sie sich aufs Sofa und schaut Seifenopern. Im Gegensatz zu Großmutter Lins früherem Zwölf-Zoll-Gerät, bei dem sie aufstehen und durchs Zimmer gehen musste, wenn sie den Kanal wechseln wollte (und dank der Antenne aus zwei blechernen Essstäbchen hatte sie insgesamt sechs Kanäle), ist der Fernseher des alten Tang ein Monster mit zahllosen Programmen, die alle einer kleinen Fernbedienung gehorchen. Verwirrt von der großen Auswahl und dem mühelosen Wechseln der Kanäle, merkt Großmutter Lin schnell, dass ihr das Gerät nicht guttut. Gleichgültig, welche Sendung sie sieht, sie macht sich ständig Sorgen, dass sie eine interessantere versäumt. Nach ein paar Tagen dieses neuen Lebens stellt Großmutter Lin erstaunt fest, dass sie nicht mehr wie in den letzten zehn Jahren fernsehsüchtig ist. Hat die Ehe eine so umstürzlerische Macht, dass eine langjährige Gewohnheit in so kurzer Zeit über Bord geworfen werden kann?

Großmutter Lin seufzt und schaltet den Fernseher aus. Der alte Tang nimmt die Stille, die das Zimmer überflutet, nicht wahr. Da wird ihr klar, dass ihre Unfähigkeit, sich zu konzentrieren, nicht auf den Fernseher, sondern auf die Anwesenheit des alten Tang zurückzuführen ist. Sie greift nach einer alten Zeitschrift und späht darüber hinweg zum alten Tang. Aus zehn Minuten werden zwanzig, und sie schaut ihn immer noch an, während er sich hartnäckig weigert, sie anzusehen. Sie wird den merkwürdigen Verdacht nicht los, dass der alte Tang gar nicht krank ist. Er weiß, dass sie da ist, und beobachtet sie insgeheim. Er weiß, dass ihn die Frau, mit der er vierundfünfzig Jahre verheiratet war, für immer verlassen hat, und dass Großmutter Lin seine neue Frau ist, doch er weigert sich, diese Tatsache zur Kenntnis zu nehmen. Er tut so, als hätte er den Verstand verloren, und erwartet, dass sie mitspielt, als wäre sie eine angestellte Pflegerin. Doch Großmutter Lin beschließt, nicht nachzugeben. Er ist ihr Mann; sie ist seine Frau. Die Heiratsurkunde verwahrt sie sicher unter ihrem Kopfkissen. Sollte der alte Tang ihre Geduld auf die Probe stellen wollen, so ist sie bereit, sich prüfen zu lassen; Großmutter Lin ist entschlossen, dieses Tauziehen zu gewinnen. Sie legt die Zeitschrift weg und schaut dem alten Tang unverwandt ins Gesicht, will ihn zwingen, wegzusehen. Minuten dehnen sich zu einer Stunde, und plötzlich schreckt Großmutter Lin auf, voller Angst, dass auch sie dabei ist, den Verstand zu verlieren. Sie steht vom Sofa auf und streckt sich, spürt das leise Knacken ihrer arthritischen Gelenke. Sie blickt hinunter auf den alten Tang, der noch immer dasitzt wie eine Statue. Doch, er ist ein kranker Mann, denkt sie und schämt sich, grundlos am alten Tang gezweifelt zu haben, einem Mann, der so wehrlos ist wie ein neugeborenes Baby. Sie geht rasch in die Küche und kehrt mit einem Glas Milch zurück. »Zeit für die Milch«, sagt sie und tätschelt dem alten Tang die Wange, bis er zu trinken beginnt.

Dreimal am Tag gibt ihm Großmutter Lin eine Insulinspritze. Nur dabei erhascht sie einen Blick auf das im alten

Tang verbliebene Leben, das kleine Zucken des Muskels, wenn sie ihm die Nadel in den Arm stößt. Wenn sie sie wieder herauszieht, bildet sich manchmal ein kleiner Blutstropfen, den sie statt mit einem Wattebausch mit der Fingerspitze abwischt, verzückt von der seltsamen Vorstellung, dass sein Blut in ihren Körper sickert.

Mehrmals am Tag wäscht Großmutter Lin den alten Tang: morgens und bevor er ins Bett geht und wann immer er in die Hose macht und sich beschmutzt. Am besten an der Ehe gefällt ihr das eigene Bad. Ihr ganzes Leben lang hat sie ein öffentliches Badehaus benutzt, mit anderen glitschigen Körpern um das lauwarme Wasser gekämpft, das aus rostigen Duschen tropfte. Jetzt, da sie ein eigenes Bad hat, lässt sie keine Gelegenheit aus, es zu benutzen.

Der alte Tang ist der einzige Mann, den Großmutter Lin vollkommen nackt gesehen hat. Als sie ihn das erstemal auszog, blickte sie immer wieder verstohlen auf den Penis, der in einem Nest aus dünnen Haaren lag. Sie fragte sich, wie er wohl in jüngeren Jahren ausgesehen hatte, und verscheuchte diesen unreinen Gedanken augenblicklich wieder. Die zerbrechliche Nacktheit des alten Tang erfüllte ihr Herz mit einer unbekannten Zärtlichkeit, und seitdem pflegt sie seinen Körper mit mütterlichen Händen.

Eines Abends Ende Februar führt Großmutter Lin den alten Tang zu dem Plastikstuhl in der Mitte des Badezimmers. Sie knöpft seinen Schlafanzug auf, und er hebt die Arme, wie sie es verlangt, und lehnt den Kopf an ihre Schulter. Sie nimmt den Duschkopf und lässt warmes Wasser über den Körper laufen, legt eine Hand auf seine Stirn, damit ihm das Wasser nicht in die Augen spritzt.

Großmutter Lin sitzt auf dem Boden und massiert die Beine des alten Tang, als er sie mit der Hand an der Schulter berührt. Sie schaut auf, und er blickt ihr in die Augen. Sie schreit auf und weicht vor ihm zurück.

»Wer sind Sie?« fragt der alte Tang.

»Alter Tang«, sagt Großmutter Lin. »Sind Sie das?«

»Wer sind Sie? Warum sind Sie hier?«

»Ich lebe hier«, sagt Großmutter Lin. Sie bemerkt, dass sein Blick ganz und gar luzide ist, und erschrickt. Einen solchen Moment der Klarheit gibt es nur, wenn der Tod kurz bevorsteht. Großmutter Lin hat das gleiche Licht zwei Jahre zuvor in den Augen ihres Vaters gesehen, wenige Stunden bevor er starb. Sie will sofort einen Arzt holen, doch ihre Füße kleben am Boden, und sie kann den Blick nicht von seinen Augen wenden.

»Ich kenne Sie nicht. Wer sind Sie?«

Großmutter Lin senkt den Blick. Sie trägt einen leuchtendgelben Plastikumhang und grasgrüne Gummistiefel, ihre Kleidung für das Bad. »Ich bin Ihre Frau«, sagt sie.

»Sie sind nicht meine Frau. Sujane ist meine Frau. Wo ist Sujane?«

»Sujane ist nicht mehr unter uns. Ich bin Ihre neue Frau.«

»Sie lügen«, sagt der alte Tang und steht auf. »Sujane ist im Krankenhaus.«

»Nein«, sagt Großmutter Lin. »Das war gelogen.«

Der alte Tang hört sie nicht. Er stößt Großmutter Lin von sich, und plötzlich hat er Kraft in den Armen. Großmutter Lin hält ihn fest, aber er wehrt sich mit unkontrollierbarer Wucht. Sie lässt ihn los, weil sie nicht weiß, warum sie mit ihrem Mann wegen einer toten Frau streiten soll. Doch er schlägt weiter auf die Luft ein und sinkt zwei Schritte von ihr entfernt in eine Pfütze Seifenwasser.

Niemand beachtet Großmutter Lin bei der Beerdigung. Sie sitzt in einer Ecke und hört den Männern und Frauen zu, die hergekommen sind, um über das Leben des alten Tang zu sprechen: ein fähiger Physiker und großer Lehrer, ein liebender Ehemann, Vater und Großvater. Nachdem die Redner zu Ende gesprochen haben, schütteln sie den Mitgliedern der Familie die Hand. Sie, die am Ende der Reihe steht, ignorieren sie.

Ich habe ihn nicht umgebracht, sagt Großmutter Lin in Gedanken zu jeder Person. Er hatte schon angefangen zu sterben, bevor er fiel. Aber sie spricht die Wahrheit nicht aus, sondern gesteht statt dessen ihre Nachlässigkeit ein. Es würde ihr sowieso niemand glauben, denn nur sie hat das Licht in seinen Augen gesehen, das letzte Aufleuchten vor der ewigen Nacht, den kurzen Moment der Klarheit vor dem Ende.

Großmutter Lin bekommt nicht einen einzigen Cent von den Ersparnissen des alten Tang. Sie hat den alten Tang nur zwei Monate gepflegt und ihn in den Augen vieler Verwandter mit ihrer Unachtsamkeit umgebracht. Sie trägt es den beiden Söhnen nicht nach. Sie kann nur an ihren Verlust denken, der tausendmal schmerzhafter als ihr eigener sein muss. Als ihr ein Sohn den Vorschlag macht, eine Stelle in einem privaten Internat anzunehmen, das von einem seiner Freunde geführt wird, bricht Großmutter Lin vor Dankbarkeit fast in Tränen aus.

Die Akademie Mei-Mei befindet sich in einem Ausflugsort in den Bergen am westlichen Stadtrand von Beijing und ist stolz darauf, eine der besten Privatschulen im Land zu sein. Sie ist untergebracht in einem der wenigen vierstöckigen Gebäude, die in der Gegend gebaut werden durften. (»Beziehungen, Beziehungen«, sagt der Koch zu Großmutter Lin an dem Tag, als sie dort eintrifft – wie sonst hätte die Schule die Baugenehmigung bekommen sollen, wenn nicht dank ihrer mächtigen Geldgeber?) Privatschulen und andere Privatunternehmen sprießen im ganzen Land aus dem Boden wie

Bambusprossen nach dem ersten Frühlingsregen. Verwandte hochrangiger Kader der Kommunistischen Partei werden über Nacht zu Fabrikbesitzern, sie sind im landesweiten Fernsehen zu sehen als Repräsentanten der neuen proletarischen Unternehmer.

Jetzt, da sie Dienstmädchen in der Akademie ist, kann sich Großmutter Lin kein besseres Leben vorstellen. Jede Mahlzeit ist ein Festessen. Es gibt Fleisch und Fisch im Überfluss. Das Gemüse ist grüner als auf dem Markt. Alles wird von einem kleinen ökologischen Bauernhof produziert, der auch den Präsidenten und den Ministerpräsidenten und ihre Familien versorgt – das sagt zumindest der Koch.

Manchmal ist Großmutter Lin betrübt, dass so viel gutes Essen in den Abfall wandert. Sie kommt jetzt zu spät zu den Mahlzeiten und wartet, bis die Schüler gegessen haben. Überall im Speisesaal welkt nichtangerührtes Gemüse auf den Tellern; gestrandete Fische liegen auf ihren halbgegessenen Bäuchen. Großmutter Lin löffelt die Reste auf ihren Teller und träumt davon, sie jeden Tag mit einem Expressbus von der Schule in die Stadt schaffen und ihren alten Nachbarn bringen zu können.

So gut zu essen, ohne hart zu arbeiten, ist eine Sünde. Zusätzlich zum Wäschewaschen und zum Putzen der Schlafsäle übernimmt Großmutter Lin noch weitere Aufgaben. Sie steht frühmorgens auf und öffnet die Fenster der Klassenzimmer, um frische Bergluft hereinzulassen. Sie wischt und fegt den Steinboden. Sie staubt die Tische der Schüler ab. Sie sorgt dafür, dass alles peinlich sauber ist, obwohl der Hausmeister die Räume am Abend zuvor geputzt hat. Wenn vor dem Weckruf noch Zeit ist, macht sie manchmal einen Spaziergang in den Bergen. Der Morgennebel legt sich feucht auf ihre Haut und ihr Haar, und Vögel, die sie in der Stadt nie gesehen hat, zwitschern im Chor. In solchen Momenten ist Großmutter Lin ganz überwältigt, weil sie soviel Glück gehabt hat. Die Jahre in der Fabrik erscheinen ihr jetzt wie ein lang zurückliegender Traum, und sie erinnert sich nicht mehr, wie ihr Leben war, als sie durch den morgendlichen Rauch der Kohleöfen ging und auf dem Markt um Gemüse feilschte, das von Kunstdünger aufgebläht war.

Häufig pflückt Großmutter Lin auf ihrem Spaziergang einen Armvoll Blumen: Bergorchideen, Perlkirschen, Sockenblumen. Sie arrangiert die Blumen in Vasen für die sechs Klassenzimmer, eine für jede Klasse, doch diese delikate Angelegenheit übersteht selten die erste Stunde. Jungen jeden Alters bewerfen sich gegenseitig mit Blumen; der Junge, dessen Lippe eine Blüte berührt, wird als Weichei beschimpft. Mädchen in den höheren Klassen reißen die Blütenblätter aus und vergraben sie im Schulhof, ihre Finger unbarmherzig und ihre Gesichter überschattet von einem traurigen Ernst.

Die Schule wird größer. Jeden Monat kommen neue Schüler. Großmutter Lin staunt über den Reichtum der Eltern, die Leichtigkeit, mit der sie die Aufnahmegebühr von zwanzigtausend Yuan und weitere zwanzigtausend Yuan für das erste Jahr Unterricht, Kost und Logis zahlen können.

Im dritten Monat von Großmutter Lins Aufenthalt feiert die Schule den hundertsten Schüler mit einem Fest. Kang, der Junge, den das Glückslos traf, ist sechs Jahre alt. Im Gegensatz zu den anderen Schülern, die aus der Stadt sind, stammt er aus einer nicht weit entfernten Provinz. Ein paar Tage nach seiner Ankunft kennen alle Lehrer und die übrigen Angestellten seine Geschichte. Kangs Großvater war der Leiter einer großen Volkskommune in seiner Heimatprovinz, und sein Vater ist einer der wichtigsten landwirtschaftlichen Unternehmer in Nordchina.

»Ich habe immer gedacht, dass Bauern ihre Söhne lieber bei sich zu Hause behalten«, sagt Großmutter Lin zu Frau Du, einer Hausmutter, während sie gemeinsam nach stinkenden Socken unter den Matratzen suchen. »Die stehen und gehen fast von alleine«, beschreibt Frau Du die zu lange getragenen, steifen Socken.

»Nicht wenn er der Sohn einer in Ungnade gefallenen Ehefrau ist«, sagt Frau Du. »Er ist überzählig.«

»Sind die Eltern geschieden?«

»Keine Ahnung. Aber der Vater hat eine andere Frau oder eine Konkubine. Was macht das schon für einen Unterschied? Die Mutter des Jungen wird in der Familie nicht mehr gebraucht, und das Kind muss auch gehen.«

Der Gedanke an den Jungen, der so klein ist und nahezu überhaupt keinen Platz in der Welt einnimmt und dennoch anderen Menschen im Weg ist und verschwinden muss, macht Großmutter Lin traurig. Sie hält nach dem Jungen in der Menge Ausschau. Die Kleider – die gleichen Marken, wie sie die anderen Schüler tragen – stehen ihm nicht. Sie sind zu groß, zu neu, zu schick, die Kleider passen ihm ebensowenig, wie er in diese Schule passt. Sein Gesicht und seine Hände sehen immer aus, als müssten sie gründlich gewaschen werden, doch nachdem sich Großmutter Lin ihrer mehrmals angenommen hat, muss sie zugeben, dass es nicht die Schuld des Kindes oder der Hausmutter ist.

In der zweiten Woche kommt Kang während der Freizeit am Nachmittag in die Waschküche. »Großmutter, was ist das?« fragt er eines Tages, als Großmutter Lin ihm die Wangen mit Babylotion einreibt.

»Das macht dich zu einem Stadtjungen«, sagt Großmutter Lin.

»Großmutter, wo wohnst du?«

»Ich wohne hier.«

»Aber bevor du hierhergekommen bist? Wo ist das Haus von deinem Mann?«

Großmutter Lin denkt einen Augenblick nach. »In der Stadt«, sagt sie.

»Wie ist es in der Stadt? Meine Mama hat gesagt, dass sie mit mir mal in die Stadt fahren wird.«

»Wo ist deine Mama?« fragt Großmutter Lin und hält den Atem an, damit ihr Herz leiser schlägt. Der Junge scheint es nicht zu bemerken.

»Sie ist zu Hause.«

»Bei deinem Vater?«

»Bei meinem Großvater. Meine neue Mama wohnt im Haus von meinem Vater.«

»Wie ist deine neue Mama? Ist sie hübsch?«

»Ja.«

»Ist sie nett zu dir?«

»Ja.«

»Magst du sie?«

»Ja.«

»Magst du deine richtige Mama auch? Mehr als deine neue Mama?« fragt Großmutter Lin. Sie schaut sich um, ob im Flur jemand an der Waschküche vorbeigeht. Sie kommt sich vor wie eine Diebin.

Auch der Junge schaut sich nervös um. Dann tritt er näher und schlingt Großmutter Lin die Arme um den Hals, berührt ihr Ohr mit dem Mund, und sein heißer Atem bläst über ihr Ohrläppchen. »Großmutter, ich verrate dir ein Geheimnis. Aber du darfst es nicht weitererzählen.«

»Ich verspreche es.«

»Meine Mama hat gesagt, dass sie mich zu sich holen wird.«

»Wann?«

»Sie hat gesagt, bald.«

»Wann hat sie das gesagt?«

»Bevor meine neue Mama eingezogen ist.«

»Wann war das?«

»Letztes Jahr.«

»Hast du deine Mama seitdem gesehen?«

»Nein, aber sie hat gesagt, dass sie bald kommt, wenn ich meinen Papa und meine neue Mama nicht ärgere«, sagt Kang. »Großmutter, glaubst du, dass die Wachmänner sie reinlassen werden, wenn sie kommt?«

»Aber bestimmt«, sagt Großmutter Lin. Die Junge riecht nach einer Mischung aus Babylotion, frisch gewaschener Wäsche und sauberem Schweiß. Der Geruch erinnert sie an den alten Tang nach dem Bad, an eine gutriechende, geliebte Person. Bei dem Gedanken werden Großmutter Lins Lippen trocken, und sie spürt die Arme des Jungen im Nacken, heiß und klebrig.

Jeden Freitagnachmittag ist der Parkplatz vor dem Schultor mit Luxuswagen vollgestellt. Chauffeure und Kindermädchen sind da, und manchmal kommen sogar die Eltern. Innerhalb des Tores stehen Lehrer und Hausmütter und machen sich gegenseitig auf die Schwiegertochter eines mächtigen Regierungsmitglieds und die Schauspielerin aufmerksam, die im letzten Erfolgsfilm mitgespielt hat.

Kang ist das einzige Kind, das über das Wochenende bleibt. Sein Vater hat die zusätzlichen Gebühren für die Wochenendverpflegung bezahlt und versprochen, ihn am Ende des Schuljahres abzuholen. Manchmal fragt sich Großmutter Lin, ob der Vater jemals auftauchen wird und was aus Kang werden soll, wenn ihn im Sommer niemand abholt. Wird er bei ihr in der Schule bleiben dürfen? Und dann fragt sie sich, ob sie selbst wird bleiben dürfen und, wenn nicht, wo sie die zwei Monate verbringen soll, bevor sie im September zurückkommen kann.

Nachdem der letzte Schüler abgeholt wurde, bringt ein Bus die Lehrer und die Hausmütter jedes Wochenende in die Stadt. Abgesehen von den beiden Wachmännern ist Großmutter Lin die einzige, die bleibt, und sie hat sich freudig bereit erklärt, sich um Kang zu kümmern.

Sie stehen nebeneinander am Schultor und winken dem Bus nach. Kaum ist er außer Sichtweite, seufzen sie erleichtert auf. Kang rennt über den Hof in das Freizeitzimmer und blättert so schnell wie möglich ein Bilderbuch nach dem anderen durch. Großmutter Lin kommt herein und setzt sich neben ihn, streicht ihm über den Kopf und sieht zu, wie er vor sich hin lacht. Nachdem er alle neuen Bücher angeschaut hat, gehen sie hinaus und spielen im Hof, Großmutter stößt ihn auf der Schaukel so hoch, bis Kang vor Aufregung und Angst laut schreit.

Wenn es schön ist, gehen sie lange in den Bergen spazieren. Es wimmelt von Wochenendausflüglern, und Großmutter Lin und Kang sind die einzigen, die sich keine Sorgen machen müssen, dass sie den Bus verpassen oder in einen Stau geraten könnten. Sie gehen Hand in Hand, Kangs Hand in Großmutter Lins, beide feucht von Schweiß. Großmutter Lin erzählt alte Geschichten über Blumen und Gräser. Wenn ihr Vorrat an Geschichten erschöpft ist, erfindet sie neue.

Nach dem Abendessen begleitet Großmutter Lin Kang ins Bad. Mit einem Handtuch und seinem Schlafanzug in der Hand wartet sie vor der Kabine, und er singt unter der Dusche das Lied über die rote Libelle, das sie ihm beigebracht hat. Nach zwei Minuten fragt er Großmutter Lin immer schreiend, ob er jetzt herauskommen darf. Sie antwortet, er solle noch fünf Minuten unter der Dusche bleiben. Der Junge singt weiter, seine Stimme rein und makellos.

Kang springt oft aus der Kabine zu Großmutter Lin, ohne das Wasser abzudrehen. Sie tut so, als würde sie erschrecken, und schreit auf, und er kichert und läuft davon, bevor sie das Handtuch um seinen tropfnassen Körper wickeln kann.

Nachts, wenn er schläft, murmelt er im Traum, Arme und Beine auf der Decke in alle vier Himmelsrichtungen von sich gestreckt. Großmutter Lin deckt ihn zu und betrachtet ihn lange Zeit, und in ihr wallt eine unbekannte Wärme auf. Sie fragt sich, ob es das ist, was die Leute sich verlieben nennen; der Wunsch, für den Rest des Lebens jede Minute mit ihm zusammenzusein, ist so stark, dass sie bisweilen Angst vor sich selbst hat.

Großmutter Lin ist nicht die erste, der auffällt, dass Socken fehlen. Seit zwei Wochen erzählen ihr die Hausmütter, die Mädchen würden sich darüber beschweren, dass in der Wäsche ihre Lieblingssocken verschwinden. Da weiß Großmutter Lin, was mit den Socken passiert ist. Ein paarmal hat sie gesehen, wie Kang die ungewaschene Socke eines Mädchens in der Hand hielt. Er ließ sie in den Korb fallen, sobald er bemerkte, dass sie ihn beobachtete.

Während Kang am nächsten Wochenende im Freizeitraum mit einem Computerspiel beschäftigt ist, durchsucht Großmutter Lin sein Bett. Unter der Matratze, wo die Kinder normalerweise etwas verstecken, ist nichts. Sie schlägt die Decke zurück, nimmt das Kopfkissen, zieht den Reißverschluss auf und findet fünf Socken im Bezug, eingerollt wie neugeborene Häschen.

Großmutter Lin entfaltet sie: Socken kleiner Mädchen mit Blumenmuster oder Comictieren darauf. Sie überlegt, ob sie sie einstecken soll, doch der Gedanke, dass Kang in dem Kissenbezug nach den Socken sucht, die ihm aus ihr unbekannten Gründen lieb und teuer sind, hält sie davon ab. Sie rollt die Socken wieder ein und steckt sie zurück in den Bezug.

Am Montag bittet Großmutter Lin ihren Vorgesetzten um einen halben freien Tag, fährt mit dem Bus in die Stadt und sucht nach Socken mit den gleichen Mustern wie die verschwundenen. Und sie kauft weitere, unterschiedlich gemusterte Mädchensocken.

Von nun an passt Großmutter Lin besser auf die Wäsche auf. Sie vergewissert sich, dass die Socken aller Mädchen in den Wäschebeuteln sind, bevor Kang kommt. Hin und wieder lässt sie Socken liegen, die sie gekauft hat. Sie hat sie gewaschen und getrocknet und damit über den Boden gewischt.

An den Wochenenden sind sie noch immer ein glückliches Paar, doch Großmutter Lin sorgt sich, wenn sie die fehlenden Socken zählt, die sie für Kang hingelegt hat. Sie fragt sich, ob sie mit ihm reden und die Gründe für sein Verhalten herausfinden soll. Aber jedesmal, wenn sie den Mund öffnet, verliert sie den Mut.

Wenn sie am Wochenende im Schatten der Glyzinie sitzen, sinniert Großmutter Lin darüber nach, ob dass die Liebe ist, die sie in jungen Jahren vermisst hat: Hand in Hand mit einem lieben Jungen dazusitzen und ihn nicht zu bitten, ihr das Geheimnis zu verraten, von dem sie nichts wissen darf.

Es wird heiß, und die Hausmütter hängen Moskitonetze über die Betten der Schüler. Nachdem die Hausmutter am ersten Abend gegangen ist, steht der Junge im Bett neben Kang auf. Mit einer kleinen Taschenlampe in der Hand schiebt er den Kopf unter Kangs Moskitonetz, kreischt leise und leuchtet Kang mit der Taschenlampe ins Gesicht. Kang weint nicht, wie der Junge gehofft hat, doch der Junge ist überrascht und zufrieden, als er sieht, dass Kang sich über die Wangen streicht mit Händen, die in geblümten Socken stecken.

Hausmütter werden gerufen. Sieben weitere Socken werden gefunden, und am Ende des nächsten Tages weiß die ganze Schule von dem kranken Jungen, der Mädchensocken stiehlt und seltsame Dinge damit macht.

Großmutter Lin sieht, wie die Kinder Kang über den Schulhof jagen und ihn »Perverser«, »Verrückter« und »Pornojunge« rufen. Es zerreißt ihr das Herz, als wäre es ein Stück Stoff in der Waschmaschine. Kang darf nicht mehr in die Waschküche. Sie zählt die Tage bis zum Wochenende und befürchtet, dass sie zusammenbrechen wird, bevor die drei Tage vorüber sind.

Am Freitagnachmittag stehen sie neben dem Schultor, und Großmutter Lin muss Kangs Hand heben und für ihn winken. Nachdem der Bus in die Stadt abgefahren ist, wendet sich Großmutter Lin an Kang, der einen Stein vor sich her kickt.

»Kang, komm kurz mit in Großmutters Zimmer«, sagt Großmutter Lin.

»Nein, ich will nicht«, sagt Kang und lässt Großmutter Lins Hand los.

»Was willst du machen? Lass uns spazierengehen.«

»Ich will nicht spazierengehen.«

»Möchtest du Bücher anschauen? Gestern ist eine Kiste mit neuen Büchern gekommen.«

»Ich will nicht.«

»Dann gehen wir zur Schaukel.«

»Ich will gar nichts machen«, sagt Kang und stößt Großmutter Lins Hand von seiner Schulter.

Großmutter Lin laufen die Tränen aus den Augen. Sie blickt hinunter auf Kangs Kopf. Wenn man jemanden liebt, möchte man ihm gefallen, auch wenn man es nicht kann. »Überleg dir, was du machen willst, und wir machen es zusammen. Überleg dir, was du dir wünschst, und Großmutter wird es dir schenken. Du weißt doch, dass Großmutter dich liebt.«

»Ich will nach Hause. Ich möchte zu meiner Mama«, sagt

Kang. »Großmutter, meinst du, dass wir mit dem Zug für zwei Tage nach Hause fahren können?«

Großmutter Lin blickt in Kangs Gesicht, das er ihr zugewandt hat, und sieht, wie die kleine Hoffnung in seinen Augen größer wird. Kang ergreift ihre Hand. »Großmutter, nur zwei Tage. Niemand wird es merken.«

Großmutter Lin seufzt. »Tut mir leid, Kang. Aber das kann Großmutter nicht machen.«

»Warum nicht? Du hast gesagt, dass du alles machst.«

»Alles, was wir hier tun können, in der Schule, in den Bergen. Kang, sei ein braver Junge, wir können nicht aus der Schule weg.«

Es dauert einen Augenblick, bis Kang in Tränen ausbricht. Großmutter Lin versucht, ihn zu beruhigen, und nimmt ihn in die Arme. Kang stößt sie weg, und sein Blick, in dem wie einst in den Augen des alten Tang kalte Wut funkelt, macht ihr angst. Kang rennt über den Schulhof. Großmutter Lin läuft ihm nach, muss aber nach ein paar Schritten stehenbleiben, um Luft zu schöpfen. Ihr alter Körper kann nicht mithalten mit ihrem jungen Herzen.

Großmutter Lin glaubt, dass Kang weinend in seinem Bett liegt, aber der Junge ist nicht da. Sie geht durch das Gebäude und ruft seinen Namen, öffnet jede nichtverschlossene Tür, sucht im Freizeitraum, im Musikzimmer, im Speisesaal. Sie schaut unter Tischen und hinter Vorhängen nach, und jedesmal, wenn sich ihre Hoffnung als unbegründet erweist, verzagt sie noch mehr.

Großmutter Lin sucht eine Stunde lang, bis ihr einfällt, dass der Junge das Gebäude und womöglich sogar das Schulgelände verlassen hat. Entsetzt über diesen Gedanken, stellt sie sich alle möglichen Katastrophen vor und ruft die beiden Wachmänner, die in dem kleinen Raum neben dem Schultor

Poker spielen. Keiner von beiden will die Möglichkeit einräumen, dass sich der Junge durch das Tor gezwängt hat, und sie bestehen darauf, dass er sich irgendwo im Haus verstecken muss. Jetzt suchen alle drei. Als sie den Jungen nicht finden, wird jeder der drei aus einem anderen Grund von Panik ergriffen.

Sie rufen die Polizei. Sie rufen den Schuldirektor an. Sie rufen die Hausmütter an. Die Wachmänner rufen alle an, die ihnen einfallen. Großmutter Lin sieht, wie einer der beiden jungen Männer mit zitterndem Finger eine Nummer wählt, und fragt sich, warum er so nervös ist. Die Wachmänner verlieren nicht mehr als ein geruhsames Wochenende. Höchstens ein Monatsgehalt, da sie beide Verwandte von Geldgebern sind. Jeden Tag verschwinden Jungen – und wenn sie ihn nicht finden, werden sie sich in einem Jahr noch an Kang erinnern? Großmutter Lin beginnt zu weinen.

Doch Kang taucht von allein wieder auf, mitten in dem Durcheinander, unversehrt, hungrig und verschlafen. Er muss mit Großmutter Lin Verstecken gespielt haben, während sie ihn suchte. Oder wollte er sie bestrafen, weil sie ihn enttäuscht hat? Großmutter Lin weiß es nicht. Sie weiß nur, was er dem Direktor erzählt, nämlich dass er unter dem Klavier eingeschlafen ist.

Großmutter Lin hat unter dem Klavier nachgesehen, aber niemand traut dem Gedächtnis einer alten Frau. Und außerdem ändert es nichts, auch wenn sie die Wahrheit sagt. Sie hat sich als unfähig erwiesen. Und man erinnert sich an weitere Dinge – dass sie die Essensreste der Schüler aufgegessen hat, dass sie unachtsam mit der Wäsche umgegangen ist.

Am Abend des Tages, an dem die Schüler zurückkommen, wird Großmutter Lin mitgeteilt, dass sie gehen muss. Ihre Sachen stehen gepackt neben dem Tor: eine Reisetasche, die selbst für eine alte Frau nicht schwer zu tragen ist.

»Das Glück der Liebe ist wie eine Sternschnuppe; der Schmerz der Liebe ist wie die Dunkelheit, in die sie eintaucht«, singt ein Mädchen mit klarer Stimme, als es auf der Straße an Großmutter Lin vorbeigeht. Sie versucht das Mädchen einzuholen; es eilt zu schnell davon, wie das Lied. Großmutter Lin stellt die Tasche ab und ringt nach Luft, in der anderen Hand hält sie den Essensbehälter aus rostfreiem Stahl. Alle Menschen auf der Straße scheinen zu wissen, wohin sie gehen. Sie fragt sich, seit wann sie nicht mehr zu ihnen gehört.

Jemand läuft an Großmutter Lin vorbei und stößt sie heftig in den Rücken. Sie taumelt und sieht kurz eine Hand, bevor sie stürzt; ein Mann in einem schwarzen Hemd verschwindet mit ihrer Tasche in der Menschenmenge.

Eine Frau bleibt stehen und fragt: »Alles in Ordnung, Großmutter?«

Großmutter Lin nickt, bemüht, sich von dem Sturz zu erholen. Die Frau schüttelt den Kopf und sagt laut zu den Passanten: »Was für eine Welt! Jemand hat gerade eine alte Großmutter beraubt.«

Nur wenige Leute reagieren; die Frau schüttelt noch einmal den Kopf und geht weiter.

Großmutter Lin sitzt auf der Straße und drückt den Essensbehälter an sich. So hungrig wie die Leute sind, ist es doch merkwürdig, dass niemand auf die Idee kommt, einer alten Frau das Essen zu stehlen. Deswegen hat sie nie etwas Wichtiges verloren. Die dreitausend Yuan Abfindung wegen ihrer Entlassung sind gut aufgehoben in dem Behälter, so wie mehrere ungeöffnete Packungen Socken mit buntem Blumenmuster, Erinnerungen an eine kurze Liebesgeschichte.

Nach einem ganzen Leben

HERR UND FRAU SU sind gerade mit dem Frühstück fertig, als das Telefon klingelt. Zuerst rührt sich keiner von beiden, um abzunehmen. Nur wenige Leute kennen ihre Nummer, noch weniger wählen sie. Jian, ihr Sohn, der im zweiten Jahr am College studiert, ruft einmal im Monat an, um zu melden, dass es ihm gutgeht. Die meisten Feiertage und Ferien verbringt er bei den Familien seiner Freunde, ohne auch nur die vordergründigsten Ausreden zu bemühen. Herr und Frau Su bringen es nicht übers Herz, sich zu beschweren und Jian an ihren Wunsch zu erinnern, dass sie ihn gern öfter sehen würden. Die Wohnung mit den zwei Schlafzimmern, klein und vollgestopft, ist erfüllt von Beibeis Geschrei, wenn sie nicht gerade schläft, und einem ekligen Geruch, wenn sie die Laken in ihrem Bett beschmutzt. Solange er zu Hause wohnte, schlief Jian auf einem Feldbett im Flur und verheimlichte vor seinen Freunden die Existenz einer älteren Schwester, die mit einer schweren geistigen Behinderung und zerebraler Kinderlähmung geboren war. Herr und Frau Su spürten Jians Freude, als er endlich in das Studentenheim des College ziehen konnte. Sie klammern sich an den geheimen Wunsch, nach Beibeis Tod – ihr ist schließlich kein langes Leben bestimmt – den verlorenen Sohn zurückzugewinnen, doch sie sprechen nicht darüber, weil sich beide beim bloßen Gedanken an diesen Wunsch schämen.

Das Klingeln hört auf und beginnt nach einem Augenblick von neuem. Herr Su geht zum Telefon und legt die Hand auf den Hörer. »Willst du rangehen?« fragt er seine Frau.

»So früh, das muss Herr Fong sein«, sagt Frau Su.

»Herr Fong ist ein höflicher Mann. Er stört andere nicht beim Frühstück«, sagt Herr Su. Dennoch nimmt er den Hörer, und seine Miene entspannt sich. »Ah, ja, Frau Fong. Meine Frau ist da«, sagt er und winkt Frau Su.

Frau Su nimmt den Anruf nicht sofort entgegen. Zuerst geht sie in Beibeis Zimmer und sieht nach ihr, obwohl es für sie noch nicht Zeit zum Aufwachen ist. Frau Su streicht über das hellbraune Haar auf Beibeis Stirn, das weich ist wie das eines Babys. Beibei ist achtundzwanzig, fast neunundzwanzig; sie ist so dick, dass sie sie zu zweit umdrehen und waschen müssen; wenn sie wach ist, schreit sie stundenlang, doch eine feine Haarsträhne genügt, und Frau Su vergisst alle diese Unzulänglichkeiten.

Als sie ins Wohnzimmer zurückkehrt, hält ihr Mann noch immer den Telefonhörer in der einen Hand, mit der anderen bedeckt er die Sprechmuschel. »Sie ist schlechtgelaunt«, flüstert er.

Frau Su seufzt und nimmt den Hörer. »Hallo, Frau Fong, wie geht es Ihnen heute?«

»Miserabel. Meine Beine tun wahnsinnig weh. Hören Sie, mein Mann ist gerade gegangen. Er hat gesagt, dass er sich mit Ihrem Mann zum Frühstück trifft, und anschließend wollen sie ins Maklerbüro. Sagen Sie mir, dass er gelogen hat.«

Frau Su sieht zu, wie ihr Mann in Beibeis Zimmer geht. Er setzt sich oft zu Beibei; auch sie tut das, aber nie zur selben Zeit wie er. »Mein Mann zieht gerade seine Jacke an, also trifft er sich bestimmt gleich mit Herrn Fong«, sagt Frau Su. »Soll ich ihn fragen?«

»Fragen Sie ihn«, sagt Frau Fong.

Frau Su geht in Beibeis Zimmer und bleibt in der Tür stehen. Ihr Mann sitzt auf dem Stuhl neben dem Bett, die Augen geschlossen, um kurz auszuruhen. Es ist acht Uhr, noch zeitig, aber für einen alternden Mann bedeutet der Morgen wie so vieles andere weniger als früher. Frau Su kehrt zum Telefon zurück und sagt: »Frau Fong? Ja, mein Mann trifft sich mit Ihrem Mann zum Frühstück.«

»Sind Sie sicher? Tun Sie mir einen Gefallen. Folgen Sie ihm und finden Sie heraus, ob er Sie angelogen hat. Männern kann man nicht vertrauen.«

Frau Su zögert und sagt dann: »Aber ich habe keine Zeit.«

»Was haben Sie zu tun? Hören Sie, wenn mir nicht die Beine so weh tun würden, würde ich ihm selbst nachgehen.«

»Ich glaube nicht, dass es gut aussieht, wenn man seinem Mann nachläuft«, sagt Frau Su.

»Wenn Ihr Mann jeden Morgen weggeht und nach einer anderen Frau riecht, wenn er zurückkommt, was sollte es Sie da kümmern, ob etwas gut aussieht oder nicht?«

Mein Mann hat keine Affäre, erwidert Frau Su in Gedanken, doch sie will Frau Fong nicht auf ihre mangelnde Logik aufmerksam machen. Ihr Mann dient tatsächlich häufig als Alibi für Herrn Fongs Affäre, und Frau Su fühlt sich deswegen gegenüber Frau Fong schuldig. »Frau Fong, ich helfe Ihnen gern an einem anderen Tag, aber heute geht es nicht.«

»Wie Sie meinen.«

»Es tut mir leid«, sagt Frau Su.

Frau Fong beschwert sich noch eine Weile über die Unzuverlässigkeit von Ehemännern und Freunden im allgemeinen und legt auf. Frau Su klopft an die Tür von Beibeis Zimmer, und ihr Mann schrickt auf und wischt sich schnell die Mundwinkel. »Frau Fong wollte wissen, ob du dich mit Herrn Fong triffst«, sagt sie.

»Sag ja.«

»Das habe ich schon getan.«

Herr Su nickt und schiebt Beibei die Decke bis unter das weiche, formlose Kinn. Es ärgert Frau Su, wenn ihr Mann Beibei aus welchem Grund auch immer berührt, obwohl das natürlich lächerlich ist. Eifersüchtig zu sein auf eine Tochter, die nichts begreift, und einen Mann, der die Tochter dessenungeachtet liebt! Sie wird noch viel verrückter werden als Frau Fong, wenn sie nicht aufpasst, denkt Frau Su, dennoch irritiert es sie, wenn sie sieht, wie ihr Mann Beibeis Haar glattstreicht oder ihre Wangen streichelt. Sie geht zurück in die Küche und spült das Geschirr, während sich ihr Mann fertigmacht, um auszugehen. Als er sich verabschiedet, antwortet sie höflich, ohne sich zu ihm umzuwenden.

Um halb neun verlässt Herr Su die Wohnung, gerade rechtzeitig für den halbstündigen Gang zum Büro der Aktienmakler. Meistens geht er nur hin, um den Markt zu studieren; manchmal kauft und verkauft er, führt diese Transaktionen mit ungewöhnlicher Weitsicht aus, da das Geld auf seinem Konto nicht ihm gehört. Herr Fong hat ihm die zehntausend Yuan als Darlehen angeboten und wiederholt klargestellt, dass er das Geld keineswegs dringend benötigt. Für Herrn Fong, einen pensionierten leitenden Angestellten einer militärischen Fabrik, ist es keine große Summe, doch Herr Su glaubt, dass man *für jeden Tropfen Wasser, den man erhält, einen Brunnen zurückzahlen muss*. Der Markt und die Wirtschaft haben ihn nicht dabei unterstützt, Herrn Fongs Großzügigkeit zu erwidern. Dennoch hat sich Herr Su nicht entmutigen lassen. Herr Su, fünfundsechzig und Mathematiklehrer im Ruhestand, glaubt daran, sowohl den Körper als auch den Geist zu trainieren – sein täglicher Ausflug in das Maklerbüro bietet Gelegenheit für beides – und sich in Geduld zu üben.

Herr Su lernte Herrn Fong ein Jahr zuvor in diesem Büro kennen. Herr Fong, ein Jahr älter als Herr Su, setzte sich neben ihn, und die beiden Männer begannen ein Gespräch. Er sei aus Neugier gekommen, sagte Herr Fong und fragte Herrn

Su, ob das Aktiensystem für das Land wirklich funktionieren würde, und falls ja, wie die marxistisch geprägte Volkswirtschaft an diese neue, eindeutig kapitalistische Lage anzupassen sei. Herrn Fongs Frage, obsolet und naiv, wie sie war, rührte Herrn Su. Da nahezu alle im Land wegen des Geldes und nur wegen des Geldes durchdrehten, begegnete man nur noch selten jemandem, der sich sowohl nach dem Alten sehnte als auch ernsthaft versuchte, das Neue zu verstehen. »Sie stellen diese Frage im falschen Stockwerk«, erwiderte Herr Su. »Die, die etwas zu sagen haben, sitzen oben in den VIP-Lounges.«

Das Büro hatte wie die meisten Börsenmaklerfirmen in Beijing Räume von einer bankrotten Staatsfirma gemietet. Hier waren früher Farbfernseher hergestellt worden, und zwar erfolgreich, bis die Fabrik einen Preiskrieg gegen eine andere Firma verlor. Die entlassenen Arbeiter waren unter den Besuchern des Erdgeschosses, eröffneten mit ihren beschränkten Mitteln Konten und hofften auf ein bisschen Glück. Zu den Kunden gehörten auch Rentner, Männer und Frauen in Herrn Sus Alter, die davon träumten, mehr aus ihrem Geld zu machen, statt es in den Banken, die nur sehr geringe Zinsen zahlten, verkümmern zu lassen.

»Was tun diese Leute hier, wenn sie für die Wirtschaft bedeutungslos sind?« fragte Herr Fong.

»*Tausende Sandkörner ergeben einen Turm*«, sagte Herr Su. »In ihrer Gesamtheit tragen ihre Investitionen zum Erhalt vieler Firmen bei.«

»Aber werden sie mit ihren Aktien Geld verdienen?«

Herr Su schüttelte den Kopf. Er senkte die Stimme und sagte: »Die meisten nicht. Schauen Sie dort, die Frau mit dem Haarnetz in der ersten Reihe. Sie verkauft und kauft, was ihr die Zeitungen und das Fernsehen raten. Auf diese Weise wird sie nie etwas verdienen. Und dort, der alte Mann – er ist zweiundachtzig, ein sehr lustiger und gesunder Alter, aber kein kluger Investor.«

Herr Fong betrachtete die Leute, auf die Herr Su ihn aufmerksam machte, jeder einzelne ein Beispiel für schlechte Investitionen. »Und Sie, verdienen Sie Geld?« fragte Herr Fong.

»Ich bin der Schlimmste von allen«, sagte Herr Su lächelnd. »Ich habe nicht einmal das Geld, um anzufangen.« Herr Su beobachtete den Markt seit geraumer Zeit. Er handelte mit einer imaginären Summe, trug pflichtbewusst alle Transaktionen in ein Notizbuch ein; er kaufte antiquarisch Bücher über den Aktienhandel und entwickelte eigene Theorien. Nach einem Jahr der Übung hielt er seine Aussichten, Geld zu verdienen, für nicht schlecht. Seine Rente jedoch war gering. Mit einem Sohn, der aufs College ging, und einer Frau und einer Tochter, die vollkommen von ihm abhängig waren, brachte er nicht den Mut auf, einen Pfennig für sein persönliches Hobby zu riskieren.

Herr Fong und Herr Su schlossen sofort Freundschaft. Sie saßen in Teehäusern oder Restaurants und tauschten Ansichten über die Welt aus, von prähistorischen Zeiten bis zur Gegenwart. Sie waren bestrebt, die Ansichten des anderen zu stützen, und wechselten beim ersten Anzeichen einer Meinungsverschiedenheit das Thema. Herr Su war überrascht, in seinem Alter noch einen Freund zu finden. Sein Leben lang war er ein stiller und einsamer Mann gewesen, und die meisten Menschen, die er als Erwachsener kennenlernte, waren bloße Bekannte. Aber vielleicht war deswegen das Alter eine zweite Kindheit – aus Kameradschaft wurde leicht Freundschaft, das Eigeninteresse war geringer, und gesellschaftliche Urteile hatten weniger Gewicht.

Nach ungefähr einem Monat gestand Herr Fong Herrn Su bei einem Mittagessen, dass er sich in einer qualvollen Situation befand. Herr Su goss Herrn Fong eine Tasse Reiswein ein und wartete, dass er fortfuhr.

»Ich habe mich in diese Frau verliebt, die ich bei einem Straßentanzfest kennengelernt habe«, sagte Herr Fong.

Herr Su nickte. Herr Fong hatte ihm bereits erzählt, dass er an einem Tanzkurs teilnahm, um Standardtänze zu lernen, und ihm die Vorteile dargelegt: eine angemessene Körperertüchtigung, eine hervorragende Gelegenheit, gutgelaunte Leute kennenzulernen, und eine ästhetische Erfahrung. Herr Su hatte daran gedacht, Herrn Fong wegen seiner Kapitulation vor westlichen Einflüssen zu verspotten, doch als er Herrn Fongs Ernsthaftigkeit bemerkte, sah Herr Su davon ab.

»Das Problem ist, dass sie jünger ist«, sagte Herr Fong.

»Wieviel jünger?« fragte Herr Su.

»Anfang Vierzig.«

»Alter sollte dem Glück nicht im Wege stehen«, sagte Herr Su.

»Trotzdem ist es nicht möglich.«

»Warum? Ist sie verheiratet?«

»Geschieden«, sagte Herr Fong. »Aber überlegen Sie mal. Sie ist ungefähr so alt wie meine Tochter.«

Herr Su musterte Herrn Fong von Kopf bis Fuß. Herr Fong war sein ganzes Leben lang Soldat gewesen und gut in Form; abgesehen von seinem lichter werdenden Haar sah er jünger aus, als er war. »Setzen Sie eine Perücke auf, und die Leute werden glauben, dass Sie fünfzig sind«, sagte Herr Su. »Ein anständiger Bräutigam, oder?«

»Alter Su, machen Sie sich nicht lustig über mich«, sagte Herr Fong und verbarg sein Lächeln nicht. Doch es erlosch sofort wieder. »Es ist eine vergebliche Liebe, ich weiß.«

»Der Vorsitzende Mao hat gesagt: *Man kann alles erreichen, solange man es sich vorzustellen wagt.*«

Herr Fong schüttelte den Kopf und nippte missmutig an

seinem Wein. Herr Su betrachtete seinen Freund, den die Liebe unglücklich machte. Er trank eine Tasse Wein und hatte das Gefühl, er wäre wieder ein Teenager, der von einem Freund in Liebesangelegenheiten zu Rate gezogen wurde. »Wissen Sie was?« sagte er. »Meine Frau und ich sind Cousin und Cousine ersten Grades. Alle waren gegen die Ehe, aber wir haben trotzdem geheiratet. Man muss es einfach tun.«

»Das war ziemlich mutig«, sagte Herr Fong. »Kein Wunder, dass ich schon immer das Gefühl hatte, dass Sie kein gewöhnlicher Mensch sind. Sie müssen mich Ihrer Frau vorstellen. Warum besuche ich Sie eigentlich nicht morgen zu Hause? Ich muss ihr meine Aufwartung machen.«

Herr Su spürte Panik in sich aufwallen. Seit Jahrzehnten hatte er keinen Gast mehr in seine Wohnung eingeladen. »Bitte, machen Sie sich keine Umstände«, sagte er schließlich. »Eine Frau ist nach einer lebenslangen Ehe immer noch die gleiche, oder etwa nicht?« Es war ein schlechter Witz, und er bereute ihn sofort.

Herr Fong seufzte. »Da haben Sie recht, alter Su. Aber Tatsache ist, dass eine Ehefrau eine Ehefrau ist und dass man sie nach einem ganzen Leben nicht wegwerfen kann wie ein abgetragenes Hemd.«

Es war das erstemal, dass Herr Fong eine Ehefrau erwähnte. Herr Su hatte Herrn Fong für einen Witwer gehalten, da er nur über seine Kinder und ihre Familien sprach. »Sie meinen, Ihrer Frau geht es gut, und« – Herr Su überlegte gründlich – »sie lebt noch immer mit Ihnen zusammen?«

»Sie sitzt im Gefängnis«, sagte Herr Fong, seufzte erneut und erzählte die Geschichte seiner Frau. Sie war die Parteisekretärin in einer Import-Export-Abteilung des Landwirtschaftsministeriums gewesen, und selbstverständlich war Geld geflossen aus Unterabteilungen und Firmen, die ihre Genehmigung auf Dokumenten brauchten. Die üblichen Bargeldfür-Unterschrift-Transaktionen, erklärte Herr Fong, aber irgend jemand hatte sie denunziert. Sie erhielt eine schwere Rüge von der Partei und wurde pensioniert. »Schön und gut, oder? Sie hat nie einer Menschenseele etwas zuleide getan«, sagte Herr Fong. Aber leider erließ der Präsident genau zu der Zeit, als sie pensioniert werden sollte, den Befehl, dass korrupte Kader, die mehr als einhundertsiebzigtausend Yuan angenommen hatten, hart zu bestrafen waren. »Einhundertsiebzigtausend Yuan sind nichts, verglichen mit dem, was er eingesteckt hat!« Herr Fong schlug mit der Faust auf den Tisch. Leise sagte er: »Glauben Sie mir, alter Su, nur die kleinen Fische zahlen für die Schönheitsoperationen der Regierung. Die großen, die werden größer und fetter.«

Herr Su nickte. Einhundertsiebzigtausend Yuan waren mehr Geld, als er sich vorstellen konnte, doch Herr Fong hatte bestimmt recht, es war kein entsetzliches Verbrechen. »Ihr wurde wegen dieser Summe der Prozess gemacht?«

»Es war nur wenig mehr, und sie bekam sieben Jahre.«

»Sieben Jahre!« sagte Herr Su. »Wie schrecklich und ungerecht!«

Herr Fong schüttelte den Kopf. »Kurz gesagt, alter Su, wie kann ich sie jetzt verlassen?«

»Nein«, sagte Herr Su. »Das wäre nicht richtig.«

Sie schwiegen eine Weile und tranken Wein, während sie über das Dilemma nachdachten. Dann sagte Herr Fong: »Ich habe mir folgendes überlegt: Bevor meine Frau nach Hause kommt, können wir – die Frau, die ich liebe, und ich – vielleicht zeitweise eine Familie bilden. Kein Vertrag, keine Verpflichtungen. Besser als diese, wie heißt es gleich, Sache für eine Nacht?«

»One-Night Stand?« platzte es aus Herrn Su heraus, und dann wurde er verlegen, da er damit gezeigt hatte, dass er mit so einem ungebührlichen modernen Vokabular vertraut war.

Er kannte den Begriff aus den Boulevardzeitungen, die die Frauen in die Maklerfirma mitbrachten; er hatte den Geschichten sogar aufmerksam zugehört, doch das würde er nie zugeben.

»Ja. Ich dachte, dass wir etwas Besseres als das zustande bringen könnten. *Eine Tauhochzeit vor Sonnenaufgang.*«

»Und wenn Ihre Frau zurückkommt?« fragte Herr Su.

»Sieben Jahre sind eine lange Zeit«, sagte Herr Fong. »Wer weiß, was in sieben Jahren mit mir sein wird? Vielleicht ruhe ich dann mit Marx und Engels im Himmel.«

»Sagen Sie das nicht, Herr Fong«, sagte Herr Su, betrübt beim Gedanken an die Trennung, die sie letztlich nicht würden verhindern können.

»Sie sind ein guter Freund, alter Su. Danke, dass Sie mir zugehört haben. Alle anderen Leute, mit denen wir befreundet waren, wollen seit der Verurteilung meiner Frau nichts mehr mit uns zu tun haben, als sei unser Pech ansteckend. Manche von ihnen standen früher vor unserer Tür und haben darum gebettelt, uns einladen zu dürfen!« sagte Herr Fong, und dann schlug er aus heiterem Himmel vor, Herrn Su Geld für Investitionen auf dem Aktienmarkt zu leihen.

»Auf keinen Fall!« sagte Herr Su. »Ich bin nicht wegen Ihres Geldes Ihr Freund.«

»Ah, wie können Sie nur so was denken?« sagte Herr Fong. »Betrachten wir es so: Für einen alten Marxisten wie mich ist es ein gutes Experiment. Wenn Sie Profit machen, großartig; wenn nicht, gut für meinen Glauben, oder?«

Herr Su dachte, Herr Fong sei betrunken, doch ein paar Tage später erwähnte Herr Fong das Darlehen erneut, und Herr Su konnte das Angebot nicht länger zurückweisen.

Zwei Stunden später ruft Frau Fong erneut an. »Ich habe eine tolle Idee«, sagt sie, nachdem Frau Su abgenommen hat. »Ich werde einen Privatdetektiv anheuern, um herauszufinden, mit wem sich mein Mann trifft.«

»Einen Privatdetektiv?«

»Warum nicht? Meinen Sie, dass ich die Frau nicht finden kann? Ich will ehrlich zu Ihnen sein – ich vertraue Ihrem Mann überhaupt nicht. Ich glaube, er lügt Sie an, wenn es darum geht, wo mein Mann sich aufhält.«

Frau Su wird nervös. Sie hat nicht gewusst, dass man Privatdetektive engagieren kann. Das Wort klingt fremd und gefährlich. Sie fragt sich, ob sie ihrem Mann etwas antun können, da er in dieser Sache der Komplize von Herrn Fong ist. »Sind Sie sicher, dass Sie jemand Zuverlässiges finden?« sagt sie.

»Die Leute tun alles, wenn man sie dafür bezahlt. Warten Sie, bis ich die stichhaltigen Beweise in der Hand habe«, sagt Frau Fong. »Ich rufe aus folgendem Grund an: Wenn Ihr Mann, wie Sie sagen, jeden Tag aus dem Haus geht, werden Sie da nicht misstrauisch? Halten Sie es nicht für möglich, dass sie beide eine Affäre haben und sich gegenseitig decken?«

»Nein, das ist unmöglich.«

»Wie können Sie so sicher sein? Ich engagiere einen Privatdetektiv für uns beide, wenn Sie möchten.«

»Oh, bitte, nein«, sagt Frau Su.

»Sie müssen auch nicht zahlen.«

»Ich vertraue meinem Mann«, sagt Frau Su, ihre Beine geben plötzlich nach vor Angst. Wenn jemand Beibei finden kann, dann ein Privatdetektiv.

»Na gut«, sagt Frau Fong. »Wenn Sie wollen, werde ich Ihnen die Wahrheit ersparen.«

Frau Su ist Frau Fong nie begegnet. Frau Fong wurde vor kurzem aus gesundheitlichen Gründen auf Bewährung aus dem Gefängnis entlassen, nachdem sie ein Jahr abgesessen hatte. Ein paar Tage später rief sie bei den Sus an – es war die einzige unbekannte Nummer auf Herrn Fongs Liste – und fragte Frau Su hinsichtlich ihrer Beziehung zu Herrn Fong aus. Frau Su tat ihr Bestes, um Frau Fong davon zu überzeugen, dass sie nichts mit Herrn Fong zu tun hatte und sich auch keine verdächtige jüngere Person in ihrem Haushalt befand – ihr einziges Kind sei ein Sohn, log Frau Su. Danach machte Frau Fong Frau Su zu ihrer Vertrauten und rief sie mehrmals am Tag an. Das Leben musste jetzt hart sein für Frau Fong, sie war vorbestraft, ihre alten Freunde hatten ihr den Rücken gekehrt, und ihr Mann war in eine jüngere Frau verliebt. Als sie von Frau Fongs Verurteilung erfuhr, brachte ihr Frau Su kein gesteigertes Mitgefühl entgegen – einhundertsiebzigtausend Yuan waren eine astronomische Summe für sie –, doch jetzt bringt sie es nicht übers Herz, Frau Fongs Freundschaft zurückzuweisen. Ihr Mann habe ganz bestimmt eine Affäre, vertraut Frau Fong Frau Su am Telefon an. Er hat ein paar beunruhigende und lästige Gewohnheiten angenommen – nach jeder Mahlzeit reinigt er seine Zähne mit Zahnseide, abends macht er Bauchmuskeltraining, er steckt sein Hemd sorgfältiger als früher in die Hose und reibt seine Kopfhaut mit einem Haarwuchsmittel ein. »Als würde er noch vierzig Jahre leben«, sagt Frau Fong. Er geht jeden Tag aus und trifft sich mit Herrn Su, aber aus was für einem guten Grund müssen sich zwei Männer so oft sehen?

Die Börse, sagt Frau Su wenig überzeugend. Frau Fongs Anrufe erschöpfen Frau Su, aber manchmal, nach einem ruhigen Morgen, wünscht sie sich ungeduldig, dass das Telefon klingelt.

Frau Su hat die meiste Zeit ihrer Ehe innerhalb der Wände dieser Wohnung verbracht, sich um ihre Kinder gekümmert und darauf gewartet, dass sie sie auf die eine oder andere Weise verlassen. Wenn sie zum Einkaufen geht, tauscht sie mit den

Nachbarinnen kaum mehr als Grüße aus. Als Herr und Frau Su einzogen, versuchten die Nachbarinnen, sie auszuhorchen, und stellten ihr Fragen zu der Quelle des Lärms in ihrer Wohnung. Frau Su weigerte sich, ihre Neugier zu befriedigen, und sie waren ihrerseits empört, dass ihnen das Recht, das Geheimnis der Sus zu entdecken, verweigert wurde. Als Jian vier oder fünf war, lauerten ihm einmal ein paar Frauen am Eingang des Gebäudes auf und nahmen ihn in die Mangel; Frau Su fand ihn später weinend auf der Treppe, die Lippen fest verschlossen.

Frau Su geht zu Beibeis Schlafzimmertür, die sie gut zugemacht hat, damit Frau Fong Beibei nicht hört. Sie horcht einen Moment auf Beibeis Geschrei, bevor sie das Zimmer betritt. Beibei verhält sich heute sehr aufgeregt, ihre Schreie sind schriller und ungehaltener als üblich. Frau Su setzt sich ans Bett und streichelt Beibeis Augenbrauen; es gelingt ihr nicht, sie damit zu beruhigen und dazu zu bringen, dass sie wie gewöhnlich nur vor sich hin wimmert. Frau Su füttert Beibei mit ein paar Löffeln Brei, aber sie spuckt alles wieder aus, Frau Su ins Gesicht.

Frau Su steht auf und holt ein Handtuch, um Beibei und sich zu säubern. Der Gedanke an den Privatdetektiv macht ihr angst. Sie stellt sich einen geisterhaften Mann vor, der Herrn Fong nachschleicht und seine täglichen Aktivitäten notiert. Würde der Detektiv auch über ihren Mann Erkundigungen einziehen, falls Frau Fong, aus Neugier oder Langeweile, etwas mehr Geld ausgibt, um die Geheimnisse anderer Leute in Erfahrung zu bringen? Frau Su schaudert. Sie schaut sich im Zimmer um und fragt sich, ob ein Privatdetektiv, obwohl Vorhänge und Fenster Tag und Nacht geschlossen sind, Beibei durch einen Riss in der Mauer entdecken könnte. Frau Su betrachtet Beibei und stellt sich vor, wie ein Fremder sie sehen muss: ein Fleischberg, der keinen Sonnenschein kennt, weiß wie Porzellan. Das Alter hat keine Spuren auf Beibeis Körper und Gesicht hinterlassen; sie ist noch immer wie neugeboren, weich und zart, gehüllt in einen zu großen rosa Bademantel.

Beibei kreischt, und ihre Wangen beben. Frau Su nimmt Beibeis plumpe Hand und singt flüsternd: »Die kleine Maus klettert auf den Tisch. Die kleine Maus trinkt das Öl. Die kleine Maus ist so voll, dass sie nicht mehr laufen kann. Miau, miau, die Katze kommt und fängt die kleine Maus.«

Es ist Beibeis Lieblingslied, und Frau Su glaubt, dass es einen Grund dafür gibt. Beibei kam zur Welt, obwohl alle Verwandten von Anfang an vor der Heirat von Cousin und Cousine gewarnt hatten. Nach Beibeis Geburt sagten die Ärzte, dass sie wahrscheinlich vor dem zehnten Lebensjahr sterben werde; es wäre ein Wunder, sollte sie zwanzig werden. Sie schlugen vor, dass sie die Neugeborene der medizinischen Fakultät als Studienobjekt überlassen sollten. Sie sei schließlich für nichts anderes zu gebrauchen. Herr und Frau Su schauderten, wenn sie sich ihr Baby in einem Glas Formaldehyd vorstellten, und brachten das Kind nie mehr ins Krankenhaus zurück, nachdem Mutter und Kind entlassen worden waren. Da sie verliebt waren, ließen sie sich von dem Unglück nicht in die Knie zwingen. Sie zogen in eine andere Stadt, fort von ihren Familien und den alten Nachbarn, er wechselte die Stelle, und sie gab das Arbeiten ganz auf, um sich um Beibei zu kümmern. Sie luden keine Gäste nach Hause ein; nach einer Weile hatten sie keine Freunde mehr. Sie klatschten Beifall, als Beibei begann, Laute von sich zu geben, um ihr Bedürfnis nach Trost und Gesellschaft zum Ausdruck zu bringen; sie sahen zu, wie sie zu einer größeren Version ihrer selbst heranwuchs. Es war ein hartes Leben, aber die Liebe zueinander und zu ihrer Tochter machte es zu dem perfekten Leben, von dem Frau Su geträumt hatte, seit sie sich mit

Zwölf in ihren Cousin, ein Jahr älter und bereits ein schlaksiger junger Mann, verliebte, als er ihr einen Gedichtband als Geschenk überreichte.

Aus dem jungen Cousin ist der gebeugte Ehemann geworden. Das perfekte Leben ist jetzt nicht mehr so perfekt. In dem Jahr, als Beibei zehn wurde – ein Wunder, das man unbedingt feiern musste –, schlug ihr Mann vor, sie sollten über ein zweites Kind nachdenken. Warum? fragte sie, und er sprach von einer gesünderen Ehe, einer vollständigeren Familie. Sie verstand seine Gründe nicht, und sie wusste, schon als Jian in ihrem Bauch heranwuchs, dass sie ein gesundes Baby bekommen würden und es sie trotzdem nicht vor dem schützen würde, was zerstört war. Sie hatten eine Welt um Beibei errichtet, doch ihr Mann beschloss, sich davon abzuwenden auf der Suche nach einer normalen Familie. Frau Su tat sich schwer, das zu verstehen, aber hieß es andererseits nicht seit alters, dass sich Männer stets für den Wandel und Frauen für das Bewahren interessierten? Eine Frau nahm alles im Leben hin und machte das Beste daraus; ein Mann dagegen wollte immer das Bessere, wenn auch weniger Perfekte.

Frau Su seufzt und betrachtet Beibeis formlose Gesichtszüge. In den Augen anderer muss sie so anstößig aussehen, dass Frau Su wünscht, sie könnte Beibei auf die Größe des kleinen Kindes zurückschrumpfen, das sie in ihren Armen in dieses Zimmer getragen hat; sie wünscht, sie könnte Beibei heimlich in die nächste Welt befördern, ohne dass jemand es merkt. Beibei schreit lauter, weißer Schaum tropft aus ihrem Mundwinkel. Frau Su säubert sie mit dem Handtuch, und einen Augenblick lang, als ihre Hand auf Beibeis Mund verweilt und ihr Geschrei dämpft, verspürt Frau Su den Wunsch, die Hand dort zu lassen. Drei Minuten, und Beibei blieben die Kämpfe und Demütigungen erspart, die der Tod für jedes Lebewesen in petto hat, denkt Frau Su, doch als Beibeis bleiches Gesicht rosa anläuft, zieht sie das Handtuch weg. Beibei atmet schwer. Es erstaunt und betrübt Frau Su, dass Beibeis Leben so zäh ist und die Liebe, die es einst erschuf, überlebt hat.

An einem freien Computer gibt Herr Su mit einem Finger sein Passwort ein – eine Kombination aus Beibeis und Jians Geburtstagen. Er ist noch immer ungeschickt bei der Bedienung des Computers, doch die Leute hier, die meisten alt und langsam, haben Geduld miteinander. Die Software produziert pflichtbewusst Grafiken und Zahlen, aber Herrn Su fällt es heute schwer, sich zu konzentrieren. Nach einer Weile hört er auf und überlässt seinen Platz einer wartenden Frau. Er kehrt zu den Sitzgelegenheiten zurück und sucht sich einen intakten Stuhl, um auszuruhen. Als in den letzten Jahren das Wirtschaftswachstum zurückging, wurde das Maklerbüro nur schlecht instand gehalten, und vielen Stühlen fehlt die orangefarbene Sitzfläche aus Plastik. Schließlich findet Herr Su einen guten Stuhl zwischen selbstgenähten Baumwollkissen und setzt sich zu einer Gruppe alter Hausfrauen. Die Frauen, Ende Fünfzig oder Anfang Sechzig, sind die zufriedensten und geschwätzigsten Personen. Die meisten von ihnen haben Geld in Aktien angelegt, die sie jetzt wohl oder übel behalten müssen, vielleicht für immer; sie kommen tagtäglich, und zwar nur um der Geselligkeit willen. Sie reden über ihre Kinder und Enkelkinder, unerträgliche Schwiegerleute, Seifenopern vom Vorabend, Geschichten aus den Boulevardzeitungen, die ausführlich diskutiert und analysiert werden müssen.

Herr Su schaut auf den großen Bildschirm, auf dem sich die Zahlen ständig verändern. Das öffentliche Radio ist auf einen Finanzsender eingestellt, doch die Analyse des Moderators wird vom Geplapper der Frauen übertönt. Die meiste Zeit findet Herr Su sie ärgerlich laut, aber heute empfindet er

Zuneigung, nahezu Zärtlichkeit für die Frauen. Seine Frau, still und nachdenklich, wird nie eine dieser alten Plaudertaschen werden, aber für einen Augenblick wünscht er, dass eine von ihnen seine Frau wäre, in gute Laune versetzt durch die banalsten Dinge, geistlos glücklich.

Nachdem er die Zahlen notiert hat, die ihn interessieren, seufzt Herr Su. Trotz aller Vorbereitung zeitigen seine Investitionen keine besseren Ergebnisse als die der Frauen. Das Leben geht aus dem gleichen Grund schief, aus dem die Menschen sich verrechnen. Mann und Frau versprechen sich lebenslange Liebe, die sich als kürzer als das Leben erweist; sie kaufen aufgrund korrekter Kalkulationen Aktien, bedenken jedoch nicht die Vorliebe des Lebens für das Unwahrscheinliche trotz aller Wahrscheinlichkeitsgesetze. Mit Dreizehn verliebte sich Herr Su in seine Frau, und sie verliebte sich in ihn. Wie groß war die Chance, dass diese erste Liebe zu einer Familie führen würde? Gegen den Willen beider Familien heirateten sie, und gegen die Warnungen aller beschlossen sie, ein Baby zu bekommen. Herr Su, damals jünger und arroganter, stellte Berechnungen an und folgerte, dass die Wahrscheinlichkeit, ein krankes Kind zu bekommen, sehr gering war, so gering, dass das Schicksal fast auf ihrer Seite sein musste. Fast, aber nicht ganz, und als wäre es ein schonungsloser und bösartiger Witz, wurde Beibei mit defektem Gehirn und Rückgrat geboren. Es wäre nicht so schlimm gewesen, hätte seine Frau nicht beschlossen, sich und das Kind vor der Welt zu verstecken; Beibei erinnerte seine Frau wohl jeden Tag daran, dass ihre Ehe nicht wirklich legitim war. Es gibt nichts, wofür wir uns schämen müssen, wollte Herr Su zu ihr sagen, aber er brachte es nicht übers Herz. Er war es, der ein weiteres Kind vorschlug. Um ihnen beiden eine zweite Chance zu geben, um seine Frau vor der unnötigen Schande und dem ebenso unnötigen Schmerz zu bewahren, mit denen sie unbedingt leben wollte. Insgeheim wollte er auch das Schicksal noch einmal herausfordern. Die Wahrscheinlichkeit eines zweiten behinderten Kindes war gering, sehr gering, versuchte er seine Frau zu überzeugen; wenn sie nur ein normales Baby und eine normale Familie haben könnten! Die Geburt des zweiten Babys bestätigte seine Berechnungen – Jian war gesund, er wuchs zu einem gutaussehenden und intelligenten Jungen heran, als würden seine Eltern doppelt belohnt für das, was ihnen beim ersten Kind genommen worden war –, aber wer hätte gedacht, dass sich seine Frau nach diesem Erfolg von ihm abwenden würde, statt dass ihre Ehe glücklicher wurde? Wie arrogant er gewesen war, den gleichen Fehler zweimal machen, zu glauben, das Leben überlisten zu können? Was Beibeis Geburt überlebt hatte, überlebte Jians Geburt nicht, als könnte seine Frau entgegen jeder Lebensweisheit zwar Unglück mit ihm teilen, nicht jedoch Glück. Seit zwanzig Jahren vermeiden sie es gewissenhaft zu streiten; sie sind liebevolle Eltern, pflichtbewusste Ehegatten, aber etwas, was sie als junge Leute verrückt nacheinander gemacht hat, ist verschwunden und hat sie mit einem Schmerz zurückgelassen, den sie nicht miteinander teilen können.

Jemand klopft mit dem Finger auf Herrn Sus Schulter. Er schlägt die Augen auf und merkt, dass er eingedöst war. »Entschuldigen Sie«, sagt er zu der Frau.

»Sie haben geschnarcht«, sagt sie und lächelt ihn vorwurfsvoll an.

Herr Su entschuldigt sich noch einmal. Die Frau nickt und nimmt wieder das Gespräch mit ihren Freundinnen auf. Herr Su blickt zu der Uhr an der Wand, es ist noch zu früh für das Mittagessen, dennoch holt er eine Tüte mit Instantnudeln und einen Becher aus seiner Tasche und übergießt die Nudeln mit heißem Wasser vom Getränkestand. Die Nudeln werden weich und saugen sich voll. Herr Su nippt an der Suppe und schüttelt den Kopf. Er überlegt, ob er nach Hause gehen und mit seiner Frau sprechen, ihr ein paar Fragen stellen soll, die er bislang nicht zu stellen wagte, doch dann beschließt er, dass unausgesprochene Dinge besser unausgesprochen bleiben. Das Leben ist nicht viel anders als die Börse – man investiert in eine Aktie und bleibt darauf sitzen trotz aller möglichen anderen Fehler, die man machen könnte.

Mittags liefert das vom Maklerbüro beauftragte Restaurant Essen in die VIP-Lounges, und die Leute im Parkett erhitzen etwas in der Mikrowelle oder machen sich Instantnudeln. Herr Su freut sich immer an der Geruchsmischung der Essensreste von anderen Tischen und setzt sich hoffnungsvoll an einen Computer. Eines Tages, denkt er, wenn sich seine Frau nicht mehr um Beibei kümmern muss, wird er sie bitten, ihn ins Maklerbüro zu begleiten. Er möchte, dass sie das Leben anderer Leute sieht, voller belangloser, aber angenehmer Trivialitäten.

Um Punkt fünf Uhr verlässt Herr Su das Maklerbüro. Vor dem Gebäude sitzt Herr Fong auf dem Bordstein und schaut zu ihm auf wie ein trauriges, verlassenes Kind.

»Herr Fong«, sagt Herr Su. »Alles in Ordnung? Warum sind Sie nicht reingegangen und haben mich geholt?«

Herr Fong schlägt vor, dass sie etwas trinken gehen, dann streckt er Herrn Su die Hand hin und lässt sich von ihm auf die Beine ziehen. Sie gehen in einen kleinen Imbiss, und Herr Fong bestellt ein paar kalte Gerichte und eine Flasche starken Yamswein. »Wünschen Sie nicht manchmal, dass eine Ehe nicht so lange wie das Leben dauert?« fragt Herr Fong bei einer Tasse Wein.

»Stimmt etwas nicht?« fragt Herr Su.

»Seitdem meine Frau entlassen wurde, stimmt nichts mehr«, sagt Herr Fong.

»Werden Sie sich scheiden lassen?«

Herr Fong trinkt eine Tasse Wein. »Ich wünschte, ich könnte es«, sagt er und beginnt zu schluchzen. »Ich wünschte, ich würde sie überhaupt nicht lieben, dann könnte ich einfach meine Sachen packen und gehen.«

Am späten Nachmittag ist Frau Su überzeugt, dass Beibei Probleme hat. In ihren Augen, die normalerweise klar und ausdruckslos sind, funkelt ein seltsames Licht, als wäre sie sich ihrer Schmerzen bewusst. Frau Su versucht vergeblich, sie zu beruhigen, und als alle anderen Mittel versagen, holt sie ein Fläschchen Schlaftabletten. Sie legt zwei Tabletten in einen kleinen Porzellanmörser und fügt dann, nach einem Augenblick des Zögerns, zwei weitere hinzu. Seit Jahren gibt sie Beibei pulverisierte Tabletten in Sirup, damit die Familie nachts ungestört schlafen kann.

Der Sirup beruhigt Beibei, und für eine Weile hört sie auf zu schreien und fängt dann wieder an. Frau Su streichelt Beibeis Stirn und wartet, dass das Medikament ihr beschränktes Bewusstsein überwältigt. Als das Telefon klingelt, rührt sich Frau Su nicht von der Stelle. Später, als zum fünftenmal angerufen wird, schaut sie auf Beibeis Augen, die vor Schläfrigkeit halb geschlossen sind, und schließt die Schlafzimmertür, bevor sie sich meldet.

»Warum haben Sie nicht früher abgenommen? Haben auch Sie mich satt?« fragt Frau Fong.

Frau Su sucht nach Ausreden, doch Frau Fong interessiert sich nicht dafür und schneidet ihr das Wort ab. »Ich weiß jetzt, wer die Frau ist.«

»Wieviel hat es Sie gekostet, das herauszufinden?«

»Nichts. Hören Sie, mein Mann – der schamlose alte Mann – hat gestanden.«

Frau Su ist erleichtert. »Dann ist das Schlimmste also vorbei, Frau Fong.«

»Vorbei? Keineswegs. Raten Sie mal, was er heute nachmittag zu mir gesagt hat? Er hat mich gefragt, ob wir nicht alle drei in Frieden zusammenleben können. Er hat es so gesagt, als würde er dabei nur an mich denken. ›Wir haben genug Zimmer. Es schadet nichts, wenn wir ihr ein Zimmer und ein Bett geben. Sie ist eine gute Frau, sie wird sich gut um uns beide kümmern.‹ Um sein *Ding* wird sie sich bestimmt kümmern.«

Frau Su wird rot. »Will sie bei Ihnen wohnen?«

»Raten Sie mal. Sie hat ihre Stelle verloren. Haha, keine Überraschung, was? Ich bin sicher, dass sie einziehen will. Sie bekommt alles umsonst. Mahlzeiten. Bett. Mann. Was will sie mehr? Womöglich hat sie sogar ein Auge auf unser Erbe geworfen. Stellen Sie sich vor, was mein Mann vorgeschlagen hat. Er hat gesagt, ich solle sie wie eine Tochter betrachten. Er hat gesagt, dass sie mit Fünf ihren Vater verloren hat und keinen Mann kannte, der gut zu ihr war, bis sie ihn traf. Und ich habe gefragt: Sucht sie einen Mann oder einen Stiefvater? Sie *schmiert ihm Honig um den Mund*, verstehen Sie? Aber der Mann ist blind! Er hat mich sogar gebeten, Mitgefühl mit ihrem Leiden zu haben. Warum hat er sie nicht gebeten, Mitgefühl mit mir zu haben?«

Etwas prallt mit einem lauten Knall gegen die Wohnungstür, und dann fliegt sie auf. Frau Su wendet sich um und sieht einen alten Mann an der Tür lehnen, gestützt von ihrem Mann. »Herr Fong ist betrunken«, flüstert ihr Mann.

»Sind Sie noch da?« fragt Frau Fong.

»Doch, ja, Frau Fong, es ist etwas dazwischengekommen, und ich muss aufhören.«

»Noch nicht. Ich bin mit meiner Geschichte noch nicht fertig.«

Frau Su sieht zu, wie die beiden Männer ins Bad taumeln. Nach einer Weile hört sie, wie sich jemand erbricht, das Plätschern von Wasser, die leisen tröstlichen Worte ihres Mannes, Herrn Fongs Schluchzen.

»Und ich habe gesagt: Nur über meine Leiche, und er hat geweint und mich angefleht und alle diese lächerlichen Sachen gesagt, dass man aufgeschlossen sein soll. In vielen Haushalten leben jetzt zwei Frauen in Frieden mit einem Mann, hat er gesagt. Das ist die Revolution der Ehe, hat er gesagt. Revolution? habe ich gesagt. Das ist Rückschritt. Du hältst dich für einen guten Marxisten, habe ich gesagt, aber Marx hat nichts von Bigamie gesagt. Der Vorsitzende Mao hat dir nicht befohlen, eine Konkubine zu haben.«

Herr Su ist Herrn Fong dabei behilflich, sich aufs Sofa zu legen, und Herr Fong schließt die Augen. Frau Su sieht, wie es im tränenverschmierten Gesicht des alten Mannes zuckt. Bald vermischen sich Frau Fongs zornige Worte mit Herrn Fongs Schnarchen.

Nachdem Herr Fong eingeschlafen ist, steht Herr Su auf und geht in Beibeis Zimmer. Einen Augenblick später kommt er wieder heraus und schaut Frau Su an, sein Ausdruck traurig und gefasst, und ihr Herz beginnt zu flattern. Sie lässt den Hörer fallen, aus dem noch immer Frau Fongs Plappern dringt, und geht in Beibeis Zimmer. Dort liegt Beibei ruhig und friedlich, der Ausdruck von Schmerz ist aus ihrem Gesicht gewichen, es ist porzellanweiß, bläulich angehaucht. Frau Su kniet sich neben das Bett und nimmt Beibeis noch immer plumpe und weiche Hand. Ihr Mann tritt neben sie und streicht ihr übers Haar, das jetzt grau und dünn ist, doch seine Berührung, sanft und schüchtern, ist die gleiche wie vor einem Menschenleben, als sie als Kinder im Garten ihrer Großeltern spielten, in dem die Bienen, geschäftig und zufrieden, um die glockenförmigen feuerfarbenen Granatapfelblüten summten.

Unsterblichkeit

SEINE GESCHICHTE begann, wie die Geschichte von uns allen, lange bevor er geboren wurde. Seit Dynastien stellte unsere Stadt die zuverlässigsten Diener der kaiserlichen Familien. Es waren Eunuchen, doch aus Gründen der Ehrerbietung nennen wir sie Große Papas. Niemand von uns ist ein direkter Nachfahre eines Großen Papas, aber wenn wir im Strom unseres Blutes flussaufwärts schwimmen, stoßen wir auf Onkel, Brüder und Cousins, die ihre Männlichkeit opferten, damit unsere Namen nicht untergingen. Generationen von Jungen wurden im Alter von sieben oder acht Jahren auserkoren und entmannt – *gereinigt*, wie es hieß – und als Lehrlinge in den Palast geschickt, wo sie lernten, häusliche Aufgaben für den Kaiser und seine Familie zu verrichten. Mit Zwölf oder Dreizehn begannen sie, ihr eigenes Geld zu verdienen, Silbermünzen, die sie sparten und ihren Eltern nach Hause schickten. Die Münzen wurden in eine Truhe gelegt zu dem kleinen Säckchen aus Seide, in dem zwischen Kräutern die abgetrennte Wurzel ihrer Männlichkeit aufbewahrt wurde. Wenn die Brüder der Großen Papas ins heiratsfähige Alter kamen, schlossen die Eltern die Truhe auf und holten die Silbermünzen heraus. Das Geld ermöglichte den Brüdern zu heiraten; ihre Frauen gebaren Söhne; die Söhne wuchsen heran, um den Namen der Familie weiterzuführen, entweder indem sie ebenfalls Söhne zeugten oder indem sie als gereinigte Jungen in den Palast gingen. Jahre zogen ins Land. Wenn die Großen Papas auf ihren wackligen Knien den kaiserlichen Herrschaften nicht länger dienen konnten, wurden sie aus dem Palast entlassen und von ihren Neffen aufgenommen. Sie hatten nichts mehr zu tun, saßen den ganzen Tag in der Sonne, streichelten die Katzen, die sie aus dem Palast mitgebracht hatten und die so fett und träge wie sie selbst waren, und sahen den Rüden zu, wie sie in den Gassen Hündinnen nachjagten. Irgendwann starben sie. Ihre Begräbnisse waren die spektakulärsten Ereignisse in unserer Stadt: vierundsechzig buddhistische Mönche in goldenen und roten Roben beteten neunundvierzig Tage lang, um ihre Seelen in den Himmel zu geleiten; vierundsechzig Tao-Meister in blauen und grauen Roben tanzten neunundvierzig Tage lang, um alles Böse zu vertreiben, das es wagte, sich in ihren Leichen einzunisten. Am Ende der neunundvierzig Tage folgte der göttliche Augenblick, wenn das seidene Säckchen mit ihrer verschrumpelten Männlichkeit in den Sarg gelegt wurde. Jetzt, da das fehlende Teil dem Körper zurückgegeben war, konnte die Seele ihn ohne Bedauern verlassen und sich an einen Ort aufmachen, der besser war als unsere Stadt.

Das war die Geschichte aller unserer Großen Papas. Während ganzer Dynastien waren sie die vertrauenswürdigsten Mitglieder der kaiserlichen Familie. Sie erledigten die persönlichsten Verrichtungen für Prinzessinnen und Konkubinen, ohne das erlauchte Blut mit dem primitiven und schmutzigen Verlangen der Männer zu besudeln; sie dienten diskret dem Kaiser und seinen Söhnen, aber die Großen Papas stellten im Gegensatz zu den jungen Dienerinnen, die davon träumten, den Kaiser und seine Söhne mit ihrer billigen Schönheit zu verführen, keine Bedrohung für die kaiserlichen Gattinnen dar. Es kursierten jedoch wilde Gerüchte, dass sie den Prinzen als Spielzeug dienten, bevor diese das gesetzlich vorgeschriebene Alter erreichten, um sich eine Konkubine nehmen zu dürfen, und unselige Geschichten, dass Große Papas für das kleinste Missgeschick ertränkt, verbrannt, zu

Tode geprügelt oder enthauptet wurden, aber diese Geschichten wurden, wie wir alle wissen, erfunden, um den guten Ruf unserer Stadt in Misskredit zu bringen. Wir glauben, was wir sehen – die virtuos gemeißelten Grabsteine auf unserem Friedhof, die elegant gestickten Porträts in unseren Familienbüchern. Die Großen Papas erfüllen unsere Herzen mit Stolz und Dankbarkeit. Wer wären wir, die kleinen Leute in dieser namenlosen Stadt, wenn es sie nicht gegeben hätte?

Der Ruhm unserer Stadt ist während des letzten Jahrhunderts verblasst. Aber darf ich Ihnen die Geschichte eines Jungen erzählen, bevor ich zum Niedergang der Großen Papas komme? Der Tradition entsprechend stammten die Jungen, die in den Palast geschickt wurden, nicht aus Familien mit nur einem Sohn, der die noch heiligere Pflicht hatte, weitere Jungen zu zeugen. Doch der Größte unserer Großen Papas kam aus einer Familie mit nur einem Sohn. Sein Vater, ebenfalls der einzige Sohn, starb jung, bevor er die Möglichkeit hatte, mehr Sprösslinge im Bauch seiner Frau pflanzen. Der Junge und seine verwitwete Mutter lebten in Armut, da kein Onkel oder Bruder ihnen Geld aus dem Palast schickte. Im Alter von zehn Jahren, nach einer Rauferei mit den Nachbarsjungen, die mit ihren Brüdern prahlten, die Goldbarren aus der Hand des Kaisers entgegennahmen, ging der Junge in den Kuhstall und reinigte sich mit einem Strick und einer Sichel. Die Legende will es, dass der Junge durch die Stadt marschierte, die bluttriefende Wurzel seiner Männlichkeit in der Hand, und den Leuten, die ihn mitleidig ansahen, zurief: »Wartet nur, bis ich der beste Diener Seiner Majestät bin!« Seine Mutter, die die Schande und die Verzweiflung, in einem Haus ohne Sohn und ohne Enkelsohn zu leben, nicht ertrug, stürzte sich in einen Brunnen. Zwanzig Jahre später wurde der Sohn zum Obereunuchen des Palastes ernannt, dem zweitausendachthundert Eunuchen und dreitausendzweihundert Dienerinnen unterstanden. Da er keine Brüder hatte, sparte er jede Münze und kehrte als reichster Mann der Gegend aus dem Palast zurück. Er heuerte Männer an, die den Sarg seiner armen Mutter ausgruben, und ließ sie ein zweites Mal beerdigen. Es war das aufwendigste Begräbnis, das in unserer Stadt je stattfand. Es war im neunten Monat des Jahres 1904, und bis heute reden die alten Leute von sämtlichen Einzelheiten der Beerdigung: von dem riesigen Sarg, der aus einem Sandelholzbaum geschnitzt war, von den Stapeln Goldbarren, den Truhen mit seidenen Gewändern und den Kisten mit Schalen aus Jade, die sie im nächsten Leben benutzen sollte. Noch beeindruckender waren die vier jungen Mädchen, die der Sohn armen Bauern in den Bergen abgekauft hatte. Alle vier waren zwölf Jahre alt. Sie wurden in Satingewänder gekleidet, die zu tragen sie nie auch nur geträumt hätten, und mussten eine Tasse Quecksilber trinken. Das Quecksilber brachte sie auf der Stelle um, so dass ihr Teint noch immer pfirsichfarben war, als sie in vier Sänften vor dem Sarg her getragen wurden. Mit brennenden Räucherstäbchen in den gekrümmten Fingern begleiteten die vier Mädchen die Mutter als loyale Dienerinnen in die andere Welt.

Das war der leuchtendste Moment in unserer Geschichte, er war wie die brillanteste Feuerwerksrakete, die den Himmel noch einmal erhellt, bevor ihn Dunkelheit überzieht. Bald darauf wurde die letzte Dynastie von den Republikanern vertrieben. Der Kaiser wurde aus der Verbotenen Stadt gejagt; ebenso seine treuesten Diener, die letzte Generation unserer Großen Papas. Um 1930 lebten die meisten von ihnen in Armut in den Tempeln um die Verbotene Stadt. Nur die Schlauesten unter ihnen verdienten sich einen angemessenen Lebensunterhalt, indem sie Journalisten und Touristen aus dem Westen ihren Körper zeigten, extra Geld verlangten, wenn sie Fragen beantworteten, und noch mehr berechneten, wenn sie sich fotografieren ließen.

Dann folgten ein kurzes Jahrzehnt der Republik, die Warlords, zwei Weltkriege, in denen wir beide Male auf der Seite der Gewinner kämpften, ohne etwas zu gewinnen, der Bürgerkrieg, und schließlich erleben wir den Anbruch des Kommunismus. An dem Tag, an dem der Diktator den Sieg des Kommunismus in unserem Land verkündet, kommt in unserer Stadt ein junger Zimmermann nach Hause zu seiner frisch angetrauten Frau.

»Es heißt, von jetzt an haben wir ein neues Leben«, sagt die junge Frau zu ihrem Mann und deutet zu dem Lautsprecher auf dem Dach ihres Hauses.

»Neu oder alt, das Leben bleibt immer gleich«, erwidert der Mann. Er zieht seine Frau ins Bett und schläft mit ihr, seine Augen vor Ekstase halb geschlossen, während über den Lautsprecher ein neues Lied übertragen wird und der Chor der Männer und Frauen immer wieder denselben Text singt.

So wird ihr Sohn gezeugt, zu dem Refrain *Der Kommunismus ist groß, groß, so groß.* Das Lied wird jeden Tag gespielt, und die werdende Mutter summt mit, berührt ihren wachsenden Bauch und schneidet gewissenhaft die Bilder des Diktators aus den Zeitungen. Selbstverständlich nennen wir ihn nicht Diktator. Wir nennen ihn unseren Vater, unseren Erlöser, Polarstern unseres Lebens, die nie untergehende Sonne unserer Zeit. Wie die meisten Frauen ihrer Generation ist die Mutter Analphabetin. Doch im Gegensatz zu anderen Frauen schaut sie gern Zeitungen an, und sie bewahrt die Bilder des Diktators in einem dicken Notizbuch auf. Ist sie nicht die klügste Frau in unserer Stadt? Keiner anderen Frau kommt es in den Sinn, während der Schwangerschaft das Gesicht des Diktators zu betrachten. Allerdings heißt es seit jeher, je eingehender eine schwangere Frau ein bestimmtes Gesicht studiert, desto größer ist die Wahrscheinlichkeit, dass das Kind dann auch so aussieht. Jahre zuvor betrachteten junge Mütter in den großen Städten das Gesicht von importierten Puppen, die alle einen ausländischen Namen hatten, Shirley Temple. Jahrzehnte später werden es vor allem die Gesichter von Filmstars sein. Aber zu dieser Zeit ist der Diktator der einzige Superstar in den Medien, deswegen hat die Mutter zehn Monate lang vor der Geburt des Babys immer wieder sein Gesicht studiert.

Der Sohn wird mit dem Gesicht des Diktators geboren, ein Wunder, das uns zuerst nicht auffällt. Während der nächsten zehn Jahre werden wir es vermeiden, ihn anzusehen, aus Angst, in seinem Gesicht seinen toten Vater wiederzuerkennen.

Der Vater arbeitet hart, ist nett zu den Nachbarn und gut zu seiner Frau. Wir hätten nie gedacht, dass er ein Feind unserer neuen kommunistischen Nation ist. Doch es gibt Zeugen, nicht nur einen, sondern eine ganze Kneipe voller abendlicher Zecher.

Was ihn das Leben kostet, ist eine Bemerkung über Heldinnen und Schweine. Zu dieser Zeit verehren wir unser kommunistisches Nachbarland, die Sowjetunion, als unseren großen Bruder. Bei unserem großen Bruder, so heißt es, werden die Frauen ermuntert, Babys für die kommunistische Sache zu produzieren, und den Frauen, die eine bestimmte Anzahl Kinder auf die Welt gebracht haben, wird der Titel *Mutterheldin* verliehen. Und jetzt, da wir uns auf der gleichen Autobahn in den gleichen Himmel befinden, beschließt der Diktator, die gleiche Politik zu verfolgen.

Der junge Zimmermann ist ein bisschen betrunken, als er mit seinen Zechkumpanen scherzt. »Mutterheldinnen? Meine Sau hat zehn Ferkel auf einmal geworfen. Soll man ihr nicht auch einen Titel verleihen?«

Das ist es, ein bösartiger Angriff auf die Bevölkerungspolitik des Diktators. Der Zimmermann wird nach einem öffentlichen Prozess exekutiert. Alle außer seiner Frau nehmen daran teil, alle recken wir die Fäuste und bejubeln den Sieg des Volkes, unser einstimmiger Chor übertönt das Stöhnen seiner Frau, die im Bett liegt und kurz vor der Niederkunft steht. Wir rufen Slogans, als die Kugel in den Kopf des jungen Mannes dringt. Wir singen revolutionäre Lieder, während seine Leiche durch die Straßen getragen wird. Als uns vor Erschöpfung schließlich die Stimme versagt, hören wir den ersten Schrei des Jungen, laut und qualvoll, und einen Augenblick lang können wir einander nicht in die Augen blicken. Was haben wir einer Mutter und einem Baby angetan? War der tote junge Mann nicht unser Bruder?

Zu diesem Zeitpunkt wissen wir nicht, dass in der Hauptstadt ein Wissenschaftler ins Gefängnis geworfen und zu Tode gefoltert wird, weil er eine Bevölkerungsexplosion vorausgesagt und den Diktator aufgefordert hat, seine Politik zu revidieren. Ebensowenig wissen wir, dass der Diktator bei einem Treffen mit dem Führer unseres großen Brudervolks in Moskau gesagt hat, dass wir weder einen weiteren Weltkrieg noch Atomwaffen fürchten: *Sollen die Amerikaner Atombomben auf uns werfen. Wir sind fünfhundert Millionen Menschen. Auch wenn die Hälfte von uns umkommt, sind wir immer noch zweihundertfünfzig Millionen, und diese zweihundertfünfzig Millionen werden in Null Komma nichts zweihundertfünfzig weitere Millionen produzieren.*

Später, als wir seine Worte in der Zeitung lesen, kocht unser Blut. Jahrelang werden wir mit zum Himmel gerichteten Blick leben und darauf warten, dass die amerikanischen Bomben auf uns herunterregnen und wir dem Diktator unseren Mut und unsere Loyalität beweisen können.

Der Junge wächst so schnell wie ein Bambussprössling. Die Mutter altert noch schneller. Nach dem Tod des Zimmermanns gibt ihr das Revolutionskomitee unserer Stadt auf ihre Bitte hin Arbeit als Straßenkehrerin. Jeden Morgen liegen wir in unseren Betten und horchen auf das Scharren ihres Bambusbesens. Sie ist mit Achtzehn Witwe geworden, sie ist so schön, wie eine junge Witwe nur sein kann, und selbstverständlich entwickeln manche unserer Junggesellen in ihren schmalen Betten Phantasien über sie. Aber keiner unserer jungen Männer macht ihr einen Heiratsantrag. Wer möchte schon die Witwe eines Konterrevolutionärs heiraten und sich für den Rest seines Lebens Sorgen machen müssen, weil er ein Sympathisant der falschen Person ist? Und obwohl der Diktator verkündet hat, dass die Männer und Frauen unseres Volkes gleichberechtigt sind, glauben wir obendrein immer noch, dass eine Witwe, die sich einen zweiten Mann wünscht, letztlich eine Hure ist. Unsere Ansicht wird bestärkt, als wir in der Zeitung lesen, was der Diktator über einen engen Gefolgsmann gesagt hat, der zu einem Feind des Volkes geworden ist: *Ein Mann kann sein reaktionäres Wesen ebensowenig auf Dauer verbergen, wie eine Witwe ihren Wunsch, gefickt zu werden, verbergen kann.*

Und so verwelkt die junge Mutter vor unseren Augen. Ihr Gesicht wird jeden Tag blasser, und ihre Augen werden trokkener. Als der Junge zehn ist, sieht die Mutter aus wie eine sechzigjährige Frau. Keiner unserer Junggesellen macht sich noch die Mühe, ihr ins Gesicht zu blicken.

Der Junge wird in dem Jahr zehn, in dem die Hungersnot beginnt. Vor der Hungersnot haben wir drei Jahre lang nichts anderes getan, als von unserem kommunistischen Himmel zu singen und zu schwören, die leidende Arbeiterklasse auf der ganzen Welt zu befreien. Arbeiter und Bauern arbeiten nicht mehr und verbringen ihre Tage mit dem mühsamen und freudvollen Versuch, noch ein Gedicht zu verfassen und der produktivste proletarische Dichter zu werden. Jeden Tag gehen wir ins Zentrum der Stadt, um darüber zu diskutieren, mit welcher Strategie wir unter Führung des Diktators die Welt erobern werden. Die Hungersnot trifft uns unvorbereitet, und wir hören auf die ermunternden Worte des Diktators, die aus den Lautsprechern dringen. Er ruft uns auf, für die kommunistische Zukunft den Gürtel enger zu schnallen, und wir stanzen freudig mehr Löcher in die Gürtel. Im zweiten Jahr der Hungersnot verkündet der Diktator durch die Lautsprecher: *Vernichtet die Spatzen und die Ratten; sie sind die Räuber, die unser Essen gestohlen und uns den Hunger gebracht haben.*

Spatzen zu töten ist das festlichste Ereignis in den drei langen Jahren der Hungersnot. Seit Monaten trinken wir nur dünnen Brei und essen Wurzeln, aber am Morgen des Spatzenjagdtages bekommen wir alle zwei gedämpfte Teigtaschen von der städtischen Garküche. Nach dem Frühstück steigen wir auf die Hausdächer und schlagen auf das Signal des Revolutionskomitees hin auf Gongs und Trommeln. Unser arrhythmischer Krach lässt die Spatzen in den Himmel auffliegen. Den ganzen Vormittag und den ganzen Nachmittag schlagen wir in wechselnden Schichten auf die Instrumente, und wenn ein Spatz sich in einem Baumwipfel ausruhen will, verscheuchen wir ihn mit bunten Fähnchen, die an langen Bambusstangen befestigt sind. Gegen Abend regnen die Spatzen auf uns herab wie kleine Bomben und sterben vor Schrecken und Erschöpfung. Als Vogelscheuchen verkleidete Kinder laufen herum und sammeln die toten Spatzen ein.

Der Junge versucht, einen Spatz in seinem Ärmel zu verstecken, doch ein größerer Junge hält seine Hand fest. »Er stiehlt das Eigentum des Volkes«, ruft der große Junge den Stadtbewohnern zu.

»Meine Mama ist krank. Sie muss etwas essen«, sagt der Junge.

»He, Junge, was deine Mutter braucht, ist eine andere Art von Vogel«, sagt ein Mann, und wir brechen in brüllendes Gelächter aus. Wegen der Teigtaschen in unserem Bauch und der Spatzen in unseren Körben sind wir guter Laune.

Der Junge starrt den Mann einen Augenblick an und rammt ihm dann den Kopf in den Bauch.

»Du Hurensohn«, sagt der Mann, beugt sich vor und bedeckt seinen Schritt mit den Händen.

»Schlagt den kleinen Konterrevolutionär«, sagt jemand, und wir stürzen uns mit Händen und Füßen auf den Jungen. Der Hunger hat uns Tag für Tag wütender gemacht, und wir sind erleichtert, dass wir jemanden gefunden haben, an dem wir unsere namenlose Wut auslassen können.

Die Mutter drängt sich in die Menge und versucht, uns wegzustoßen. Wir schlagen deswegen nur noch härter auf den Jungen ein. Manche nehmen Ziegel und Steine in die Hand, bereit, ihn umzubringen. Andere fletschen die Zähne, bereit, ihn bei lebendigem Leib aufzufressen.

»Schaut ihm alle ins Gesicht. Wer es wagt, ihn noch einmal zu schlagen, den werde ich wegen Respektlosigkeit gegenüber unserem größten Führer anklagen«, schreit die Mutter und geht auf uns los wie eine Wahnsinnige.

Wir erstarren und schauen dem Jungen ins Gesicht. Trotz des geschwollenen Gesichts und der blaugeschlagenen Augen sehen wir sofort, dass es das Gesicht des Diktators ist, jung und rebellisch wie in den bebilderten Büchern über die heldenhafte Kindheit des Diktators. Der Junge steht auf und humpelt zu seiner Mutter. Ehrfürchtig sehen wir ihm ins Gesicht und trauen uns nicht, uns zu rühren, als er uns blutigen Schleim vor die Füße spuckt.

»Merkt euch mein Gesicht«, sagt der Junge. »Eines Tages

werdet ihr dafür bezahlen müssen.« Er hebt zwei Spatzen auf und geht mit seiner Mutter davon. Wir schauen ihnen nach, wie sich sich gegenseitig stützen wie Mann und Frau.

Auf Jahre hinaus wissen wir nicht, ob es ein Segen oder ein Unglück ist, dass ein Junge mit dem Gesicht des Diktators unter uns lebt. Wir behandeln den Jungen und seine Mutter wie unseren kostbarsten und zerbrechlichsten Schatz und lassen Fremden gegenüber kein Wort über sie verlauten.

»Vielleicht ist es nicht gut«, warnen uns die alten Leute und erzählen uns die Geschichte eines Großen Papas, der zufällig denselben Spitznamen hatte wie der Kaiser und deswegen in einem Brunnen ertränkt wurde. »Es gibt Dinge, die darf es nicht zweimal geben«, sagen die Alten.

Doch keiner von uns wagt es, etwas Despektierliches über das Gesicht des Jungen zu sagen. Je älter er wird, um so ähnlicher sieht er dem Diktator. Wenn wir ihm auf der Straße begegnen, wallt bisweilen ein warmes Gefühl in unserer Brust auf, als wäre der Diktator selbst unter uns. Zu dieser Zeit ist der Diktator für unser Volk größer als das Universum. Hausfrauen, die nicht lesen und schreiben können und die Wände mit alten Zeitungen tapeziert und dabei aus Versehen die Überschriften mit dem Namen des Diktators darin verkehrt herum angeklebt haben, werden exekutiert. Eltern von Erstklässlern, die den Namen des Diktators falsch schreiben, werden in Arbeitslager geschickt. Solange der Junge unter uns lebt, bewegen wir uns auf einer dünnen Schicht Eis über tiefem Wasser. Wir haben Angst, dass wir dem Gesicht nicht genug Respekt bezeugen, ein Hinweis auf unseren unterdrückten Hass auf den Diktator. Wir haben Angst, dass wir dem Gesicht zuviel Respekt bezeugen und den falschen Götzen anbeten, denn das könnte als Unfähigkeit interpretiert werden, das echte Gesicht von dem falschen zu unterscheiden. Kein Lehrer in der Schule tadelt den Jungen mit einem harschen Wort. Gleichgültig, was für ein Spiel die Schüler spielen, die Mannschaft, in der er nicht mitspielt, ist willens zu verlieren. Nachdem er die Oberschule abgeschlossen hat, trifft sich das Revolutionskomitee wochenlang und diskutiert, welche Arbeit einem jungen Mann mit einem Gesicht wie seinem angemessen ist. Keine Stelle in der Stadt ist sicher genug, um sie mit ihm zu besetzen. Schließlich glauben wir, die beste Lösung für das Problem gefunden zu haben – wir wählen ihn zum Direktor des Gremiums, das das Revolutionskomitee berät.

Dem jungen Mann geht es gut. Da er nichts zu tun und keine Lust hat, mit den alten Mitgliedern des Gremiums Tee zu trinken und auf diese Weise die Zeit totzuschlagen, spaziert er jeden Tag durch die Stadt, spricht mit den Leuten, die sich geschmeichelt fühlen, und sieht zu, wie die Verkäuferinnen im Kaufhaus bei seinem Anblick erröten. Seiner Mutter geht es jetzt wesentlich besser, sie hat wieder Farbe im Gesicht. Der einzige Nachteil, den er in Kauf nehmen muss, ist, dass kein Mädchen in der Stadt mit ihm ausgehen will. Wir haben unseren Töchtern erklärt, dass es entweder das größte Glück oder das größte Unglück wäre, ihn zu heiraten. Da wir in einer Stadt geboren sind, in der das Glücksspiel verpönt ist, will niemand eine Tochter mit einem Mann wie ihm verheiraten.

An dem Tag, an dem der Diktator stirbt, versammeln wir uns im Stadtzentrum und weinen wie verwaiste Kinder. In dem einzigen Fernseher, den unsere Stadt besitzt, sehen wir, wie die ganze Nation mit uns heult. Drei Monate lang tragen wir schwarze Trauerarmbänder bei der Arbeit und beim Schlafen. Ein halbes Jahr lang sind alle Belustigungen verboten. Noch ein, zwei Jahre nach seinem Tod schauen wir schwangere

Frauen schräg an, weil sie sich nicht an die Vorschriften der Trauerzeit gehalten haben. Den Vätern dieser Kinder bezeigen wir nie wieder Respekt.

Für den jungen Mann ist es eine schwierige Zeit. Beim Anblick seines Gesichts brechen manche von uns in hemmungsloses Wehklagen aus, und er muss stundenlang mit uns weinen. Das muss ihn ermüdet haben. Ein Jahr lang bleibt er in seinem Zimmer, und als wir ihn das nächstemal sehen, geht er mit einem kleinen Koffer ins Zentrum der Stadt; er sieht viel älter aus als achtundzwanzig.

»Stimmt etwas nicht?« fragen wir ihn besorgt. »Lass dich von dem Schmerz nicht unterkriegen.«

»Danke, aber mir geht es gut«, erwidert der junge Mann.

»Gehst du fort?«

»Ja, ich gehe fort.«

»Wohin?« Plötzlich erfüllt uns Panik. Ihn jetzt zu verlieren erscheint so unerträglich wie der Verlust des Diktators ein Jahr zuvor.

»Es ist ein politischer Auftrag«, sagt der junge Mann und lächelt geheimnisvoll. »Streng geheim.«

Erst nachdem er in einem Luxuswagen mit zugezogenen Vorhängen (das einzige Auto, das die meisten von uns je gesehen haben) fortchauffiert wurde, erfahren wir, dass er in die Hauptstadt gebracht wird, um als Imitator des Diktators vorzusprechen. Tagelang diskutieren wir, um herauszufinden, was Wörter wie »vorsprechen« und »Imitator« bedeuten. Letztlich können wir uns nur darauf einigen, dass er ein großer Mann werden wird.

Jetzt, da er verschwunden ist, ist seine Mutter unsere einzige Informationsquelle. Sie ist eine stolze Mutter, und jedesmal, wenn wir uns nach ihm erkundigen, erzählt sie die Geschichte, wie sie während der Schwangerschaft Tag und Nacht das Gesicht des verstorbenen Diktators betrachtet hat.

»Wisst ihr, es ist, als wäre er der Sohn unseres großen Führers«, sagt sie.

»Ja, wir sind alle Söhne unseres großen Führers«, sagen wir und nicken. »Aber er ist bestimmt sein bester Sohn.«

Die Mutter seufzt höchst befriedigt. Sie erinnert sich an die ersten Jahre nach der Geburt ihres Sohnes. Frauen ihres Alters gebaren Baby nach Baby, hängten gerahmte Mutterheldinnen-Urkunden an die Wand und gingen an ihr vorbei, den Blick zum Himmel gerichtet. Soll die Zeit beweisen, wer die wahre Heldin ist, dachte sie wohl und lächelte.

Dann erzählt sie uns von ihrem Sohn, und jede kleine Information öffnet uns eine neue Tür zur Welt. Er fuhr in einem Erster-Klasse-Waggon mit dem Zug in die Hauptstadt, wo er und andere Kandidaten in einem Luxushotel untergebracht sind und jeden Tag das Mausoleum des Diktators aufsuchen, um für den Wettbewerb zu studieren.

»Gibt es noch mehr Kandidaten?« fragen wir erschrocken, schockiert, weil sie womöglich nicht die einzige Frau war, die während der Schwangerschaft das Gesicht des Diktators studiert hat.

»Ich bin sicher, dass er derjenige ist, den sie wollen«, sagt die Mutter. »Wenn er das Gesicht des Führers anschaut, so sagt er, ist er vollkommen überzeugt ist, dass er der Auserwählte sein wird.«

In den nächsten Jahren werden einige von uns die Gelegenheit haben, in die Hauptstadt zu fahren, stundenlang Schlange zu stehen und zu warten, um schließlich einen Blick auf das Gesicht des Diktators werfen zu dürfen. Nach seinem Tod wurde im Zentrum der Hauptstadt unseres Landes ein Mausoleum errichtet, in dem die Leiche des Diktators in einem gläsernen Sarg aufgebahrt ist. *Unser großer Führer soll zehntausend Jahre in den Herzen von hundert Generationen leben*, hat der Architekt über den Eingang des Mausoleums meißeln lassen. Gleich hinter dem Eingang werden wir eine beträchtliche Summe für eine weiße Papierblume zahlen, die wir in ein Meer weißer Blumen am Fuß des Sarges legen. Einen kurzen Augenblick lang werden sich manche von uns fragen, ob die Blumen wieder eingesammelt und am nächsten Tag erneut verkauft werden, aber sofort schämen wir uns, weil wir am heiligsten Ort der Welt unreine Gedanken hegen. Mit der Blume in der Hand gehen wir schweigend im Gänsemarsch ins Innere des Mausoleums und sehen den Diktator, der in seinem durchsichtigen Sarg liegt, bedeckt von einer riesigen roten, mit goldenen Sternen dekorierten Fahne, seine Augen sind geschlossen, als würde er schlafen, sein Mund lächelt. Wir sind von der Leiche des großen Mannes so beeindruckt, dass wir die unnatürlich geröteten Wangen und den geschwollenen Hals übersehen, der so dick ist wie der Kopf.

Unser junger Mann muss dieselbe Strecke gegangen sein und mit der gleichen Ehrfurcht in das Gesicht geblickt haben. Was hat er sonst noch empfunden, was wir nicht empfinden? fragen wir uns.

Er muss sich dem großen Mann mehr verbunden gefühlt haben als irgendeiner von uns. Er hat das Recht dazu, da er unter den vielen Kandidaten als der Imitator des Diktators ausgewählt wurde. Wie er seine Rivalen geschlagen hat, erzählt uns seine Mutter nicht genau, sie sagt nur, dass er für die Rolle geboren sei. Erst viel später erfahren wir die Geschichte: Unser junger Mann und die anderen Kandidaten üben tagelang, und in der ersten Runde werden die aussortiert, die zu klein oder zu schwach gebaut sind für die Statur des Diktators (auch sie haben das Gesicht des Diktators), gefolgt von denen, die den Akzent des Diktators nicht meistern können. Darauf scheiden die Kandidaten aus, die in jeder Beziehung geeignet sind, aber keinen sauberen persönlichen Hintergrund aufweisen, zum Beispiel Söhne der landbesitzenden Klasse. Dank des Revolutionskomitees unserer Stadt, das verheimlicht hat, dass unser junger Mann der Sohn eines exekutierten Konterrevolutionärs ist, schafft er es mit drei weiteren Männern in die Endrunde. Am letzten Tag, als sie aufgefordert werden, einen Auftritt des Diktators zu improvisieren, entscheiden sich die anderen drei Kandidaten dafür, den Diktator zu zitieren, wie er die Geburt unserer kommunistischen Nation verkündet hat (die auch, wie Sie sich erinnern, der Beginn der Reise unseres jungen Mannes ist), während er selbst aus unerfindlichen Gründen sagt: *»Ein Mann kann sein reaktionäres Wesen ebensowenig auf Dauer verbergen, wie eine Witwe ihren Wunsch, gefickt zu werden, verbergen kann.«*

Einen Augenblick lang ist er entsetzt über diesen Schnitzer und empfindet die gleiche Scham und Wut, die er einst empfunden hat, als ein toter Spatz in seiner Hand erkaltete. Zu seiner Überraschung wird er ausgewählt, weil er das Wesen des Diktators erfasst hat, während die anderen drei nur seine Form in etwa darstellen konnten. Die drei werden zusammen mit den anderen ausgeschiedenen Kandidaten zur plastischen Chirurgie geschickt, denn es gibt Dinge, wie unsere alten Männer sagen, die es nicht zweimal geben darf.

Unser junger Mann ist der einzige in unserem Volk, der den Diktator verkörpern darf, und es beginnen die ruhmreichsten Jahre seines Lebens. Die regierungseigenen Filmfabriken drehen Filme über den Diktator mit unserem jungen Mann. In unserer Stadt drängen wir uns in das einzige Kino und schauen die Filme an. Insgeheim nehmen wir es unseren Müttern oder Frauen übel, dass sie nicht ein so großartiges Gesicht geboren haben.

Unser größtes Anliegen ist es jetzt, den jungen Mann zu verheiraten, der bereits über dreißig ist, ein Alter, das im allgemeinen für junge Töchter als unanständig alt gilt. Doch wen kümmert schon das Alter eines großen Mannes? Die Altmodischen unter uns heuern Heiratsvermittlerinnen für unsere Töchter an und schicken sie mit teuren Geschenken zu seiner Mutter. Andere, moderner und aggressiver, klopfen an die Tür seiner Mutter, ihre errötenden Töchter im Schlepptau. Benommen von der Auswahl, geht seine Mutter jeden zweiten Tag in die Stadt, um ein Ferngespräch mit ihm zu führen und von einer weiteren guten Partie zu berichten. Aber er ist nicht länger ein Mann unserer Stadt. Er ist für die Filme und für Feierlichkeiten durch das ganze Land geflogen und hat mehr attraktive Frauen gesehen, als unsere Stadt anzubieten hat. Er lässt seine Mutter, die sich vielmals entschuldigt, alle Angebote zurückweisen. Die meisten von uns akzeptieren, dass unsere Stadt ein zu seichtes Gewässer ist, um einen echten Drachen zu enthalten, geben auf und verheiraten unsere Töchter an junge Männer aus dem Ort. Doch ein paar von uns klammern sich an die vergebliche Hoffnung und warten auf den Tag, an dem er die unvergleichliche Schönheit und Tugend unserer Töchter erkennen wird. Ein paar Jahre lang werden zahllose Jungfrauen in unserer Stadt von ihren Eltern gehütet. Vom Ausschauhalten wird ihr Hals jedes Jahr länger. Es ist nicht ungewöhnlich, dass ein Mädchen mit einem Hals wie ein Kranich auf der Straße an uns vorbeigeht, bewacht von seinen Eltern, die mittlerweile Giraffen ähneln.

Der junge Mann ist zu sehr mit seiner neuen Rolle beschäftigt, um solche Geschichten zu erfahren. Er nimmt an allen nationalen Feierlichkeiten an sämtlichen Festtagen teil. Wir sind seine treuesten Anhänger und sitzen die ganze Nacht vor dem Fernseher und warten auf seinen Auftritt. Auf dem Bildschirm singen und tanzen Männer und Frauen mit einem herzlichen Lachen im Gesicht wie brave Kinder im Kindergarten. Vier- oder fünfjährige Kinder flirten miteinander und singen Liebeslieder wie fröhliche Papageien. In solchen Momenten fühlen sich die von uns, die etwas mehr denken als die anderen, unbehaglich und werden heimgesucht von der seltsamen Angst, dass unser Volk unreifer statt erwachsen wird. Doch die Sorge löst sich in Luft auf, sobald unser junger Mann erscheint und den Diktator verkörpert. Die Leute auf dem Bildschirm erheben sich, um zu klatschen, und strecken die Hände aus, damit er sie schüttelt. Junge Frauen mit hübschen Gesichtern laufen mit Blumensträußen zu ihm. Kinder umschwärmen ihn und rufen ihn mit dem Namen des Diktators. Unsere Augen schwimmen in Tränen der Wehmut. Einen Augenblick lang glauben wir, dass die Zeit stehengeblieben ist. Der Diktator ist noch am Leben und unter uns, und wir sind seine glücklichen Söhne.

Doch die Zeit ist weitergeschlichen, während wir hypnotisiert waren vom Gesicht unseres jungen Mannes. Jetzt haben wir Sony und Panasonic; wir haben Procter & Gamble, Johnson & Johnson. Wir sehen importierte Filme, in denen Männer und Frauen auf der Straße offen Händchen halten und sich sogar ohne eine Spur Furcht in den Augen küssen. Uns wird klar, dass unser Leben nicht so glücklich ist, wie uns eingetrichtert wurde. Die Menschen in diesen kapitalistischen Ländern warten nicht darauf, dass wir sie befreien. Sie wissen nichts von unserer Liebe zu ihnen.

Das muss auch für unseren jungen Mann eine schwierige Phase sein. Biographien und Memoiren über den Diktator erscheinen über Nacht wie das Gras im Frühling. Im Gegensatz zu den Büchern, die im Auftrag der Regierung von Schreibgruppen kollektiv verfasst wurden, bedeuten diese Bücher in dem Moment Ärger, in dem sie veröffentlicht werden. Bald werden sie als illegale Publikationen konfisziert und haufenweise verbrannt. Aber so manches hat sich bereits verbreitet, Schlechtes über den Diktator. Von Mund zu Mund wird das

Gerücht weitergegeben, dass unter seiner Herrschaft fünfzig Millionen Menschen an Hunger und politischer Verfolgung gestorben sind. Doch wenn man die Zahl genauer betrachtet, wird einem klar, dass es viel weniger sind, als der Diktator einst bereit war, den amerikanischen Atombomben zu opfern. Warum also dieses Theater?

Dennoch fangen wir an, über das nachzudenken, was man uns all die Jahre glauben gemacht hat. Kaum ist der Zweifel gesät, breitet er sich in unseren Herzen aus wie ein Buschfeuer. Das Gesicht unseres jungen Mannes taucht regelmäßig im Fernsehen auf, doch es hat seine Aura verloren. Diejenigen, die auf seinen Heiratsantrag gewartet haben, verhökern ihre Töchter an den erstbesten Bieter. Die Mutter des jungen Mannes, die jetzt eine geschwätzige alte Frau ist, geht durch die Straßen und hält jeden auf, um ihm Geschichten über ihren Sohn zu erzählen, die jedoch niemanden mehr beeindrucken. Von seiner Mutter erfahren wir, dass er mit unserem jetzigen Führer durchs Land reist, um den nationalen Glauben an den Kommunismus zu beflügeln. Na und? fragen wir und gehen davon, bevor die Mutter weitererzählen kann.

Die Tour findet ein vorzeitiges Ende, als in der Hauptstadt Unruhen ausbrechen. Tausende Menschen demonstrieren für Demokratie, und immer weniger Leute besuchen das Mausoleum des Diktators. Unser derzeitiger Führer fühlt sich bedroht und wird wütend und befiehlt der Armee, mit Maschinengewehren auf die Demonstranten zu schießen. So erstaunlich dieses Ereignis ist, vergessen wir es sofort, nachdem die Toten in staatlich überwachten Krematorien zu Asche verbrannt sind. Der Führer hat gesagt, so lesen wir später in den Zeitungen, dass er willens ist, für zwanzig Jahre kommunistischer Stabilität zweihunderttausend Menschenleben auszulöschen. Benommen von diesen Zahlen, wiederholen wir seine

Worte und applaudieren seiner Klugheit, wenn wir aufgefordert werden, die Getöteten öffentlich zu verdammen.

Kurz darauf existiert unser großes Bruderland im Norden nicht mehr. Dann treten einer nach dem anderen unsere Waffenbrüder von der historischen Bühne ab. Wir sind verwirrt und wissen nicht, was wir von ihnen halten sollen, ob wir sie beneiden, verachten oder bedauern sollen.

Zu dieser Zeit konfrontiert das Leben unseren jungen Mann mit einem großen Problem. Aus Gewohnheit nennen wir ihn zwar noch unseren jungen Mann, aber er ist nicht mehr jung, sondern über vierzig. Schlimmer noch, er ist über vierzig und hatte noch nie etwas mit einer Frau. Ist es denn zu fassen? fragen wir uns, nach allem, was geschehen ist. Unglaublich, sagen wir und schütteln den Kopf. Aber es ist wahr: Als unser junger Mann in den Zwanzigern war, wollte er unbedingt eine Frau, aber wir wollten ihm unsere Töchter nicht geben; als wir dazu bereit waren, war er zu einem zu großen Mann für unsere Töchter geworden. Die Zeit vergeht gnadenlos. Jetzt, da unsere Töchter nicht mehr zur Verfügung stehen, schwelgt er in Phantasien über die Frauen, die er vor langer Zeit hätte haben sollen.

Kaum ist das Verlangen erwacht, kann er nicht länger in Frieden leben. Er beobachtet die Frauen in den Straßen, ihre nackten Arme und Beine in den Sommerkleidern wirken wunderbar attraktiv, und er fragt sich, wie er sich fühlen würde, wenn er eine eigene Frau hätte. Aber welche Frau ist seiner Größe würdig? Manchmal kocht sein Blut so unkontrollierbar, dass er das Bedürfnis verspürt, irgendeine vorübergehende Passantin zu packen und sie zu seiner Frau zu machen. Doch nachdem er masturbiert und sich sein Verlangen beruhigt hat, wird er nicht mehr von blindem Begehren getrieben. In diesen Momenten sieht er sein Leben klarer als je zuvor vor sich und weiß, dass keine Frau groß genug für ihn ist.

»Aber du brauchst eine Frau, um einen Sohn zu zeugen«, erinnert ihn seine Mutter am Telefon, die unbedingt einen Enkelsohn möchte. »Vergiss nicht, die erste und oberste Pflicht eines Mannes ist, einen Sohn zu zeugen und den Namen der Familie weiterzugeben.«

Er murmelt etwas Unverständliches und legt auf. Er weiß, dass keine Frau in ihrem Bauch einen Sohn heranwachsen lassen kann, dessen Gesicht so großartig ist wie seines.

Da das Leben des Diktators mittlerweile erforscht und verfilmt ist, hat unser junger Mann mehr freie Zeit zur Verfügung. Wenn er nicht an Feierlichkeiten teilnehmen muss, schlendert er in einer dicken Jacke durch die Straßen, sein Gesicht verborgen von dem hohen Kragen und einer großen dunklen Brille. Bisweilen fühlt er sich versucht, auszugehen, ohne sein Gesicht zu verstecken, doch die Vorstellung, von Hunderten von Menschen umgeben zu sein, die um ein Autogramm bitten, hält ihn davon ab, das Risiko auf sich zu nehmen.

Eines Tages geht er durch die Hauptstadt auf der Suche nach etwas, was er unbedingt haben will, jedoch nicht benennen kann. Als er eine Gasse betritt, ruft ihn ein Mann zu sich, der hinter einem Wagen mit Zeitungen und Zeitschriften steht.

»Möchten Sie Bücher, mein Freund?«

Er bleibt stehen und schaut hinter seiner dunklen Brille zu dem Verkäufer. »Was für Bücher?«

»Was für Bücher möchten Sie?«

»Was für Bücher haben Sie?«

Der Verkäufer verschiebt ein paar Zeitschriften, so dass die Plastikplane darunter zum Vorschein kommt. »Gelbe, rote, was immer Sie möchten. Fünfzig Yuan für ein Buch.«

Er neigt sich vor und schaut über den Rand der Brille. Unter der Plastikplane liegen Bücher mit farbigem Einband. Er nimmt eines und blickt auf einen Mann und eine Frau, beide nackt, die auf dem Umschlag in einer merkwürdigen Stellung kopulieren. In seiner Brust beginnt sein Herz laut und heftig zu schlagen.

»Das ist ein gutes gelbes«, sagt der Verkäufer, »so gelb, wie Sie nur wünschen.«

Er hält das Buch fest. »Was haben Sie sonst noch?«

»Wie wäre es mit diesem roten?« Der Verkäufer reicht ihm ein anderes Buch, auf dessen Umschlag das Gesicht des Diktators abgebildet ist. »Alle lieben dieses Buch.«

Er hat von dem Buch gehört. Es sind die Memoiren des Arztes, der dreißig Jahre lang der Leibarzt des Diktators war. Es wurde auf die Liste der verbotenen Bücher gesetzt, als es im Ausland veröffentlicht wurde, und über Hongkong und Amerika ins Land geschmuggelt.

Er bezahlt die beiden Bücher und kehrt in sein Zimmer zurück. Er studiert das Porträt des Diktators und vergleicht es im Spiegel mit seinem eigenen Gesicht, das ihm noch immer aus jedem Winkel gleicht. Er seufzt und vertieft sich in das gelbe Buch, verschlingt es wie ein ausgehungerter Mann. Als seine Erektion zu schmerzhaft wird, zwingt er sich, es aus der Hand zu legen und das rote Buch zu nehmen.

Er empfindet eine Leere, wie er sie nie zuvor empfunden hat, während er mal das eine, mal das andere Buch nimmt und beide gleichermaßen unerträglich findet. In dem gelben Buch sieht er eine Welt, die es in seinem Leben nie gab, in der ein Mann eine endlose Reihe von Frauen hat, die ihm jeden Wunsch erfüllen. Doch soweit er weiß, war der einzige Mann, der so viele Frauen haben konnte, wie er wollte, der Diktator. Er blättert noch einmal in dem roten Buch, betrachtet die Fotos des Diktators in Gesellschaft junger attraktiver »Krankenschwestern«, und ihm geht auf, dass er seine Rolle in all den Jahren missverstanden hat. Ein großer Mann zu sein heißt zu bekommen, was immer er sich von der Welt wünscht. Er macht sich Vorwürfe, weil er das so spät begriffen hat, steht auf und geht hinaus in die Nacht.

Er hat keine Schwierigkeiten, in der dämmrig erleuchteten Karaoke-Tanzbar eine Prostituierte ausfindig zu machen. Als Vorsichtsmaßnahme lässt er die dicke Jacke an und die dunkle Brille auf, während sie verhandeln. Dann geht er mit der jungen Frau zu einem nahen Hotel und schleicht durch den Nebeneingang in das Zimmer, das die Frau reserviert hat, während sie mit dem Mann an der Rezeption spricht.

Was als nächstes passiert, ist uns nicht ganz klar. Aus den Gerüchten können wir uns nur zusammenreimen, dass er sich weigert, die dicke Jacke auszuziehen und die dunkle Brille abzusetzen, als er darum gebeten wird. Ein großer Mann zu sein heißt, eine Frau zu haben auf welche Weise auch immer er will, muss unser junger Mann glauben. Aber wie kann ein Mann wie er den geschickten Fingern einer professionellen Frau widerstehen? Nach einem verwirrenden Augenblick ist er so nackt wie die Frau, sein Gesicht entblößt und leicht zu erkennen. Bevor er begreift, was passiert, stürzt der Zuhälter der Frau, in eine Polizeiuniform gekleidet, mit Handschellen und einer Kamera ins Zimmer. Lichter blitzen, Fotos werden aufgenommen, seine Hände gefesselt und seine Kleider konfisziert. Erst jetzt erkennt das Paar sein Gesicht, und wir können uns vorstellen, wie erfreut sie über ihren Fang sind. Statt des üblichen Betrags verlangen sie das Zehnfache von dem, was andere zahlen, denn unser junger Mann ist eine Berühmtheit und sollte einen entsprechenden Preis für die Fotos zahlen.

Bis zum heutigen Tag sind wir uns nicht einig, wie unser junger Mann hätte reagieren sollen. Manche von uns sind der

Meinung, dass er hätte zahlen sollen, um als freier Mann gehen zu können, da Geld für ihn kein Problem war. Andere finden, dass er richtig daran tat, sich nicht auf den Handel einzulassen, dass er jedoch zur Polizei hätte gehen und das Paar anzeigen sollen, statt zu meinen, dass so etwas einfach im Sand verläuft. Nach dem Abend verbreiten sich Gerüchte in der Hauptstadt, anschauliche Geschichten über die regelmäßigen Besuche unseres jungen Mannes in den illegalen Bordellen. Die Fotos, die er nicht sichergestellt hat, zirkulieren in verschiedenen Kreisen, bis jeder in der Hauptstadt behauptet, sie gesehen zu haben. Niemand von uns hier in der Stadt hat sie gesehen. Dennoch bricht uns das Herz, wenn wir uns seinen nackten, hilflosen Körper vorstellen, und wir tun unser Bestes, um in Gedanken nicht in das vertraute Gesicht auf jenen Bildern zu blicken.

Er darf von nun an den Diktator nicht mehr verkörpern, denn er hat, so steht es in dem Brief, den ihm das Zentralkomitee für kulturelle Angelegenheiten schickt, den Namen besudelt, den er repräsentierte. Nie zuvor war ihm in den Sinn gekommen, dass ein Mann wie er gefeuert werden könnte. Auf der ganzen Welt gibt es kein zweites Gesicht wie seines, und wer sollte ihn, den unersetzbarsten Mann der Nation, ersetzen? Er geht von Büro zu Büro, bettelt um eine zweite Chance, schwört, nie wieder eine Frau anzurühren. Was er nicht begreift, ist, dass seine Rolle mittlerweile nicht mehr gebraucht wird. Ein neuer Mann ist an der Macht und hat sich zum größten Führer für unsere kommunistische Sache im neuen Jahrtausend ernannt. Talentsucher durchkämmen das Volk nach einem neuen perfekten Gesicht, das anders ist als seines.

Und so kommt unser nicht länger junger Mann an einem düsteren Wintertag nach Hause. Seine Mutter ist vor Scham über Nacht krank geworden und von uns gegangen, bevor er ankommt. Am Tag seiner Ankunft versammeln sich ein paar von uns – die sich an ihn als den Jungen mit dem Spatz in der Hand erinnern, die ihn sich insgeheim als Schwiegersohn gewünscht haben, die jahrelang seinen Weg als treue Zuhörer seiner Mutter verfolgt haben und die trotz des Schmerzes über seinen Fall für die Freude gelebt haben, sein Gesicht zu sehen –, ja, die von uns, die durch die Liebe zu ihm vor unserem langweiligen Leben gerettet wurden, wir versammeln uns an der Busstation und strecken ihm die Hand zum Gruß entgegen. Er steigt aus dem Bus und übersieht unser feierliches Lächeln, die dunkle Brille und der hohe Kragen verbergen sein Gesicht. Wir schauen ihm nach, wie er zum Grab seiner Mutter geht und ein langer Schatten hinter ihm her humpelt, und beschließen, ihm die Unhöflichkeit zu vergeben. Wer brächte es übers Herz, einem Sohn wie ihm einen Vorwurf zu machen? Gleichgültig, was mit ihm passiert ist, er ist immer noch der größte Mann in unserer Geschichte, unser Junge und unser Held.

Glauben Sie uns, es bricht uns das Herz, als er sich am Grab seiner Mutter reinigt. Wie er auf diese Idee kam, werden wir nie verstehen, vor allem weil er, wenn wir uns nicht irren, noch Jungfrau war, für die das Leben noch viele Freuden bereithielt. In der Nacht, in der es passiert, hören wir im Schlaf ein langgezogenes Geheul. Wir stürzen hinaus in die kalte Nacht und finden ihn auf unserem Friedhof. Obwohl wir mit den Legenden über unsere Großen Papas aufgewachsen sind, dreht sich uns bei seinem Anblick der Magen um. Wir fragen uns, was dieser Akt zu bedeuten hat. Niemand in unserer Stadt – nicht wir kleinen Leute, nicht unsere Großen Papas – hat solche Höhen erklommen wie er. Selbst unser größter Großer Papa war doch nur der beste Diener des Kaisers, während er mit dem Gesicht des Diktators einst der Kaiser selbst war. Während wir zusehen, wie er sich auf der Erde wälzt, das Gesicht mit Tränen und Blut verschmiert, erinnern wir uns an die Geschichte des zehnjährigen Jungen, die Wurzel seiner Männlichkeit in der Hand, sein Ausdruck gelassen und stolz. Es ist ein trauriger Moment für uns, da wir wissen, dass wir, die Kinder unserer Großen Papas, ihrer Legende nicht gerecht werden können.

Doch lassen wir das Jammern, wir müssen uns um einen frisch gereinigten Mann kümmern. Manche von uns wollen ihn unbedingt in die Notaufnahme ins Krankenhaus bringen; andere betrachten das als überflüssig, denn die Sache ist geschehen, und nun kann nichts mehr passieren. Verwirrt, wie wir sind, denkt niemand daran, das wichtigste Stück am Ort des Geschehens einzusammeln. Später, als wir unseren Fehler bemerken, suchen wir tagelang jeden Zentimeter des Friedhofs ab. Doch der fehlende Körperteil ist verschwunden, in wessen Mund wollen wir uns gar nicht vorstellen.

Er überlebt, was uns nicht überrascht. Haben nicht alle unsere Großen Papas ihre heldenhafte Geschichte bis zum Ende ausgelebt? Er ist jetzt unter uns und hat ein langes, unfruchtbares Leben vor sich. Er sitzt in der Sonne und schaut zu, wie die Hunde sich gegenseitig jagen, das Gesicht verborgen hinter der dunklen Brille und dem hohen Kragen der Jacke. In der Abenddämmerung geht er zum Friedhof und spricht mit seiner Mutter, bis es dunkel ist.

Was uns anbelangt, so haben wir gesehen, wie er unter Schmerzen geboren wurde, und wenn seine Zeit kommt, werden wir ihn unter Schmerzen sterben sehen. Sorgen machen wir uns nur um sein nächstes Leben. Was sollen wir in das seidene Säckchen tun, mit dem er begraben wird, da seine Männlichkeit für immer verloren ist? Wie sollen wir eine so unvollständige Seele in die nächste Welt schicken?

Um unseren Seelenfrieden zu bewahren, beten wir jeden

Tag für seine Gesundheit. So wie wir für ein ewiges Leben des Diktators gebetet haben, beten wir, er möge ewig leben. Er ist der Mann, von dem wir hoffen, dass seine Geschichte kein Ende haben wird, und soweit wir sehen, wird seine Geschichte kein Ende haben.

Die Prinzessin von Nebraska

SASHA SCHAUTE kurz zu Boshen, der in der Schlange stand, bevor sie den Blick zum Fenster schweifen ließ. Sie wünschte, sie müsste Boshen nach dieser Reise nie wiedersehen. Kaum hatten sie das McDonald's betreten, lief sie auf die Toilette, so dass er für sie beide bestellen musste. Er hatte ein gutes Lokal in Chinatown vorgeschlagen, und sie hatte abgelehnt. Sie wollte das Zentrum Chicagos sehen, bevor sie am nächsten Morgen in die Klinik Planned Parenthood gehen würde. Das war der einzige Grund gewesen für die ganztägige Fahrt im Greyhound-Bus von Nebraska hierher. Es wäre klüger gewesen, nach Kansas City zu fahren, näher und billiger, aber dort gab es nichts zu sehen – die Fahrt hatte keinen touristischen Zweck, doch Sasha hoffte, wenigstens etwas davon zu haben. Sie wollte nicht ihr ganzes Geld ausgeben, nur um sich an den narkoseinduzierten Schlaf in einem trostlosen Motel in einer gottverlassenen Gegend zu erinnern. Sasha war in einer kleinen Stadt in der Inneren Mongolei aufgewachsen; weite, leere Landschaften deprimierten sie.

»Du musst müde sein«, sagte Boshen, als er das Tablett mit dem Essen vor Sasha stellte, die sich an einen Tisch am Fenster gesetzt hatte. In dem übergroßen Sweatshirt wirkte sie winzig. Ihr Gesicht war etwas verquollen, und es rührte ihn, wie sie die Gäste in dem Lokal betrachtete – ihr Blick verweilte einen Augenblick zu lange auf jedem Gesicht. Sie war einundzwanzig, ein Kind noch.

»Ich habe dir einen Burger mit Fisch geholt«, sagte Boshen, als Sasha nicht reagierte.

»Seitdem wir angekommen sind, habe ich kein einziges frohes Gesicht gesehen«, sagte Sasha. »Was ist auf dem anderen?«

»Huhn.«

Sasha schob den Fischburger über den Tisch und griff nach dem Chickenburger auf Boshens Tablett. »Ich hasse Fisch«, sagte sie.

»Fisch ist jetzt gut für dich«, sagte Boshen.

»Jetzt wird bald vorbei sein«, sagte Sasha. Sie freute sich auf den Moment, wenn sie soweit wäre, neu anzufangen. »Neu anfangen« war ein Ausdruck, den sie gerade gelernt hatte, eine amerikanische Vorstellung, die ihr behagte. Es war ein so wunderbarer Ausdruck, dass Sasha nahezu vor sich sehen konnte, wie sie ihr chinesisches Leben zutackerte, eine Klammer nach der anderen am Rand des Blätterstapels, bis es ein solider Block war, den niemand öffnen und lesen könnte. Sie hätte eine neue Seite für ihr amerikanisches Leben. Sie war bereits vier Monate zu spät dran.

Boshen sagte nichts und packte den Fischburger aus. Es war mal was anderes – an einem Tisch zu sitzen mit einem Essen, das man bestellt hatte –, nachdem er monatelang in der Küche des chinesischen Restaurants gegessen hatte, wo er als Gehilfe des Sichuan-Kochs arbeitete. Boshen war dank einer Scheinehe mit einer Freundin fünf Monate zuvor nach Amerika gekommen. In China war er unter Hausarrest gestellt worden wegen der Korrespondenz mit einem westlichen Journalisten über eine potentielle Aids-Epidemie in einer zentralen Provinz. Er musste ein schriftliches Geständnis seines Fehlverhaltens veröffentlichen, um freizukommen. Eine lesbische Freundin, die selbst gerade erst die amerikanische Staatsbürgerschaft erworben hatte, hatte ihm die Heirat angeboten, damit er aus China herauskonnte. Davor hatte er ganz offen als Homosexueller in Beijing gelebt und war bis über beide Ohren in Yang verliebt gewesen, einen achtzehnjährigen Jungen. Seit seiner Ankunft in Amerika hatte Boshen auf verschiedene Weise versucht, mit Yang Kontakt aufzunehmen, doch der Junge hatte nie geantwortet. Auch die Schecks, die Boshen ihm schickte, wurden nicht eingelöst.

Sie aßen schweigend. Sasha verschlang ihr Essen und wartete, bis Boshen aufgegessen hatte. Vor dem Fenster gingen immer mehr Menschen vorbei, die ins Zentrum strömten; Kinder, die auf den Schultern ihrer Väter saßen, trugen rote Rentiergeweihe auf dem Kopf. Boshen sah die Frage in Sashas Augen und erklärte, dass am Abend eine Parade stattfinde und alle Bäume in der Michigan Avenue wegen Thanksgiving und der bevorstehenden Weihnachtsfeiertage beleuchtet würden. »Willst du hingehen?« fragte er halbherzig, weil er hoffte, sie würde sich nach der langen Busfahrt statt dessen lieber ausruhen wollen.

»Warum nicht?« sagte Sasha und zog ihre Jacke an.

Boshen faltete das Burgerpapier wie eine frisch gebügelte Serviette. »Könnten wir hier nicht kurz miteinander reden?« fragte er.

Sasha seufzte. Sie mochte Boshen nicht, den sie erst einmal zuvor gesehen hatte und der ihr so betulich vorkam wie eine alte Glucke. Sie hatte jedoch nicht gezögert, ihn anzurufen und um Hilfe zu bitten, als sie seine Nummer über einen Bekannten herausfand. Sie hatte ihm auf trockene, sachliche Weise von ihrer Schwangerschaft erzählt, die zu weit fortgeschritten war, als dass sie in Nebraska noch hätte abtreiben können. Yang war der Vater des Babys; das hatte sie Boshen als erstes erzählt, als sie ihn anrief. Sie hatte nicht vorgehabt, Boshen die Wahrheit zu ersparen; auf gewisse Weise machte sie auch Boshen für ihr Missgeschick verantwortlich.

»Bist du dir wirklich sicher, was den Eingriff angeht?« fragte Boshen.

»Was glaubst du, warum ich hier bin?« sagte Sasha. In der letzten Woche hatte Boshen sie zweimal angerufen und über die Möglichkeit gesprochen, das Kind zu behalten. Beide Male hatte sie sofort aufgelegt. Was für ein Interesse er an dem Baby auch hatte, es war dumm und egoistisch, hatte Sasha gefunden.

Die einfachste Lösung im Leben ist nicht unbedingt die beste, wollte Boshen zu Sasha sagen, aber welches Recht hatte er, über Optionen zu reden, wenn die Entscheidungen, die er in seinem Leben getroffen hatte, ausnahmslos Kompromisse gewesen waren? Mit Achtunddreißig hatte Boshen das Gefühl, öfter versagt als etwas erreicht zu haben. Er hatte in einer kleinen chinesischen Stadt gelebt und war ein mittelmäßiger Arzt gewesen, bevor er höflich gebeten wurde, das Krankenhaus zu verlassen, in dem er die erste Beratungshotline für Homosexuelle eingerichtet hatte. Er zog nach Beijing, nahm eine Teilzeitstelle in einer privaten Klinik an und engagierte sich in seiner Freizeit als Aktivist für Schwulenrechte. Nach ein paar Besuchen der Geheimpolizei wurde ihm jedoch klar, dass in der Post-Tian'anmen-Ära jegliches Reden über Menschenrechte gefährlich war. Er beschloss, sich eines weniger extremen und praktischeren Themas anzunehmen und Aids-Aufklärung zu betreiben, doch auch das musste er auf Drängen der Geheimpolizei und seiner Familie aufgeben. Er war verliebt in einen zwanzig Jahre jüngeren Mann und dachte, dass er etwas für ihn tun könnte. Aber letztlich war er es, der eine Frau heiratete und das Land verließ. Boshen hatte daran gedacht, das Kind zu adoptieren – die Hälfte seines Blutes stammte schließlich von Yang –, aber Sashas strenger, unnachgiebiger Blick schreckte ihn ab. Er lächelte verlegen und sagte: »Ich wollte mich nur vergewissern.«

Sasha wickelte sich den Schal um den Kopf und stand auf. Boshen rührte sich nicht, und als sie ihn zum Gehen aufforderte, sagte er: »Von meinen Freunden habe ich gehört, dass Yang sich wieder prostituiert.«

Nicht verwunderlich, dachte Sasha, aber der Mann am Tisch, der für die Rolle des Liebhabers mit gebrochenem Herzen zu alt und zu seriös war, tat ihr leid. In freundlicherem Ton sagte sie: »Dann werden wir eben damit leben müssen, oder?«

Boshen war nicht der erste Mann, der sich in Yang verliebte, doch er glaubte lange, dass er der einzige war, der die Seele des Jungen gesehen und berührt hatte. Im Alter von sieben Jahren hatte Yang eine Ausbildung als *nan dan* begonnen – als männlicher Schauspieler, der weibliche Rollen in der Pekingoper spielt – und von da an in der Opernschule gelebt. Als er mit Siebzehn dabei erwischt wurde, wie er mit einem Liebhaber ausging, wurde er hinausgeworfen. Boshen hatte mehrere Artikel über den Vorfall geschrieben, aber er lernte Yang erst kennen, als er ein *Geldjunge* wurde. Yang hätte mühelos einen willigen Mann dazu bringen können, ihn für einen guten Preis aufzunehmen, doch Gerüchte wollten, dass der Junge, seitdem ihn sein erster Liebhaber verlassen hatte, nur noch daran interessiert war, sich zu verkaufen.

An dem Tag, als Boshen erfuhr, dass Yang sich prostituierte, ging er in den Park, in dem Männer für solche Liebesdienste bezahlten. Er kam in der Abenddämmerung, und Männer jeden Alters schlichen in den Park wie stumme Fische. Bald wurde es Nacht; neben den Straßenlaternen wurden flüsternd Transaktionen ausgehandelt, ein Boshen sehr gut vertrautes Szenario, aber er zitterte, als er im Schatten eines Baumes stand, jetzt Kunde und nicht mehr Wissenschaftler. Yang war in dem mondweißen Seidenhemd und der Seidenhose, die er angeblich jeden Tag im Park trug, unschwer zu erkennen. Boshen betrachtete den Jungen, der zu schön für den düsteren Hintergrund war, eine weiße Lotosblüte, der der umgebende Sumpf nichts anhaben konnte.

Nachdem er den Jungen mehrere Tage beobachtet hatte, bot Boshen an, den von Yang geforderten Preis zu bezahlen. An dem Abend, als Yang mit ihm nach Hause ging, berauschte sich Boshen an seinen eigenen Worten. Lange Zeit sprach er über seine Arbeit, seinen Traum, den Ungerechtigkeiten ein Ende zu setzen und eine tolerantere Welt zu schaffen; Yang kuschelte sich auf das Sofa und hörte zu. Boshen wollte eigentlich den Mund halten, doch je mehr er redete, um so mehr verzweifelte er beim Anblick von Yangs schönem und teilnahmslosem Gesicht – auf den Jungen musste er wirken wie alle anderen Männer: nur mit sich selbst beschäftigt. Schließlich sagte Boshen: »Eines Tages werde ich dich zurück auf die Bühne bringen.«

»Das leere Versprechen eines Mannes erfüllt das Herz einer Frau«, rezitierte Yang leise.

»Aber das«, sagte Boshen und deutete auf den Stapel Papiere auf seinem Schreibtisch, »das ist die Arbeit, die es ungesetzlich machen wird, dich von der Bühne zu holen, nur weil du bist, wer du bist.«

Yangs Züge entspannten sich. Boshen sah unmissverständlich Hoffnung in den Augen des Jungen. Obwohl er jahrelang auf der Bühne Frauenmasken getragen und die Tragödien anderer dargestellt hatte, war Yang zu jung, um seinen eigenen Schmerz zu verbergen. Boshen wollte ihn von seinem Leiden erlösen. Nachdem er wochenlang an ihn hingeredet hatte, überzeugte Boshen Yang schließlich, es mit einem neuen Leben zu versuchen. Boshen dekorierte seine Wohnung neu mit teuren handbemalten Vorhängen, die Kostüme der Pekingoper zeigten, und riesigen Laternen, auf denen die Masken der Pekingoper abgebildet waren. Er verkaufte ein paar Möbelstücke, um Platz zu schaffen, und lieh sich von einem

Freund einen Teppich, auf dem Yang üben konnte. Yang passte sich diesem ruhigen Leben an wie die tugendhafteste aller Frauen, die er auf der Bühne gespielt hatte. Er stand frühmorgens auf, verrenkte seinen Körper in die unglaublichsten Positionen und tanzte die komplizierteste Choreographie. Er übte das Singen, unter der Dusche, damit die Nachbarn ihn nicht hörten. Boshen stand dann davor und lauschte, und Yangs Stimme durchschnitt das Wasser, den Duschvorhang, die Tür und den Rest der öden Welt wie ein silbernes Messer. In diesen Augenblicken wurde Boshen von Dankbarkeit überwältigt – er war nicht der einzige, der von der Schönheit des Jungen bezaubert war, aber er war derjenige, der sie behütete und förderte. Allein das erhob ihn über sein langweiliges, enttäuschendes Leben.

Wenn Boshen bei der Arbeit war, übte Yang Malen und Kalligraphie. Manchmal gingen sie abends zu Partys, aber meistens blieben sie zu Hause. Yang führte Boshen nie etwas vor, und Boshen wagte es nicht, ihn darum zu bitten. Yang war ein Engel, der vom Himmel gefallen war, und Boshen fürchtete jeden Tag, dass er es nicht schaffen würde, den Jungen dorthin zurückzubringen, wo er hingehörte.

Diese Angst war, wie sich herausstellte, nicht unbegründet. Zwei Monate nach Beginn ihrer Beziehung wurde Yang unruhig. Er ging öfter als zuvor tagsüber aus und gab das Malen und die Kalligraphie auf. Boshen fragte sich, ob ihr ruhiges Leben dem Jungen die Luft raubte.

Kurz bevor Boshen aus Beijing verbannt und in seiner Heimatstadt unter Hausarrest gestellt wurde, fragte Yang ihn eines Tages beiläufig, wie er mit der Arbeit vorankomme. Gut, sagte Boshen und fühlte sich unbehaglich. Yang hatte ihn noch nie nach seiner Arbeit gefragt; sie war Teil der hässlichen Welt, die Boshen von ihm fernhalten wollte.

»Woran arbeitest du?« fragte Yang.

»Das Übliche«, erwiderte Boshen.

»Ich habe gehört, dass du über Aids arbeitest«, sagte Yang. »Was hat das mit dir zu tun?«

Erstaunt suchte Boshen nach einer Erklärung. Schließlich sagte er: »Das verstehst du nicht, Yang.«

»Ich bin kein Kind«, entgegnete Yang. »Warum beschäftigst du dich mit dieser schmutzigen Krankheit? Je mehr du darüber arbeitest, um so mehr Leute werden es mit Schwulen in Verbindung bringen. Ist das etwa gut für mich?«

»Ich versuche, vielen Menschen zu helfen«, sagte Boshen.

»Aber du hast versprochen, mir dabei zu helfen, wieder aufzutreten«, sagte Yang. »Wenn du darauf bestehst, an etwas Unwichtigem zu arbeiten, wirst du dein Versprechen nie halten können.«

Boshen wusste darauf keine Antwort. Yang ging immer öfter aus, und ein paar Tage später kam er zum erstenmal nachts nicht nach Hause. Boshen dachte an all die Raubtiere, die nur darauf warteten, ihre Klauen und Zähne in Yang zu schlagen, und konnte die ganze Nacht nicht schlafen.

»Kein Grund zur Sorge«, sagte Yang mit einem merkwürdigen Lächeln, als Boshen ihn später darauf ansprach. »Du bist nicht in so großer Gefahr, wie du denkst.«

»Du hättest mir zumindest sagen können, wo du warst«, erwiderte Boshen.

»Ich war mit einem Mädchen zusammen«, sagte Yang und erwähnte den Namen Sasha, der Boshen vage bekannt vorkam. Sie hätten sie auf einer Party kennengelernt, erklärte Yang, aber Boshen erinnerte sich nicht an sie; er verstand auch nicht, warum Yang sich mit ihr traf.

»Warum? Was für eine dumme Frage«, sagte Yang. »Man tut das, wozu man aufgelegt ist, oder?«

Als Sasha Yang auf einer Party kennenlernte, hatte sie das Gefühl, als würde sie in einen Spiegel blicken, der nicht ihr eigenes Gesicht reflektierte, sondern eine Person, die sie nie werden konnte. Sie betrachtete das Ballett, das seine langen Finger auf der Tischplatte tanzten, während er gedankenverloren dem Gespräch am Tisch zuhörte. Sie blickte auf die unschuldigen Halbmonde auf seinen Fingernägeln; ihre eigenen Finger waren plump und stumpig. Sein cremefarbener Teint, seine zierliche Nase und sein Mund erinnerten sie an eine kostbare Porzellanpuppe. Später, als sie näher bei ihm saß, sah sie die Melancholie in seinen Augen und fand, dass er eher wie eine Statue von Kuanyin aussah, dem männlichen Buddha in einem weiblichen Körper, der Göttin, die die Gebete leidender Frauen und Kinder erhörte. Neben ihm kam sich Sasha wie eine massenproduzierte Plastikpuppe vor.

Das unbehagliche Gefühl war gleich vorbei. Sasha hatte Geschichten über ihn gehört und freute sich, ihn endlich persönlich kennenzulernen. Sie wandte sich zu ihm, und als würde sie ein unterbrochenes Gespräch wiederaufnehmen, fragte sie: »Was hältst du eigentlich von Mädchen?«

Er schaute zu ihr auf, und sie sah ein seltsames Leuchten in seinen Augen. Sie erinnerten sie an einen verletzten Spatz, den sie einst in einem kalten mongolischen Winter gefunden hatte. Spatzen seien eine eigensinnige Spezies, die in einem Käfig nie fressen oder trinken würden, sagte ihre Mutter. Sasha glaubte ihr nicht. Sie sperrte den Vogel tagelang ein, und er stieß gegen den Käfig, bis ihm am Kopf die Federn ausfielen. Dennoch weigerte sie sich, ihn freizulassen, hypnotisiert von seinen Augen, die wild, aber hilflos zärtlich blickten. Sie schob die kleine Schale mit eingeweichter Hirse näher zu ihm hin, doch der Vogel ignorierte ihre Gastfreundschaft. Billige Vögel, sagte eine Nachbarin, nur billige Vögel sind so stur.

Besorg dir einen Kanarienvogel, sagte die Nachbarin, und er singt dir jeden Morgen etwas vor.

Der Junge senkte den Blick, als Sasha ihn so eingehend betrachtete, und sie verspürte das Bedürfnis, seine schönen Augen zu verfolgen, eine Jägerin dieses seltsamen Leuchtens. »Du musst doch ein paar Mädchen kennen, oder?« fragte sie. »Waren denn keine Mädchen in der Opernschule, in die du gegangen bist?«

»Doch«, sagte der Junge, und seine Stimme erinnerte sie an ein Kleid aus Satin.

»Und?«

»Wir haben nicht miteinander gesprochen. Sie haben die Dienstmägde und die Kindermädchen gespielt, Nebenrollen.«

»Und du warst die Prinzessin, was?« Sasha lachte und sah, wie der Junge errötete, vor Zorn vielleicht, aber sie wurde dadurch nur neugieriger und hartnäckiger. »Wie heißt du?« fragte sie.

»Welchen Namen meinst du?«

»Wie viele Namen hast du?«

»Zwei. Einen von meinen Eltern. Und einen von der Opernschule.«

»Wie lauten sie?«

Er tauchte den Finger in ein Glas Orangensaft und schrieb auf die dunkle Tischplatte aus Marmor. Sie verfolgte die nasse Spur seines Fingers. Es war Yang, ein weitverbreiteter Jungenname, das Schriftzeichen für Sonne, das maskuline Prinzip der Natur, das Gegenteil von Yin.

»Ein Allerweltsname. Was ist dein Opernname?«

»Sumeng«, sagte er. Er bedeutete heiterer und reiner Träumer.

»Noch schlimmer. Klingt wie ein sentimentaler Name aus einem Liebesroman«, sagte Sasha. »Du brauchst einen besseren Namen. Ich werde mir einen ausdenken müssen.«

Letztlich benutzte sie weder den einen noch den anderen Namen und dachte sich auch keinen besseren aus. Sie nannte ihn »mein kleiner *nan dan*«, und das war er für sie, ein Junge, dem bestimmt war, Frauenrollen zu spielen. Sie meldete sich oft bei ihm, lud ihn ins Kino und zu Spaziergängen im Park ein. Sie traf die Entscheidungen für sie beide, und er ließ es zu. Sie versuchte, ihn mit Fragen aus der Reserve zu locken – sie war so neugierig –, und allmählich begann er zu reden, über den Mann, den er geliebt hatte, und die Männer, die ihn liebten. Er sprach nie von der Opernschule oder seinem Leben auf der Bühne, und sie lernte, ihn nicht zu drängen. Er war so eitel, dachte Sasha, wenn er sich lange frisierte oder wenn er eine betont distanzierte Miene aufsetzte, kaum dass ein Fremder aufmerksam auf ihn wurde; sie zog ihn auf, und wenn er sich nicht wehrte, empfand sie Zärtlichkeit für ihn und Schuldgefühle. Sie machte sich auch über die anderen Menschen in Yangs Leben lustig: Boshen, seinen Liebhaber, den sie für einen nichtsnutzigen Träumer hielt, und die Männer, die ihn ungeniert nach seiner Telefonnummer fragten. Sie glaubte, dass sie die erste Person in seinem Leben war, die ihn nicht abgöttisch verehrte, und dass er sich deswegen mit ihr abgab. Das gefiel ihr.

Bist du mit dem Jungen liiert? fragten Sashas Schulfreundinnen, als sie sie öfter mit Yang sahen. Natürlich nicht, sagte sie. In einem Monat ging Sasha nach Amerika, um zu studieren, und es war sinnlos, jetzt noch eine Beziehung einzugehen. Wie klug wäre es außerdem, einen Jungen zum Freund zu haben, der niemanden liebte außer sich selbst?

Nicht einmal der Wind konnte durch die warmen Körper dringen, die auf beiden Seiten der Michigan Avenue standen. Sasha drängte sich durch die Menge. Sie sahen so jung und sorglos aus, diese Amerikaner, glücklich wie eine Gruppe

Schüler auf einem Ausflug. Sie beneidete die Leute, die sich in einer langen Schlange vor einem Stand anstellten und auf eine Tüte mit frischem Popcorn warteten, die Verliebten, die sich aneinanderlehnten, die Kinder, die sich an die Hand ihrer Eltern klammerten. Sie waren geboren, um sie selbst zu sein, naiv und zufrieden mit ihrer Naivität.

»Ich würde mit jedem von ihnen tauschen«, sagte Sasha zu Boshen, doch als er sie mit lauter Stimme bat, ihre Worte zu wiederholen, schüttelte sie den Kopf. Wenn es in Amerika doch nur ein Gesetz gäbe, das sie an den Ort band, an den ihr Baby gehörte, so dass es einen Grund zum Leben hätte!

Sasha selbst war einmal vom Gesetz dazu benutzt worden, ihre Mutter in der Steppe festzuhalten. Ihre Mutter war eine von Tausenden Oberschülern gewesen, die zum Zweck der Umerziehung aus Beijing in ein Arbeitslager in die Innere Mongolei geschickt wurden, und einen mongolischen Hirten heiratete, um der Partei beitreten zu dürfen, eine der beispielhaften gemischtrassischen Ehen, über die in der Steppe viel berichtet wurde. Fünf Jahre später, nach dem Ende der Kulturrevolution, durften alle ehemaligen Schüler nach Beijing zurückkehren. Sashas Mutter jedoch war gezwungen zu bleiben, auch nachdem sie sich von ihrem mongolischen Mann hatte scheiden lassen. Ihre zwei Töchter, die in der Steppe geboren waren, hatten kein Wohnrecht in Beijing, und die Mutter musste dort bleiben, wo die Kinder hingehörten.

Sasha drängte weiter und schaute in jedes Ladenfenster. Seidenschals schlangen sich schmiegsam um den Hals von Schaufensterpuppen. Auf dunklem Samt funkelten Diamanten. An einer Straßenecke versammelten sich Kinder und sahen sich den Zeichentrickfilm in den Fenstern des Kaufhauses Marshall Field's an. Wenn ihr Baby doch nur ein Visum wäre, das ihr Zutritt in diese Welt des Wohlstands verschaffte, dachte Sasha, die die Erinnerungen an Nebraska und die Innere Mongolei bedrückten, wo am schwarzen Nachthimmel einzelne leblose Sterne hingen.

»Dort ist Platz«, sagte Boshen. »Sollen wir uns da hinstellen?«

Sasha nickte, und Boshen folgte ihr. Abgesehen von der kurzen Begegnung auf der Party in Beijing und den paar Telefongesprächen kannte er sie nicht. Nachdem sie ihn wegen der Schwangerschaft angerufen hatte, hatte er oft über sie nachgedacht. Was für ein Mädchen, fragte er sich, hatte aus Yang einen Vater gemacht? Er hatte sich eine reife, verständnisvolle junge Frau vorgestellt, die zudem sehr schön war, sich eine perfekte Frau für Yang und seinen eigenen Seelenfrieden ausgemalt, aber Sasha hatte ihn enttäuscht. Als sie sich an den Bordstein stellten, fragte er: »Was für Pläne hast du für die Zeit nach der Abtreibung?«

Sasha stand wie ein Kind auf Zehenspitzen und blickte in die Richtung, aus der die Parade kommen sollte. Boshen bereute die feindselig klingende Frage augenblicklich. Da sie nichts sah, wandte sich Sasha ihm zu und sagte: »Was sind *deine* Pläne in Amerika? Wo ist überhaupt deine Frau?«

Boshen runzelte die Stirn. Er hatte Yang erzählt, dass er nur zum Schein heirate und das Land nur vorübergehend verlasse. Er hatte Yang zudem versprochen, dass er ihm Geld schicken und in der chinesischen Überseegemeinde Unterstützung suchen würde, damit Yang auf die Bühne zurückkehren könnte. Seit seiner Ankunft erinnerte er sich jeden Tag an seine Versprechen, doch Sashas Worte verletzten ihn. Seine Ehe musste sowohl in Sashas wie auch in Yangs Augen ein unverzeihlicher Verrat gewesen sein. »Es gibt keine Rechtfertigung für mein Handeln«, sagte er schließlich.

»Natürlich nicht. Du warst es, der ihn auf die Straße zurückgeschickt hat«, sagte Sasha.

»Es war eine schwierige Zeit«, sagte Boshen und kämpfte

mit den Worten. »Für uns alle. Aber wir sollten auf jeden Fall versuchen, ihm zu helfen.«

Sasha sah Boshen amüsiert lächelnd an. »Du redest wie der schlimmste Politiker«, sagte sie. »Nenn mir eine Lösung.«

»Ich denke darüber nach.« Boshen zögerte und fuhr dann fort: »Ich habe gedacht – wenn wir ihm sagen, das er in Amerika auftreten kann, dass er dann vielleicht aus Beijing weggehen wird.«

»Und dann?«

»Wir werden es hier versuchen. In New York gibt es einen *nan-dan*-Meister. Vielleicht können wir Kontakt zu ihm aufnehmen und um Hilfe bitten. Aber als erstes müssen wir Yang aus China herausholen.«

»Schließt dieses ›Wir‹ mich ein?«

»Wenn du Yang heiraten würdest, wäre er in Null Komma nichts hier. Ich kenne ihn. Wenn es auch nur eine winzige Chance gibt, wieder aufzutreten, wird er es versuchen.«

»Ein sehr netter Plan, Boshen«, sagte Sasha. »Aber warum sollte ich mit dem Vorschlag einverstanden sein? Was ist für mich drin?«

Boshen blickte weg von Sasha und sah einem Paar auf der anderen Straßenseite zu, das sich küsste. Nach einer Weile wandte er sich wieder Sasha zu und versuchte, ihr in die Augen zu schauen. »Du musst ihn zumindest ein einziges Mal geliebt haben, Sasha«, sagte er mit zitternder Stimme.

Sasha hatte Liebe oder auch nur eine Affäre nicht eingeplant. Sie schloss Freundschaft mit Yang aus einer Laune heraus, weil ihr das in den ereignislosen Tagen vor dem Abschluss der Schule zupass kam. Auch der Kinobesuch eines Abends im Juli war nicht geplant. Sasha kaufte die Eintrittskarten um zehn Uhr abends, in letzter Minute. Yang blickte auf die Uhr über der Kasse und fragte sich laut, ob es nicht zu spät sei, und

Sasha lachte und fragte, ob er ein Kind sei und sein Liebhaber ihm eine Ausgangssperre auferlegt habe.

Der Film war *Pretty Woman* mit nahezu unlesbaren chinesischen Untertiteln. Als sie auf die mitternächtliche Straße traten, sagte Sasha: »Findest du Julia Roberts nicht toll?«

»Was ist toll an ihr?« fragte Yang.

Sasha sah ihn an. Während des Films war er still gewesen – er verstand kein Englisch, aber Sasha hatte gedacht, dass ihm zumindest die schöne Schauspielerin gefallen würde. »Sie ist hübsch und komisch und so – amerikanisch«, sagte Sasha. »Amerika ist ein gutes Land. Dort ist alles möglich. Eine Prostituierte wird eine Prinzessin, eine Krähe wird über Nacht zu einem Schwan.«

»Aus einer Prostituierten wird nie eine Prinzessin«, sagte Yang.

»Woher willst du das wissen? Wenn du nur mit mir nach Amerika kommen und dir selbst ein Bild machen könntest.«

Nach einem langen Augenblick sagte Yang: »Jeder Ort ist ein guter Ort. Es ist nur die falsche Zeit.«

Sasha schwieg. Sie wollte die Nacht nicht mit Philosophieren verbringen. Als sie an einem kleinen Hotel vorbeigingen, fragte sie Yang, ob er mitkommen wolle. Einfach zum Spaß, um eine Nacht nicht nach Hause zu gehen, sagte sie; er musste sich doch schließlich vor seinem Liebhaber nicht rechtfertigen. Yang zögerte, und sie nahm seine Hand und zog ihn in das Foyer. An der Rezeption öffnete eine Frau mittleren Alters das Fenster und sagte: »Was wollt ihr?«

»Genossin, hast du ein Einzelzimmer für zwei Personen?« fragte Sasha.

Die Frau schob unwirsch ein Formular durchs Fenster. Sasha füllte es aus. Die Frau überflog es. »Dein Ausweis?«

Sasha reichte der Frau ihren Ausweis. Die Frau studierte ihn lange und schaute dann zu Yang. »Sein Ausweis?«

»Er ist mein Cousin aus der Inneren Mongolei«, sagte Sasha fröhlich. »Er hat seinen Ausweis vergessen.«

»Dann gibt es auch kein Zimmer.« Die Frau warf Sashas Ausweis durchs Fenster und schloss es.

»Genossin.« Sasha klopfte gegen die Scheibe.

Die Frau öffnete das Fenster wieder. »Verschwindet«, sagte sie. »Dein Cousin? Ich will euch mal was sagen – entweder habt ihr eine Heiratsurkunde, dann gebe ich euch ein Zimmer, oder ihr verschwindet und treibt es schamlos auf der Straße und lasst euch von der Polizei verhaften. Meinst du, ich kenne Mädchen wie dich nicht?«

Sasha zerrte Yang zur Tür hinaus, seine Lippen bebten. »Ich kann nicht glauben, dass ich kein Zimmer kriege«, sagte Sasha schließlich.

Yang sah Sasha verblüfft an. »Warum müssen wir das tun?« fragte er.

»Ha, jetzt hast du Angst. Geh nach Hause, wenn du nicht mitkommen willst«, sagte Sasha und ging weiter. Yang folgte Sasha zu einem noch kleineren Hotel am Ende einer schmalen Straße. Hinter einem Tisch saß ein alter Mann und spielte Poker mit sich selbst. »Großvater«, sagte Sasha und reichte dem alten Mann ihren Ausweis. »Haben Sie ein Einzelzimmer für meinen Bruder und mich?«

Der alte Mann schaute zu Sasha und dann zu Yang. »Er ist noch keine fünfzehn und hat deswegen keinen Ausweis«, sagte Sasha. Yang lächelte den alten Mann schüchtern an, und seine weißen Zähne blitzten im Dunkeln auf.

Der alte Mann nickte und reichte Sasha einen Block. Fünf Minuten später händigte er ihnen einen Schlüssel aus. Es war ein kleines Zimmer im zweiten Stock mit zwei Betten, einem verrosteten Gestell mit zwei Waschschüsseln und einem Fenster ohne Vorhang. Kakerlaken wuselten über den Boden auf der Suche nach einem Versteck, als Sasha das Licht einschaltete. Sie standen neben der Tür, und plötzlich wusste sie nicht mehr, warum es so aufregend sein sollte, eine Nacht zusammen in einem schmutzigen Hotelzimmer zu verbringen. »Warum gehen wir nicht einfach nach Hause?« fragte Yang in ihrem Rücken.

»Wo ist dein Zuhause?« fuhr Sasha ihn an. Sie schaltete das Licht wieder aus und legte sich auf ein Bett, ohne sich auszuziehen. »Geh zu dem Mann, der dich aushält, wenn das nicht ein Zimmer für eine Prinzessin wie dich ist«, sagte sie.

Yang blieb noch eine Weile stehen, bevor er sich in das andere Bett legte. Sasha wartete, dass er etwas sagte, und als er es nicht tat, wurde sie wütend auf ihn und auf sich.

Als die Stadt am nächsten Morgen zum Leben erwachte, lagen sie beide wach in ihren Betten. Brieftauben flogen über den Himmel, und die kleinen Messingpfeifchen an ihren Schwänzen summten leise und harmonisch. Nicht weit entfernt drang Tao-Musik aus einem Kassettenrecorder und forderte die Frühaufsteher zu Tai-Chi-Übungen auf. Alte Männer, Fans der Pekingoper, sangen ihre Lieblingslieder mit Stimmen, die bei hohen Noten brachen. Dann wurden die Türen entlang der Straße quietschend geöffnet, und schreiende Schulkinder und Erwachsene, die zur Arbeit mussten, strömten heraus und drückten auf ihre Fahrradklingeln.

Später stellte jemand einen Plattenspieler an, und Musik dröhnte durch die Gasse. Sasha setzte sich auf und schaute aus dem Fenster. Am Ende der Straße baute ein junger Mann einen Zeitungsstand auf und machte theatralische Bewegungen zu einem Lied, das eine Rocksängerin grölte: »Oh, Dschingis Khan, Dschingis Khan, er ist ein mächtiger alter Mann. Er ist reich, er ist stark, und ich will ihn heiraten.«

Sasha horchte auf das Lied und sagte dann: »Ich verstehe nicht, warum diese Leute glauben, sie hätten das Recht, Dschingis Khan zu verunglimpfen.«

»Sie haben kein Ohr für wahre Musik«, sagte Yang.

»Als ich klein war, hat mir mein Vater ein Lied über Dschingis Khan beigebracht. Es ist das einzige mongolische Lied, an das ich mich noch erinnere«, sagte Sasha und öffnete den Mund, um es zu singen. Sie erinnerte sich an die Melodie, aber der Text fiel ihr nicht ein. Nach der Scheidung ihrer Eltern hatte sie nahezu alle mongolischen Wörter vergessen; ihren Vater hatte sie seit fünfzehn Jahren nicht mehr gesehen. »Ich erinnere mich doch nicht mehr.«

»Die zerbrochenen Säulen, das eingestürzte Dach, sie sahen einst Festgelage; die sterbenden Bäume, die welkenden Pfingstrosen, sie tanzten einst zu himmlischer Musik. Die jungen Mädchen träumten von ihren Geliebten, die gegen die Hunnen kämpften. Sie ahnten nicht, dass sie zu weißen Knochen geworden waren, die im Mondschein schimmerten«, sang Yang leise, den Blick zur Zimmerdecke gerichtet. »Unsere Meister sagen, dass wahre Kunst nie vergessen wird. Bei der wahren Kunst geht es ums Erinnern.«

»Wozu sollte ich mich an das Lied erinnern? Ich weiß nicht einmal mehr, wie mein Vater aussah.« Sasha dachte an ihren Vater, einen Nachfahren Dschings Khans. In dem Popsong wurde Dschingis Khan zu einem Clown degradiert. Die Mongolei war einst das größte Reich der Welt, und jetzt war es ein Stück Fleisch, eingeklemmt zwischen Russland und China.

»Wir leben zur falschen Zeit«, sagte Yang.

Sasha wandte sich Yang zu. Er lag da, die Hände hinter dem Kopf verschränkt, und starrte die Decke an, seine Miene die eines resignierten alten Mannes. Es tat ihr weh und machte ihr auch angst, einen Blick auf eine Welt hinter seiner leeren Schönheit zu werfen. »Wir sind am falschen Ort auf die Welt gekommen, das ist unser Problem«, sagte sie und versuchte, ihn und sich aufzuheitern. »Warum kommst du nicht mit mir nach Amerika, Yang?«

Yang lächelte. »Wie könnte ich mit dir kommen?«

»Als Ehemann, Geliebter, Bruder, mir ist es egal. Warum haust du nicht ab aus Beijing und fängst in Amerika ein neues Leben an?« Die Worte, kaum waren sie ausgesprochen, hingen wie dichter Nebel im Zimmer, und Sasha fragte sich, ob auch Yang Mühe hatte zu atmen. Vor dem Fenster schärfte ein Händler ein Hackmesser an einem Wetzstein, das seltsame Geräusch ließ ihnen auf unangenehme Weise das Wasser im Mund zusammenlaufen. Dann begann der Händler in langgezogenen Tönen von seinen schmackhaften Schweinsköpfen zu singen.

»Sasha«, sagte Yang schließlich. »Ist Sasha ein mongolischer Name?«

»Nicht wirklich. Es ist ein russischer Name, der Name der Lieblingsheldin meiner Mutter in einem sowjetischen Kriegsroman.«

»Deswegen klingt er nicht chinesisch. Mir wäre es lieber, wenn es ein mongolischer Name wäre«, sagte Yang. »Sasha, die Prinzessin der Mongolei.«

Sasha ging barfuß zu Yangs Bett und kniete sich vor ihn hin. Er rührte sich nicht und ließ zu, dass Sasha sein Gesicht in beide Hände nahm. »Komm mit mir nach Amerika«, sagte sie. »Wir werden der Prinz und die Prinzessin von Nebraska sein.«

»Ich habe nicht gelernt, einen Prinzen zu spielen«, sagte Yang.

»Das Drehbuch wurde geändert«, sagte Sasha. »Von heute an.«

Yang wandte sich Sasha zu. Sie wollte ihn küssen, doch er schob sie behutsam weg. *»Ein schöner Körper ist nur ein Sack voller Knochen«*, sang er leise.

Sasha hatte Yang nie auftreten sehen und konnte ihn sich nicht auf der Bühne vorstellen; er hatte Prinzessinnen und Prostituierte gespielt, aber er musste nicht unbedingt mit der bemalten Maske und dem seidenen Kostüm leben. »Die Pekingoper ist tot«, sagte sie. »Warum gibst du sie nicht auf?«

»Wie kannst du behaupten, dass die Pekingoper tot ist?« fragte Yang, und seine Miene wurde plötzlich streng.

Sasha sah die eisige Kälte in Yangs Augen und ließ das Thema fallen. Danach erwähnte keiner von beiden die Nacht in dem Hotel. Eine Woche später, als Boshen aus Beijing verbannt wurde, war Sasha erleichtert, hatte aber auch Angst. Plötzlich hatten sie Zeit zur Verfügung. Zu ihrer Erleichterung und Enttäuschung schien Yang den Augenblick vergessen zu haben, als sie sich nahe gewesen waren, so nahe, dass sie fast ineinander verliebt waren.

Die Parade setzte mit Musik und Gelächter ein, bunte Wagen zogen vorbei, auf denen glückliche Menschen den glücklichen Zuschauern zuwinkten. Boshen blickte in Sashas Gesicht, das vor Neugier strahlte, und seufzte. Trotz ihres Eigensinns und ihrer Unfreundlichkeit veranlasste ihn der Gedanke an das Baby – Yangs Baby –, ihr zu verzeihen. »Willst du Yang wirklich nichts von dem Kind sagen?« fragte er.

»Das hast du schon hundertmal gefragt«, sagte Sasha. »Warum sollte ich?«

»Vielleicht will er in die USA kommen, wenn er von dem Baby erfährt«, sagte Boshen.

»Ab morgen wird es kein Baby mehr geben«, sagte Sasha. Als feststand, dass sie schwanger war, hatte sie versucht, Yang anzurufen und zu pagen. Zuerst wartete sie Stunden und Tage, dann wurden es Wochen. Vielleicht wohnte er in einer anderen Wohnung mit einer neuen Telefonnummer. Der Pager gehörte ihm vielleicht nicht mehr. Sie wusste, dass es jede Menge Gründe gab, warum er die Nachricht nicht erhalten hatte, aber sie konnte ihm sein Schweigen nicht verzeihen. Inzwischen veränderte sich ihr Körper. Sie spürte etwas in sich wachsen, und sie ekelte sich davor. Manchmal hasste sie es von früh bis spät und hoffte, dass es irgendwie verschwinden, sich der Stärke ihres Widerwillens fügen würde. Dann wieder dachte sie so lange wie möglich nicht daran und glaubte, dass es sich auflösen würde, als hätte es nie existiert. Aber letztlich forderte es von ihr, dass sie handelte. Letztlich, dachte sie, war es nur ein Klumpen Fleisch und Blut.

»Aber warum ist es überhaupt zu einem Kind gekommen?« fragte Boshen. Warum und wie es passiert war, waren die Fragen, die ihn verfolgten, seit Sasha ihn angerufen hatte. Er wollte sie fragen, ob auch sie vom glatten, geschmeidigen, perfekt geformten Körper des Jungen fasziniert gewesen war. Er wollte wissen, ob sie ihn so sehr geliebt hatte wie er, aber wie hätte sie es dann übers Herz bringen können, abzutreiben, was er ihr hinterlassen hatte?

Sasha wandte sich Boshen zu. Zum erstenmal betrachtete sie den Mann mit Neugier. Er sah weder gut aus, noch war er hässlich, aber er hatte ein ehrliches Gesicht, in das sich Sasha zwar nicht verlieben, dem sie jedoch vertrauen konnte. Ein Mann wie Boshen sollte ein gewöhnliches Leben führen, eintönig und bequem, doch seine Vernarrtheit in Yang machte ihn interessanter, als er es eigentlich verdiente. Aber das musste Yangs Faszination ausmachen – Menschen verliebten sich in ihn, und diese Liebe brachte sie dazu, freiwillig ihre langweiligen Wege zu verlassen. Yang war es gewesen, der vorgeschlagen hatte, noch einmal eine Nacht zusammen zu verbringen, und Sasha hatte ein paar Tage vor ihrem Abflug eine Freundin gebeten, ihnen ihr gemietetes Zimmer zur Verfügung zu stellen. Es war ein besonders schwüler Sommerabend. Nachdem sie sich geliebt hatten – angenehm, kurz, wenig aufregend –, blieben sie auf der Decke am Boden liegen, die Sasha zu diesem Zweck mitgebracht hatte, eine Armeslänge voneinander entfernt, weil beiden zu heiß war, als dass sie sich hätten berühren wollen. Im Hof saßen die Hausbesitzersfamilie und zwei Nachbarsfamilien und sahen fern, ihre Stimmen mischten sich mit dem Klatschen der Hände, wenn sie Moskitos totschlugen. Sasha drehte sich zu Yang um, der ihr den Rücken zuwandte. Das kleine Päckchen Kondome, das sie gekauft hatte, lag ungeöffnet unter der Decke. Sie hatte vorgeschlagen, sie zu benutzen, und er hatte sich geweigert. Ein Gummi sei für Leute, die sich nicht liebten, hatte Yang gesagt, und seine Worte hatten ihr erneut Hoffnung gemacht. »Willst du jetzt mit mir nach Amerika kommen?« fragte sie und strich mit dem Finger über seinen Rücken.

»Was soll ich in Amerika tun? Mich von dir als Kanarienvogel halten lassen?« sagte Yang und rückte von ihrem Finger weg.

»Du kannst Englisch lernen und einen nützlichen Abschluss machen.«

»Nützlich? Hast du immer noch nicht begriffen, dass ich zu nichts nütze bin? Und außerdem demütigt einen Mann nichts so sehr wie das Leben als Parasit seiner Frau«, sagte Yang und langte nach dem seidenen Morgenmantel, den er mitgebracht hatte. Bevor Sasha ihn aufhalten konnte, war er hinausgegangen. Sasha sprang auf und beobachtete ihn hinter dem Vorhang; Yang ging mit wohlbedachter Trägheit, ohne die Leute anzusehen, die vom Fernseher zu ihm schauten und ihn anstarrten. Als er das gemauerte Waschbecken in der Mitte des Hofs erreichte, setzte er sich auf den Rand und hob die nackten Füße unter den Wasserhahn. Das Wasser lief eine ganze Weile, bevor sich die Vermieterin von ihrem Schock erholt hatte und sagte: »He, das Wasser kostet mein Geld.«

Yang lächelte. »Es ist so heiß«, sagte er freundlich.

»Das stimmt«, sagte die Vermieterin.

Yang drehte den Hahn zu und kehrte ins Zimmer zurück, mit der gleichen Grazie und Muße, wohl wissend, dass die

Menschen im Hof ihm alle nachsahen, seinem schlanken, biegsamen Körper im mondweißen Morgenmantel. Neben dem Fenster stand Sasha, und es war ihr kalt vor Enttäuschung. Sie war jetzt sein Publikum, vielleicht das am schwersten zu erobernde, aber er hatte es schließlich doch geschafft.

Ein Disneywagen näherte sich der Ecke, an der Sasha und Boshen standen. »Schau«, sagte Sasha und deutete auf einen riesigen Mickey-Mouse-Handschuh, der vor dem Wagen herging. »Er hat nur vier Finger.«

»Das wusste ich nicht«, sagte Boshen.

»Yang braucht uns ebensowenig, wie dieser Handschuh unsere Bewunderung braucht«, sagte Sasha.

»Aber ihn schützt und rettet nichts außer unserer Liebe.«

Sasha blickte Boshen in die Augen. »Leute wie wir haben ihn kaputtgemacht. Warum gibt es überhaupt *nan dan* in der Pekingoper? *Männer liebten ihn, weil er eine Frau spielte; Frauen liebten ihn, weil ein Mann spielte*«, sagte sie.

»Das stimmt ganz und gar nicht.«

»Warum sonst willst du ihn unbedingt auf die Bühne zurückbringen? Glaub nicht, dass es mich freut, wenn er in der Gosse landet. Ich wollte ihm ebensosehr helfen wie du. Er musste nicht als Mann leben, der eine Frau spielt – ich dachte, ich hätte ihm das begreiflich gemacht. Aber wie stehe ich jetzt da? In dir wächst kein Baby, und er muss nicht abtreiben«, sagte Sasha und fing an zu weinen.

Boshen streckte die Hand aus und legte sie zögernd auf Sashas Schulter. Wenn sie den Jungen nur noch ein einziges Mal lieben könnte. Yang könnte sich aussuchen, mit wem er leben wollte; er könnte sich entscheiden, sie überhaupt nicht zu lieben, doch ihre Liebe würde ihn schützen und bewahren; sie könnten gemeinsam, zu dritt, das Baby aufziehen. Yang bliebe die Prinzessin, im Exil, ja, aber eine wahre Prinzessin, eine Schönheit in einem fremden Land. Wenn er nur wüsste, wie er Sasha dazu bringen könnte, Yang wieder zu lieben, dachte Boshen.

Sasha rührte sich nicht von der Stelle, als Boshen ihr den Arm um die Schultern legte. Fremde mussten sie für ein ganz gewöhnliches Paar halten, ein nervöser Mann, der seine deprimierte Frau nach einem Streit tröstete. Sie hätten ein Ehepaar sein können, ein Liebespaar – er sorgte sich nur um das Baby in ihr, und sie empfand für niemanden mehr etwas, auch nicht für das ungeborene Kind.

Als antwortete es darauf, bewegte sich das Baby. Ein Klopfen und noch eins, sanft und vorsichtig, der erste Gruß. Sasha hatte gewünscht, nie auf so etwas reagieren zu müssen, aber jetzt, da es geschehen war, schien es unmöglich, nicht auf mehr zu hoffen. Nach einer Weile schrien die Leute auf der Straße auf, und die Kinder kreischten vor Aufregung. Sasha blickte hoch – die Lichter in den Bäumen waren eingeschaltet worden, Tausende Sterne bildeten eine Konstellation. Sie dachte an die kleine mongolische Stadt, in der ihre Mutter jetzt allein lebte, an den langen Schatten in ihrem Schlepptau, wenn sie in der kaum beleuchteten Gasse nach Hause ging. Ihre Mutter war zur falschen Zeit geboren und hatte ihr gesamtes Leben als Erwachsene am falschen Ort verbracht, doch die Geburt ihrer beiden Töchter hatte sie nie bereut. Sasha hielt den Atem an und wartete auf weitere Botschaften des Babys. Amerika war ein gutes Land, dachte sie, ein richtiger Ort, um geboren zu werden, auch wenn das Baby zur falschen Zeit kam. In Amerika war alles möglich, dachte sie, und stellte sich ein Kind vor, das so schön war wie sein Vater, aber zufriedener und glücklicher. Sasha lächelte, aber als sich das Baby erneut bewegte, brach sie in Tränen aus. Eine Mutter zu sein musste die traurigste und doch hoffnungsvollste Sache der Welt sein; eine Liebe nahm ihren Anfang, die, hatte sie erst einmal begonnen, nie mehr endete.

Liebe auf dem Marktplatz

SANSAN WIRD von ihren Studenten Fräulein Casablanca genannt. Ein schöner Spitzname, wenn man nicht auf das grausame, nahezu boshafte Lächeln achtet, das die Erwähnung des Namens begleitet und das sie ignoriert. Sansan ist zweiunddreißig, hat keinen Mann, keinen Liebhaber, keine gute Freundin. Seit ihrem Collegeabschluss unterrichtet sie Englisch an der Lehrerschule in der kleinen Stadt, in der sie aufgewachsen ist, zunächst eine befristete Stelle, die zu einer festen wurde. Seit zehn Jahren führt sie fünf- oder sechsmal im Semester *Casablanca* allen Kursen vor, die sie unterrichtet. Ihre Reaktion ist ihr vertraut und deshalb erträglich. Anfangs schauen sie ehrfürchtig zu, es ist der erste echte amerikanische Film, den sie ohne chinesische Synchronisation oder Untertitel sehen. Sansan merkt ihnen an, wie sie sich bemühen, die Dialoge zu verstehen, aber mehr als hin und wieder einen oder zwei Sätze begreifen sie nicht. Dennoch scheinen sie keine Probleme zu haben, den Film zu verstehen, und am Ende sitzen immer ein paar Mädchen mit verweinten roten Augen da. Aber die meisten verlieren bald das Interesse. Sie lachen, wenn die Frauen im Film weinen; sie pfeifen, wenn ein Mann eine Frau küsst. Am Schluss sieht nur noch Sansan den Film, untermalt vom Geplapper der Studenten.

Das tut Sansan gerade im Vormittagsunterricht, als jemand an die Tür klopft. Erst als das Klopfen dringlicher wird, hält sie den Film an.

»Ihre Mutter wartet draußen auf Sie. Sie möchte mit Ihnen

sprechen«, sagt der Hausmeister, nachdem Sansan die Tür geöffnet hat.

»Weswegen?«

»Das hat sie nicht gesagt.«

»Sehen Sie nicht, dass ich mit meinen Studenten beschäftigt bin?«

»Es ist Ihre Mutter«, sagt der Hausmeister und stellt entschlossen einen Fuß in die Tür.

Sansan starrt ihn an. Dann seufzt sie. »Okay, sagen Sie ihr, dass ich komme«, sagt sie. Die Studenten beobachten sie amüsiert. Sie weist sie an, weiter den Film zu sehen, und weiß, dass sie es nicht tun werden.

Vor dem Schultor steht Sansans Mutter, auf den hölzernen Handkarren gestützt, den sie jeden Tag zum Marktplatz schiebt. Daraufgeladen sind ein Kohleofen, ein großer Aluminiumtopf, eine Schachtel mit Eiern, Gläschen mit Gewürzen und ein kleiner Holzschemel. Seit vierzig Jahren verkauft Sansans Mutter hartgekochte Eier auf dem Marktplatz vor dem Bahnhof, meist an Reisende. Weil sie immer auf dem Schemel sitzt, ist sie zu einer buckligen kleinen Frau geworden. Sansan hat ihre Mutter seit einem Jahr, seit der Beerdigung ihres Vaters, nicht mehr gesehen. Das Haar ihrer Mutter ist grauer und dünner geworden, so wie ihr eigenes in ein paar Jahren sein wird, und sie bedauert weder sich noch sie.

»Mama, man hat mir gesagt, dass du mich sprechen willst«, sagte Sansan.

»Wie soll ich sonst erfahren, ob du noch lebst?«

»Warum? Ich dachte, dass die Leute ständig mit dir über mich tratschen.«

»Sie können Lügen erzählen.«

»Natürlich.« Sansan grinst.

»Aber wessen Problem ist es, wenn du den Leuten Anlass gibst, über dich zu reden?«

»Ihres.«

»Du hast noch nie gewusst, wie man das Wort ›schämen‹ schreibt.«

»Bist du nur gekommen, um mir zu sagen, dass ich mich schämen soll? Das hab ich schon hundertmal gehört.«

»Welchen Gott habe ich beleidigt, um eine Tochter wie dich zu verdienen?« Ihre Mutter hat laut gesprochen. Ein paar Passanten verlangsamen den Schritt und betrachten sie mit einem amüsierten Lächeln.

»Mama, hast du mir etwas zu sagen? Ich habe zu tun.«

»Es wird nicht mehr lange dauern, bis du eine Waise bist, Sansan. Eines Tages wird mich das viele Gerede über dich umbringen.«

»Das Gerede der Leute bringt einen Menchen nicht um.«

»Woran ist dann dein Vater gestorben?«

»Ich war nicht die einzige Enttäuschung für Papa«, sagt Sansan. Sie verspürt einen plötzlichen Schmerz, und unwillkürlich schnürt sich ihr die Kehle zu. Vor seinem Tod arbeitete ihr Vater als Ableser, klopfte zur Abendessenszeit an die Türen der Leute, las Gas- und Wasserzähler ab und fühlte sich für ihre stetig steigenden Kosten und ihren Zorn verantwortlich. Eines Abends verschwand er nach der Arbeit. Später entdeckten ihn Kinder außerhalb der Stadt in einem Teich, aus dem seine Beine ragten. Der Teich war seicht, reichte an der tiefsten Stelle bis zum Bauch; er hatte sich mit dem Kopf in den Schlamm gebohrt, vielleicht mit einem Sprung, aber niemand konnte mit Sicherheit sagen, wie er es getan hatte oder warum. Sansans Mutter glaubte, dass er sich umgebracht hatte, weil Sansan nicht geheiratet hatte.

»Denk an die Zeit, als du studiert hast. Dein Vater und ich haben geglaubt, dass es keine anderen Eltern auf der Welt so weit gebracht haben«, sagt ihre Mutter, bereit, in Erinnerungen zu schwelgen und zu weinen.

»Mama, wie oft noch! Ich will nicht darüber sprechen.«

»Warum nicht? Glaubst du etwa, dass ich mich die vielen Jahre abgeplagt habe, um mir von meiner Tochter den Mund verbieten zu lassen?«

»Tut mir leid, aber ich muss zurück«, sagt Sansan.

»Geh noch nicht. Bleib noch ein bisschen«, sagt ihre Mutter nahezu flehentlich.

Sansan versucht, einen milderen Ton anzuschlagen. »Mama, ich muss unterrichten.«

»Dann komm heute abend nach Hause. Ich habe dir etwas Wichtiges mitzuteilen.«

»Warum sagst du es mir nicht jetzt? Fünf Minuten habe ich noch.«

»Fünf Minuten reichen nicht. Es geht um Tu.« Sansans Mutter tritt näher zu ihr und flüstert. »Tu ist geschieden.«

Sansan starrt ihre Mutter einen langen Augenblick an. Ihre Mutter nickt. »Ja, er ist nicht mehr vergeben.«

»Ich weiß nicht, wovon du redest«, sagt Sansan.

»Seine Eltern möchten, dass du zu ihm zurückkehrst.«

»Mama, ich verstehe nicht.«

»Deswegen musst du kommen, damit wir darüber reden können. Jetzt geh und unterrichte«, sagt Sansans Mutter und schiebt ihren Karren weiter, bevor Sansan antworten kann.

Sansan entdeckte *Casablanca* in dem Jahr, in dem Tu einen kurzen, bedauernden Brief aus Amerika schrieb und ihr seine Entscheidung mitteilte, sie nicht zu heiraten. Bevor der Brief kam, hatte sie ihren Studenten immer *The Sound of Music* gezeigt, bei allen Liedern mitgesummt, jederzeit bereit, ihre Studenten im Stich zu lassen und nach Amerika zu gehen. Nach dem Brief hat sie nie wieder gesungen, *Casablanca* sagt alles, was sie den Studenten über das Leben beibringen will.

Sansan kehrt ins Klassenzimmer zurück, setzt sich wieder

auf das Fensterbrett und lässt die Beine baumeln, wie es ihre amerikanischen Lehrer im College getan haben. Am Ende der Szene in Paris, als Rick auf dem Bahnsteig vom Regen durchnässt wird und dann in den Zug steigt, sagt ein Junge: »Komisch! Jetzt ist sein Mantel so trocken wie das Fell eines Kamels.«

Sansan wundert sich, dass sie dieses Detail bislang übersehen hat. Sie denkt daran, den Jungen für die scharfe Beobachtung zu loben, doch sie überlegt es sich anders. »Eins der Geheimnisse des Lebens ist seine Unerforschlichkeit«, sagt sie mit lauter Stimme.

Die Studenten brüllen vor Lachen. Der Ausspruch wird bestimmt ebenso wie der Spitzname an den nächsten Kurs weitergegeben werden, aber das ist Sansan gleichgültig. Die Studenten, die gerade erst die Mittelschule abgeschlossen haben, werden nach den zwei Jahren auf der Lehrerschule an der Grundschule unterrichten. Die meisten kommen vom Land, und die Schule ist ihre einzige Möglichkeit, der schweren Arbeit in der Landwirtschaft zu entgehen. Englisch wird nur unterrichtet, um einer Vorschrift des Erziehungsministeriums Genüge zu tun; diese Kinder, die ihre kleinlichen Wünsche ausleben, sie werden nie verstehen, was sie meint.

Nach zwei Kursen beschließt Sansan, blauzumachen, und behauptet gegenüber Kollegen, sie habe Kopfschmerzen. Sie weiß, dass ihr niemand glaubt, aber niemand würde ihr widersprechen. Sie lassen ihr vieles durchgehen, wie die Menschen es bei einer leicht verrückten, aber harmlosen Person tun, deren Exzentrizität ihrem ansonsten öden Leben ein bisschen Farbe verleiht. Unter den wenigen Personen in der Stadt, die einen Universitätsabschluss haben, ist Sansan die mit der besten Ausbildung. Sie war eine der zwei Jugendlichen aus der Stadt, die es jemals auf das prestigereichste College in Beijing geschafft haben, und sie ist die einzige, die zurückgekehrt ist.

Der andere, Tu, ihr Kindheitsfreund, Schulkamerad, Freund und Verlobter, ist in Amerika, verheiratet mit einer Frau, die schöner ist als Sansan.

Und jetzt ist er geschieden, zehn Jahre zu spät. In ihrem gemieteten Zimmer setzt sich Sansan aufs Bett und knackt Sonnenblumenkerne. Die Schalen fallen auf das Laken und den Boden, wo sie sie zu kleinen Häufchen anwachsen lässt. Sie sehnt sich nach den knackenden Lauten in ihrem Schädel und nach dem speziellen Geschmack in ihrem Mund. Es sind die Sonnenblumenkerne, süß, salzig und etwas bitter von der namenlosen Gewürzmischung, mit der Gongs Trockenfrüchteladen sie verarbeitet, und die englischen Romane, die sie im College gekauft hat – ein ganzes Regal davon, und jeder einzelne lohnt ein lebenslanges Studium –, die ihr Leben erträglich machen. Doch heute schmecken die Sonnenblumenkerne anders; Tus Scheidung steckt ihr wie eine Gräte im Hals und lenkt sie ab.

Tu würde sich nie vorstellen, wie sie zwischen den Schalen der Sonnenblumenkerne sitzt und über seine gescheiterte Ehe nachdenkt, aber sie stellt sich ihn immer noch tagtäglich vor. Das ist keine Überraschung, da sie Tu bei der Verlobung versprochen hat: »Ich werde an dich denken bis zu dem Tag, an dem alle Meere auf der Welt ausgetrocknet sind.« Tu musste etwas Ähnliches gesagt haben, und Min, die einzige Zeugin der Zeremonie und damals seine auf dem Papier gesetzlich angetraute Frau, umarmte sie beide. Im nachhinein war es merkwürdig, dass nicht auch Min ein Gelübde abgelegt hatte. Schließlich war die Verlobung von Sansan und Tu ebenso wie die Ehe von Min und Tu von allen dreien vereinbart worden.

Min war das schönste Mädchen, das Sansan auf dem College kennenlernte, und ist zehn Jahre später die schönste Person, an die sie sich erinnert. Im College belegten sie zusammen mit vier anderen Mädchen denselben Schlafsaal, doch während des ersten Jahrs standen sie sich lange Zeit zunächst nicht nahe. Min war ein Mädchen aus der Stadt, attraktiv, extrovertiert, ein Mädchen, das alles bekam, was sie wollte, und sie wollte natürlich nur das Beste. Sansan, ein Mädchen mit auffälligem Akzent und unauffälligem Gesicht aus einer Kleinstadt, war für Min als Vertraute oder Freundin bei weitem nicht das Beste.

Gegen Ende des ersten Jahrs unterbrachen die Demonstrationen auf dem Platz des Himmlischen Friedens ihr Studium. Min nahm aktiv an den Protesten teil. Die Jungen wählten sie zur Miss Tian'anmen; sie verkleidete sich als Freiheitsstatue und machte vor den Kameras der Journalisten aus dem Westen das Siegeszeichen. Nach der Niederschlagung der Proteste durchlebte sie eine schwierige Zeit und wurde immer wieder überprüft; schließlich endete sie in der Kategorie, die nicht inhaftiert wurde, jedoch nach dem Abschluss des Studiums kein Anrecht auf eine Stelle im Staatsdienst hatte. Als Min ans College zurückkehrte, noch immer wunderschön, aber traurig und gebrochen, war Sansan die erste und einzige Person im Schlafsaal, die sich traute, Min gegenüber mitfühlend und freundlich zu sein. Sansan gehörte zu den wenigen, die nicht an den Protesten teilgenommen hatten. Sie und Tu waren die einzigen Studenten, die in den Unterricht gegangen waren, während ihre Kommilitonen streikten; später, als sich auch die Lehrer dem Streik anschlossen, wurde ihre Beziehung enger, sie verliebten sich ineinander, wie ihre Eltern und ihre gesamte Heimatstadt es von ihnen erwartete.

Sansan betrachtete ihre Freundlichkeit gegenüber Min nie als edel oder mutig; sie entsprang dem schlichten Wunsch, nett zu jemandem zu sein, der vom Leben eine bessere Behandlung verdient hätte. Und Sansan war überwältigt von

Freude und Dankbarkeit, als Min beschloss, ihr Wohlwollen zu erwidern und ihre beste Freundin zu werden. Sansan war freilich auch etwas unbehaglich zumute, als hätte sie Mins Pech ausgenutzt; unter normalen Umständen wären sie nie Freundinnen geworden, doch was war falsch daran, das Außergewöhnliche anzunehmen, wenn das Leben es einem bot?

Am Ende des zweiten Jahrs erließ das Erziehungsministerium die neue Regelung, dass nur diejenigen Studenten, die Verwandte in Amerika hatten, einen Pass bekamen, um dort zu studieren; die Maßnahme war nicht logisch, aber damals war das so, und sie mussten sich mit all den lächerlichen Regeln abfinden, die in ihr Leben eingriffen wie ein launisches Kind. Mins einzige Zukunftshoffnung – nach dem Abschluss nach Amerika zu gehen – platzte wie eine Seifenblase, und Sansan begann mit Entschlossenheit zu planen und zu handeln, als sie Mins schönes, herzzerreißend unglückliches Gesicht nicht mehr ertragen konnte.

»Bist du verrückt geworden?« sagte Tu, als sie ihm ihren Plan darlegte – er sollte sich an einer amerikanischen Universität bewerben und Min mit einer Scheinehe aus dem Land helfen. »Ich habe keine amerikanischen Verwandten.«

»Ist nicht der Bruder deines Großvaters nach dem Befreiungskrieg nach Taiwan gegangen? Warum sollte er später nicht nach Amerika ausgewandert sein? Hör mal, keiner wird nach Amerika reisen, um deine Familiengeschichte zu überprüfen. Wenn wir eine Bescheinigung bekommen, dass er in Amerika ist …«

»Aber wer wird sie uns geben?«

»Das lass meine Sorge sein. Kümmere du dich um die Bewerbung«, sagte Sansan. Sie sah Tu an, dass er einerseits zögerte, andererseits aber einen Funken Hoffnung schöpfte, und sie stürzte sich darauf, bevor er wieder erlosch. »Willst du nicht auch nach Amerika gehen? Dann müssen wir nach dem

Studium nicht wieder nach Hause zurück und eine langweilige Arbeit machen, nur weil wir in Beijing kein Wohnrecht haben. Niemand wird sich in Amerika darum scheren, dass wir aus einer Kleinstadt sind.«

»Und deswegen soll ich Min heiraten?«

»Warum nicht?« fragte Sansan. »Wir haben uns, aber sie hat niemanden. Die Jungen aus der Stadt verkriechen sich wie Schildkröten in ihrem Panzer, seitdem sie Ärger hatte.«

Tu wollte es versuchen. Das war einer der Gründe, warum Sansan ihn liebte – er vertraute ihr trotz seiner Zweifel; er fügte sich ihrer Entscheidung. Min zu überreden war einfach, obwohl auch sie den Plan erst in Frage stellte. Sansan stupste Tu und Min in Richtung ihres gemeinsamen amerikanischen Traums; sie fuhr zurück in ihre Heimatstadt und verschaffte sich durch Bestechung und flehentliches Bitten eine falsche Bescheinigung über Tus amerikanischen Großonkel. Der Plan hätte schiefgehen können, aber er funktionierte in jedem Detail. Tu wurde von einer Universität in Pennsylvania angenommen; Min erledigte mit ihrer Heiratsurkunde die Formalitäten, um das Land als Tus Frau zu verlassen. Das Arrangement, ein Geheimnis, das nur sie drei kannten, war zu kompliziert, um es Außenstehenden zu erklären, doch keiner der drei zweifelte an seinem Gelingen. Noch ein Jahr, und der Plan wäre vollendet, wenn Min sich selbst ernähren könnte und Tu, verheiratet und wieder geschieden, nach Hause zurückkehren und Sansan heiraten würde.

Sansan kam nicht in den Sinn, mit Tu zu schlafen, bevor er abreiste. Er bat sie zwar darum, aber sie weigerte sich. In einem Collegekurs hatte sie *Liebende Frauen* gelesen, und ein Detail daraus konnte sie nicht vergessen. Eine der beiden Schwestern weigerte sich, mit ihrem Freund zu schlafen, bevor er in den Krieg zog, weil sie befürchtete, dass er sich nach Frauen sehnen könnte, wenn nur der Tod zu haben war. Aber

Tu zog nicht in den Krieg, sondern begann ein Eheleben mit einer anderen Frau. Wie sollte sich ein Mann nicht in eine schöne Frau verlieben, die in derselben Wohnung, nur durch eine dünne Tür von ihm getrennt, aß, schlief, pinkelte und menstruierte?

Nach dem kurzen Brief, in dem Tu sie informierte, dass sie verheiratet bleiben wollten, schrieb keiner von beiden mehr, und Sansan begann sich vorzustellen, wie sich Tu und Min liebten. Sie zog sie aus, legte sie ins Bett und studierte sie beim Sex, als würde ihr das eine Antwort geben. Mins seidiges langes Haar streifte gegen Tus selleriestangendünnen Körper, streichelte ihn, rief ihn zu sich; Tu stieß mit seinem großen blumenkohlrunden Kopf gegen Mins volle Brüste, ein hungriges, hässliches Ferkel auf Nahrungssuche. Je öfter sie es sich vorstellte, um so absurder wurden die beiden. Es war unfair, Tu in eine Karikatur zu verwandeln, das wusste Sansan, aber Mins Schönheit war undurchdringlich wie ein Diamant. Sansan hatte nie auch nur im Traum an die Möglichkeit gedacht, dass sie sich ineinander verlieben würden – Min war ein zu glamouröses Mädchen für Tu, den Jungen mit dem großen Kopf, dem dünnen Körper und dem demütigen Lächeln. Sie hatte auf die Liebe zwischen Tu und sich vertraut, und sie hatte an das Opfer geglaubt, das sie auf sich nehmen mussten, um eine Freundin zu retten. Doch unerforschlich, wie das Leben war, hatten sich Min und Tu verliebt, und Sansans Ansicht nach hatten jetzt zwei nicht zusammenpassende Menschen Sex. Manchmal stellte sie sich statt Min sich selbst vor und masturbierte. Tu und sie sahen harmonischer aus – sie hatten miteinander gespielt, Sansan ein kleines Kind, das neben dem Ofen ihrer Mutter saß, und Tu, der etwas größere Junge vom Stand des Obsthändlers nebenan; nach dem Sex, der herzzerreißend schön war, musste sie weinen.

Sansan fing an, Sonnenblumenkerne zu essen, als sie die

Bilder ihrer Phantasie nicht mehr ertrug. Jeden Abend sitzt sie stundenlang da und knackt Sonnenblumenkerne; wenn sie erwacht, noch bevor sie aufsteht, greift sie nach der Tüte. Sie beruhigt sich, wenn die Schalen in ihrem Gehirn aufbrechen, und dann kann sie sich Tu und Min in Kleidern vorstellen. Die Tatsache, dass sie beide ihr Versprechen gebrochen haben, ist zwar schmerzhaft und wird immer schmerzhaft bleiben, aber sie ist mittlerweile bedeutungslos. Was nach wie vor Bedeutung hat, ist das Eheversprechen, das sich Tu und Min gegeben haben. Sansan war es, die sie zu Mann und Frau gemacht hat, und auch wenn sie sich vielleicht zu sehr schämen, um es sich gegenseitig einzugestehen, schwebt sie immer über ihrem Ehebett, ein Schutzengel, der sie mit ihrer Vergebung segnet und verflucht.

Was also war der Grund für das Ende ihrer Ehe, zehn Jahre zu spät? Sie haben ihr Versprechen Sansan gegenüber einmal gebrochen, nein zweimal. Was soll nach der Scheidung aus ihr werden, da keiner von beiden mehr verpflichtet ist, an ihren Edelmut zu denken?

Als die Tüte mit den Sonnenblumenkernen leer ist, beschließt Sansan zu ihrer Mutter zu gehen und nach Tus Scheidung zu fragen. Der einzige Marktplatz der Stadt befindet sich vor dem Bahnhof. Die Züge zwischen Beijing und den Städten im Süden halten hier mehrmals am Tag für zehn Minuten, und viele Händler sind für ihre Geschäfte auf die Passagiere dieser Züge angewiesen.

Der 13.15-Uhr-Zug ist gerade eingefahren, als Sansan vor dem Bahnhof ankommt. Ein paar Fahrgäste finden sich ein und strecken Arme und Beine, und bald strömen mehr auf den Marktplatz. Sansan bleibt in ein paar Schritten Entfernung stehen und sieht ihrer Mutter zu, die mit dem eisernen Schöpflöffel seitlich an den Topf schlägt und ruft: »Kommen

Sie und probieren Sie – kommen Sie und kaufen Sie – Marmoreier – die besten, die Sie jemals essen werden.«

Eine Frau bleibt stehen und hebt den Deckel, und ihr Kind deutet auf das größte Ei im Topf. Mehr Leute lassen sich von dem Duft nach Teeblättern, Gewürzen und Sojasauce anlocken. Manche holen ihre Geldbörse heraus und zahlen; andere sehen mehr Eierverkäufer und gehen weiter, ohne zu erfahren, dass sie die besten hartgekochten Eier der Welt versäumen. Als Kind wurde Sansan wütend auf die Leute, die nicht die Eier ihrer Mutter kauften – die anderen Eierhändler waren alle knickrig, taten nie so viele Gewürze und Teeblätter in den Topf wie ihre Mutter. Doch als Sansan älter war, wurde sie statt dessen wütend auf den Starrsinn ihrer Mutter. Alle die Leute, die ihre Eier kaufen – Fremde, die kommen und gehen und sich nicht an diesen Ort oder das Gesicht ihrer Mutter erinnern werden, selbst wenn sie den Geschmack der Eier nie vergessen –, sie werden nie erfahren, dass ihre Mutter mehr Geld für die besten Gewürze und Teeblätter ausgibt als die anderen Händler.

Als der Zug wieder abfährt, nimmt Sansan einen Backstein und legt ihn neben den Schemel ihrer Mutter. Sie setzt sich und sieht zu, wie ihre Mutter weitere Eier und Gewürze in den Topf gibt. »Ist es nicht Geldverschwendung, so viel von den teuren Gewürzen hineinzutun?« fragt Sansan.

»Sag mir nicht, wie ich Eier zu kochen habe. Ich tue das seit vierzig Jahren und habe dich großgezogen, indem ich Eier auf meine Art gekocht habe.«

»Aber selbst wenn die Leute den Unterschied schmekken – sie werden nie wiederkommen, um deine Eier noch einmal zu kaufen.«

»Und warum sollen sie nicht die Möglichkeit haben, einmal die besten Eier der Welt zu essen?« fragt ihre Mutter und hebt die Stimme. Ein paar Händler blicken zu ihnen und zwinkern einander zu. Der Marktplatz ist voller Augen und Ohren. Bis zum Abend wird die ganze Stadt wissen, dass Sansan aufgetaucht ist und ihre arme Mutter angegriffen hat, und beim Abendessen werden die Kinder gewarnt werden, ja nicht Sansans Beispiel zu folgen, die ihre töchterliche Pflicht nicht erfüllt und Geld für Miete zahlt, obwohl ihre Mutter ein Zimmer für sie hat.

»Mama, warum überlegst du dir nicht, aufzuhören?« fragt Sansan leiser.

»Und wer wird mich dann ernähren, eine arme, alte Witwe?«

»Ich.«

»Du kannst nicht einmal für dich selbst sorgen«, sagt ihre Mutter. »Du brauchst einen Mann wie Tu.«

Sansan schaut auf ihren Schatten am Boden und die Eierschalenstücke neben ihren ledernen Sandalen. Die Eierschalen waren ihr einziges Spielzeug, bevor sie sich mit Tu vom Stand nebenan anfreundete. Tus Eltern arbeiten nicht mehr und leben in einer Wohnung mit zwei Schlafzimmern, die Tu für sie gekauft hat. Am Nachbarstand werden jetzt Zigaretten und Feuerzeuge und handtellergroße Bilder von blonden Frauen verkauft, deren Kleider verschwinden, wenn man sie nahe an eine Flamme hält. Nach einem Moment fragt Sansan: »Was ist mit Tu passiert?«

»Seine Eltern sind gestern vorbeigekommen und haben gefragt, ob du zu ihm zurückwillst.«

»Warum?«

»Ein Mann braucht eine Frau. Und du brauchst einen Mann.«

»Ich bin also nichts weiter als ein Ersatz?«

»Sei nicht starrköpfig. Du bist kein junges Mädchen mehr.«

»Warum hat er sich scheiden lassen?«

»Die Leute ändern ihre Meinung. Sansan, hör auf mich, geh einfach zu Tu zurück, ohne Fragen zu stellen.«

»Will Tu das? Oder ist es die Idee seiner Eltern?«

»Was macht das für einen Unterschied? Er wird dich heiraten, wenn du zu ihm zurückgehst, das haben seine Eltern gesagt.«

»Das wäre dann eine arrangierte Ehe.«

»Unsinn. Ihr seid zusammen aufgewachsen«, sagt Sansans Mutter. »Auch in einer arrangierten Ehe kann man sich verlieben.«

Sansan spürt einen Stich im Herzen. »Klar, auch in einer arrangierten Ehe kann man sich verlieben, aber das ist nicht die Liebe, die ich will.«

»Was willst du dann, Fräulein Romantisch?«

Sansan antwortet nicht. Liebe ist mehr als eine Ehe mit einem Mann. Ein Versprechen ist ein Versprechen, ein Gelübde bleibt ein Gelübde; darin besteht die Großartigkeit von *Casablanca*, darin besteht die wahre Liebe, die jedem Tag ihres Lebens Bedeutung verleiht.

Beide schweigen. Sansan sieht zu, wie ihre Mutter mit dem Schöpflöffel die neuen Eier aus dem Topf holt und mit einem Löffel vorsichtig die Schalen zerschlägt, damit die Gewürze gut in die Eier einziehen können. Als ihre Mutter damit fertig ist, nimmt sie ein Ei und legt es Sansan wortlos in die Hände. Das Ei ist heiß, aber Sansan lässt es nicht fallen. Sie betrachtet die Sprünge in der Schale, dunkel gefärbt von den Gewürzen und der Sojasauce wie der zerbrochene Schildkrötenpanzer eines Propheten. Als Kind musste sie ihre Mutter lange bitten, bevor sie ein Ei essen durfte, doch wenn Tu da war, gab ihre Mutter, ohne zu zögern, beiden ein Ei. Sansan fragt sich, ob ihre Mutter sich noch an diese Dinge erinnert, an die Pflege ihrer Beziehung, lange bevor sie und Tu ein Liebespaar wurden.

Ein paar Minuten vergehen, und dann kommen auf der anderen Straßenseite zwei Jeeps quietschend zum Stehen. Sansan blickt auf und sieht mehrere Polizisten herausspringen und Gongs Trockenfrüchteladen umstellen. Die Kunden werden auf die Straße getrieben. »Was ist los?« fragen die Händler einander. Sansans Mutter steht auf und schaut eine Weile auf die andere Straßenseite, dann reicht sie Sansan den Schöpflöffel. »Pass auf den Ofen auf«, sagt sie zu Sansan und geht mit ein paar anderen neugierigen Händlern über die Straße.

Sansan sieht, wie sich ihre Mutter bis vor den Laden drängt, wo die Polizei ein rotes Band gespannt hat. Sie fragt sich, warum sich ihre Mutter nach vierzig Jahren auf dem Marktplatz noch immer für die Angelegenheiten anderer Leute interessiert.

Zehn Minuten später kommt ihre Mutter zurück und sagt zu den anderen Händlern: »Das könnt ihr euch nicht vorstellen – sie haben Opium in Gongs Waren gefunden.«

»Was?«

»Kein Wunder, dass ihr Geschäft so gut läuft – sie würzen ihre Nüsse und Kerne mit Opium, damit die Leute immer wiederkommen«, sagt Sansans Mutter. »Was für bösartige Menschen das doch sind!«

»Wie hat die Polizei davon erfahren?« fragt der Händler gegenüber.

»Jemand, der im Laden arbeitet, muss geredet haben.«

Auch andere Händler kehren zurück. Sansan hört zu, wie sie über Gongs Opiumgeschäft sprechen, ihre Handflächen sind feucht und klebrig. Sie hatte vorgehabt, heute noch zu Gong zu gehen und Sonnenblumenkerne zu kaufen; allein schon bei dem Gedanken an die Sonnenblumenkerne würde sie am liebsten sofort nach Hause zurückkehren und sich in einem Haufen geknackter Schalen verstecken, sich von dem

Geschmack auf ihrer Zunge überwältigen und an einen sicheren Ort bringen lassen, an dem sie in aller Ruhe auf Tu und Min aufpassen kann. Ist es das, wovon sie lebt, von einem vergifteten Nahrungsmittel, einem Drogentraum?

Sansans Mutter wendet sich ihr zu. »Aber reden wir nicht von den Problemen anderer Leute. Was sagst du zu dem Vorschlag, Sansan?«

»Tu zu heiraten? Nein, ich möchte ihn nicht heiraten.«

»Du hast so viele Jahre auf ihn gewartet. Sei nicht albern.«

»Ich habe nicht auf ihn gewartet.«

»Das ist gelogen. Alle Welt weiß, dass du auf ihn wartest.«

»Alle Welt?«

»Warum hast du dann nicht geheiratet? Jeder weiß, was er dir Schreckliches angetan hat, aber Männer machen Fehler. Sogar seine Eltern haben sich gestern entschuldigt. Es ist Zeit, dass du ihm vergibst.«

»Was gibt es da zu vergeben?«

»Er *hatte* dich und hat dich dann für eine andere Frau verlassen. Hör mal, es wäre nicht so schlecht, wenn du zu ihm zurückgingest. Wie schon das alte Sprichwort sagt: *Was zu jemandem gehört, wird ihm schließlich gehören.*«

»Moment mal, Mama. Was meinst du damit, dass er mich hatte?«

Sansans Mutter wird rot. »Du weißt, was ich meine.«

»Nein, ich weiß es nicht. Wenn du Sex meinst, nein, er hat mich nie gehabt.«

»Dafür muss man sich nicht schämen. Es war verständlich, und niemand hat daran schuld.«

Zum erstenmal versteht Sansan die Toleranz, die die Stadt ihr gegenüber an den Tag legt, eine bedauernswerte Frau, die von einem Liebhaber erst benutzt und dann verlassen wurde, eine Frau, die kein Mann heiraten wird, weil sie ihre Jungfräulichkeit nicht auf dem schneeweißen Laken des Hochzeitsbetts wird beweisen können. »Mama, ich habe nichts zu schaffen mit Tu. Wir hatten nie Sex.«

»Wirklich?« fragt Sansans Mutter und blickt hoffnungsvoll und ungläubig drein.

»Ich bin eine alte Jungfer, die den Verstand verliert. Wenn du mir nicht glaubst, warum lässt du dann die Stadt nicht über meine Jungfräulichkeit abstimmen?«

Sansans Mutter starrt sie einen langen Augenblick an und klatscht dann in die Hände. »Das ist ja noch besser. Ich wusste nicht, dass du ihn so liebst. Ich werde heute abend mit seinen Eltern reden und ihnen erzählen, dass du dich all die Jahre für ihn *sauber* gehalten hast.«

»Ich habe nichts für ihn getan.«

»Aber warum hast du dann nie geheiratet?«

Sansan antwortet nicht. Sie fragt sich, wie schwer der Tratsch über ihre verlorene Jungfräulichkeit auf ihrem Vater gelastet hat, bevor er sich umbrachte. Sie fragt sich, warum ihre Mutter sie in all den Jahren nicht zur Rede gestellt hat; doch wie sollte ihre Mutter, eine stolze, aber bescheidene, traditionsbewusste Frau, ihre Tochter so etwas fragen, wenn in ihrer Familie nie über Sex gesprochen wurde?

»Wenn du die Frage nicht beantworten kannst, dann entscheide dich«, sagt Sansans Mutter.

»Meine Entscheidung steht fest. Ich werde Tu nicht heiraten.«

»Bist du verrückt geworden?«

»Mama, warum willst du die Händlerin sein, die die besten Eier der Welt verkauft?«

Sansans Mutter schüttelt den Kopf. »Ich weiß nicht, wovon du sprichst.«

»Mama, warum tust du mehr Gewürze hinein als die anderen?«

»Wenn ich den Leuten sage, dass ich die besten Eier der Welt verkaufe, muss ich mein Versprechen auch halten.«

»Aber das ist den Leuten egal. Du hältst ein Versprechen, das nur dir wichtig ist.«

»Sprich nicht so mit mir. Ich bin Analphabetin. Und was hat das außerdem mit deiner Heirat zu tun?«

»Ich habe auch etwas versprochen, was ich halten muss.«

»Warum bist du nur so stur? Wir werden beide noch verrückt werden, wenn du nicht heiratest«, sagt Sansans Mutter und beginnt zu weinen.

Mit einem langgezogenen Pfiff fährt ein anderer Zug in den Bahnhof ein. Sansan hört zu, wie ihre Mutter mit zitternder Stimme ihren Spruch ruft, und wischt sich eine Träne ab. Sie ist wirklich verrückt, dass sie ihre Mutter so verletzt, die einzige Person, die sie liebt, obwohl sie so ist, wie sie ist. Aber sie hat keine andere Wahl. Die Menschen auf dieser Welt mögen ihre Versprechen wegwerfen wie benutzte Servietten, aber sie will nicht eine von ihnen sein.

Ein Mann in einem schmutzigen Hemd und Jeans kommt auf den Marktplatz, er hat eine Tasche dabei, die er an sich drückt, als wäre sie eine Frau. Sansan sieht zu, wie sich der Mann auf die freie Stelle zwischen zwei Ständen gegenüber dem Ofen ihrer Mutter setzt. Dann holt er aus der Tasche eine plattgedrückte Pappschachtel und ein Messer mit einer langen, scharfen Klinge, wie es Obstverkäufer benutzen, um Wassermelonen aufzuschneiden. Anschließend zieht er sein Hemd aus, hält das Messer an den linken Arm und fügt sich langsam einen tiefen Schnitt vom Ellbogen bis zur Schulter bei. Seine Bewegungen wirken so ruhig und gefasst, dass ihm Sansan und ein paar andere Leute, die ihn bemerkt haben, mit stillem Erstaunen zusehen. Der Mann taucht den Zeigefinger in das Blut, betrachtet den Finger, als wäre er ein Kalligraph, und schreibt folgende Worte auf den Karton: *Für zehn Yuan dürfen Sie mich einmal schneiden, wo immer Sie wollen; wenn Sie mein Leben mit einem Stich beenden, schulden Sie mir nichts.*

Der Mann muss den Satz zweimal laut rufen, bis sich mehr Menschen einfinden.

»Der ist ja verrückt!« sagt eine alte Frau.

»Eine einfallsreiche Art zu betteln«, sagt eine andere Frau.

»Warum nicht einfach betteln?«

»Wer würde ihm was geben? Er ist kräftig. Er sollte sich Arbeit suchen.«

»Die jungen Leute arbeiten heutzutage nicht gern. Sie wollen leichtverdientes Geld«, sagt ein alter Mann.

»Ist es etwa einfach, sich selbst zu verletzen?«

»He, was ist deine Geschichte?« fragt ein junger Mann. »Weißt du nicht, dass du eine wirklich gute Tragödie erfinden musst, um zu betteln?«

Die Leute lachen. Der Mann sitzt still in der Mitte des Kreises, das Blut tropft von seinem Ellbogen auf die Jeans, aber er scheint es nicht zu bemerken. Nach einer Weile ruft er den Spruch noch einmal.

Sansans Mutter seufzt. Sie kramt in ihrer Geldschachtel und geht dann zu dem Mann hinüber. »Hier sind zehn Yuan. Nehmen Sie, junger Mann, und suchen Sie sich Arbeit. Verschwenden Sie Ihr Leben nicht mit diesem Unsinn.«

»Aber es gibt keine Arbeit.«

»Dann nehmen Sie das Geld.«

Der Mann presst die Klinge zwischen die Handflächen und hält Sansans Mutter den Messergriff hin. »Hier, Tantchen.«

»Ich will Sie nicht schneiden.«

»Aber Sie müssen. Ich kann Ihr Geld nicht nehmen, ohne dass Sie mich schneiden. Hier steht es«, sagt der Mann.

»Nehmen Sie es einfach.«

»Ich bin kein Bettler.«

»Was bist du dann?« fragt jemand in der Menge.

»Ein Idiot«, sagt jemand anders, und die Leute lachen. Der Mann rührt sich nicht, bietet Sansans Mutter weiterhin das Messer an. Sie schüttelt den Kopf und lässt den Geldschein auf den Karton fallen. Der Mann schiebt ihr den Schein vor die Füße und lehnt sich zurück.

Sansan nimmt den Geldschein und stellt sich vor den Mann. Er blickt zu ihr auf, und sie schaut ihm in die Augen. Wortlos gibt er ihr das Messer. Sie betrachtet seinen Körper, die nackte Haut, die glatt und gebräunt ist, und die blutende Wunde. Sie berührt mit einem Finger seinen Oberarm, prüft und kalkuliert, und fährt dann mit der Fingerspitze zu seiner Schulter. Der Mann zittert leicht, während sie mit dem Finger über seine Haut streicht.

»Sansan, bist du verrückt?« sagt ihre Mutter.

Die Muskeln des Mannes entspannen sich unter ihrem liebkosenden Finger; nach all den vielen Jahren ist ihr endlich jemand begegnet, der weiß, was ein Versprechen ist. Verrückt, wie sie der Welt erscheinen mögen, sind sie doch nicht allein, und sie werden sich immer finden. Das ist das Versprechen des Lebens; das ist seine Großartigkeit. »Keine Sorge, Mama«, sagt Sansan und wendet sich ihrer Mutter zu, um sie anzulächeln, bevor sie das Messer an die Schulter des Mannes hält und schneidet, langsam sein Fleisch öffnet voller Liebe und Zärtlichkeit.

Der Sohn

HAN, dreiunddreißig Jahre alt, Single, Softwareingenieur und vor kurzem naturalisierter Amerikaner, landet mit einem brandneuen amerikanischen Pass und einer alten chinesischen Sorge auf dem internationalen Flughafen von Beijing. Er hat seine Mutter gebeten, ihn nicht abzuholen; da er weiß, dass sie sich nicht daran halten wird, befürchtete er auf dem gesamten Flug von San Francisco nach Beijing, dass sie im Terminal mit einem Fotoalbum auf ihn warten würde. Mädchen würden ihn aus Plastikfächern heraus anlächeln und darum wetteifern, ihm zu gefallen und sein Herz zu gewinnen. Han ist ein *zuanshi-wanglaowu*, ein diamantener Junggeselle, der amerikanische Dollar verdient und amerikanischer Staatsbürger ist. Doch auch schon auf niedrigeren Ebenen – Silber oder Gold oder was immer er war – wurde es seine Mutter nicht müde, eine gute Partie für ihn zu finden. Erst sagte Han, dass er nicht ans Heiraten denke, solange er sein Studium nicht abgeschlossen habe. Dann war es ein Job und danach die Green Card. Aber jetzt, da Han die amerikanische Staatsbürgerschaft besitzt, gehen ihm die Ausreden aus. Er denkt an die Mädchen, die seine Mutter gesammelt hat, wie sie eifrig dichte Netze knüpfen, um einen dicken Fisch wie ihn an Land zu ziehen. Han ist schwul. Er hat weder vor, eins der Mädchen zu heiraten, noch seiner Mutter seine Entscheidung zu erklären. Han liebt seine Mutter, doch mehr noch liebt er sich selbst. Er will ihr keine unnötigen Schmerzen zufügen; andererseits will er auch kein Opfer aus Pflichtgefühl bringen.

Doch zu seiner Überraschung präsentiert ihm seine Mutter kein Fotoalbum, sondern ein goldenes Kreuz an einer goldenen Kette. Auf dem Kreuz ist ein Miniatur-Jesus. »Das habe ich extra für dich bestellt«, sagt sie. »Nimm es in die Hand.«

Han nimmt es, ohne dass seine Finger die gekreuzigte Gestalt berühren. Das Kreuz fühlt sich solide und schwer an. »Vierundzwanzig Karat Gold«, sagt seine Mutter. »So rein wie unser Glaube.«

»Das klingt wie das Gelöbnis, das wir abgelegt haben, als wir der kommunistischen Jugendliga beigetreten sind. *Unser Glaube an den Kommunismus ist so rein und stark wie Gold*«, sagt Han.

»Han, mach keine so unpassenden Witze.«

»Ich mache keine Witze. Ich will nur sagen, dass viele Dinge zirkulieren und recycelt werden. Sprache gehört dazu. Glaube ebenfalls. Sie sind wie die Geldscheine in unseren Brieftaschen. Man kann alles damit kaufen, aber sie selbst haben keine Bedeutung«, sagt Han. Seine Mutter versucht zu lächeln, aber er sieht die Enttäuschung, die sie nicht verbergen kann. »Entschuldige, Mama. Natürlich brauchen wir die Papierscheine zum Leben.«

»Du redest jetzt mehr als früher, Han«, sagt seine Mutter.

»Dann bin ich eben still.«

»Nein, es ist gut, dass du mehr redest. Du warst immer ein stilles Kind. Baba würde sich freuen, wenn er wüsste, dass du nicht mehr so verschlossen bist.«

»In Amerika ist es nicht einfach, still zu sein. Die Leute beurteilen dich nicht nach dem, was in dir steckt, sondern nach dem, was aus deinem Mund kommt«, sagt Han.

»Ja, natürlich«, stimmt seine Mutter rasch zu. »Aber Baba würde sagen, dass du erst lernen musst zuzuhören, bevor du den Mund aufmachst. Baba würde sagen, je mehr du redest, um so weniger gewinnst du.«

»Mama, Baba ist tot«, sagt Han. Er sieht, wie seine Mutter

blinzelt und nach Worten sucht, um die Leere zu füllen, die sich zwischen ihnen auftut, und er lässt sie. Solange er denken kann, hat seine Mutter wie ein Papagei nachgeplappert, was sein Vater gesagt hat. Als Han das letztemal hier war, ein paar Monate nach dem Tod seines Vaters, war er schockiert, wenn er Gespräche seiner Mutter mit den Nachbarn mit anhörte. »Han sagt, dass alte Leute ruhig bunte Farben tragen sollen«, sagte seine Mutter über die roten und orangefarbenen T-Shirts, die er stapelweise für seine Mutter, ihre Freunde und Nachbarn mitgebracht hatte. »Han sagt, dass wir nach unserem eigenen Geschmack leben sollen und nicht danach, was die anderen von uns denken.« Damals bedrückte es ihn, dass seine Mutter ihr Leben damit verbrachte, zuerst die Sprüche ihres Mannes und dann die ihres Sohnes zu wiederholen. Doch sein Mitgefühl muss während der siebzehn Stunden in dem vollen Flugzeug gelitten haben. »Mama, gehen wir. Es ist schon spät«, sagt Han. Er nimmt sein Gepäck und geht auf die gläserne Drehtür zu.

Hans Mutter schließt zu ihm auf und will ihm unbedingt die größte Tasche abnehmen. »Mama, ich kann meine Sachen selbst tragen«, sagt er.

»Aber ich kann nicht mit leeren Händen neben dir hergehen. Ich bin deine Mutter.«

Han überlässt ihr die Tasche. Sie gehen schweigend nebeneinander. Männer in Anzügen und Frauen in Kostümen kommen auf sie zu und offerieren Han günstige Hotelangebote, und Han winkt ab. Einen halben Schritt hinter ihm entschuldigt sich seine Mutter bei den Schleppern und erklärt, dass sie nach Hause fahren. Nein, es sei nicht weit und sie müssten nicht übernachten, sagt sie, als die Schlepper die Hoffnung nicht aufgeben, und entschuldigt sich noch einmal.

Es regt Han auf, dass sich seine Mutter aus keinem guten Grund demütigt. Als sie sich am Ende der Schlange am Taxistand anstellen, sagt er: »Mama, du musst dich bei diesen Leuten nicht entschuldigen.«

»Aber sie wollen uns doch nur helfen.«

»Es geht ihnen nur um das Geld in unseren Taschen.«

»Han.« Seine Mutter öffnet den Mund und seufzt dann.

»Ich weiß – ich sollte nicht so über die Menschen denken, und Geld ist nicht alles – außer dass es alles ist«, sagt Han. Er nimmt das goldene Kreuz aus der Tasche. »Schau, sogar deine Kirche fordert dich auf, das Kreuz aus vierundzwanzigkarätigem Gold zu kaufen. Warum wohl? Je mehr du ausgibst, desto reiner ist dein Glaube.«

Hans Mutter schüttelt den Kopf. »Han, geh mit mir morgen in die Kirche und hör dir unseren Pfarrer an. Frag ihn nach seinen Erlebnissen während der Kulturrevolution, und du wirst sehen, was für ein großer Mann er ist.«

»Was soll er mir erzählen, was ich nicht schon weiß?« fragt Han.

»Sei nicht so hochnäsig«, sagt seine Mutter nahezu flehentlich.

Han zuckt übertrieben die Schultern. Die Schlange wird langsam kürzer. Nach einer Weile fragt Han: »Mama, bist du noch Mitglied in der Kommunistischen Partei?«

»Nein. Ich habe meinen Mitgliedsausweis zurückgeschickt, bevor ich mich habe taufen lassen.«

»Und das haben sie zugelassen! Hast du keine Angst, dass sie dich verfolgen, weil du dem kommunistischen Glauben abgeschworen hast? Vergiss nicht, dass Marx, dein alter Gott, gesagt hat, die Religion ist geistiges Opium.«

Hans Mutter schweigt. Der Wind weht ihr das graue Haar in die Augen, und sie wirkt niedergeschlagen. Ein Taxi fährt vor, und Han hilft seiner Mutter beim Einsteigen. Einen guten Sohn habe sie da, sagt der Fahrer zu seiner Mutter, und sie stimmt ihm zu und sagt, ja, wirklich, er sei ein sehr guter Sohn.

Spätabends, als er wegen des Jetlags nicht schlafen kann, schleicht sich Han aus dem Haus und geht in ein nahes Internetcafé. Er versucht, sich in diversen Chatrooms einzuloggen, in denen er normalerweise in Amerika den Abend verbringt, mit anderen Männern flirtet und unterschiedliche Identitäten annimmt, aber nach mehreren fehlgeschlagenen Versuchen wird ihm klar, dass die chinesische Internetpolizei die entsprechenden Webseiten in China blockiert. In Amerika ist es Tag, und die Leute arbeiten. Han bleibt noch eine Weile sitzen und ruft auf gut Glück zugängliche Seiten auf. Er bedauert, seine Mutter aufgebracht zu haben, auch wenn sie so getan hat, als wäre nichts Unangenehmes vorgefallen, und anlässlich seiner Heimkehr zahllose Gerichte für ihn gekocht hat. Den Gottesdienst am nächsten Tag hat sie nicht mehr erwähnt, ebensowenig wie er das goldene Kreuz, das er in seinen Koffer gesteckt hat, bereit, es zu vergessen.

Han wundert es nicht, dass seine Mutter eine so fromme Frau geworden ist. Nach dem Tod seines Vaters schrieb sie in ihren Briefen vor allem über ihren neugefundenen Glauben. Was Han stört, ist, dass seine Mutter nicht im Traum auf die Idee käme, in die Kirche zu gehen, würde sein Vater noch leben. Sein Vater hätte nicht zugelassen, dass irgend jemand, sei es ein Mensch oder ein Gott, auch nur einen Bruchteil ihrer Aufmerksamkeit von ihm ablenkte; zudem hätte sie keine Zeit für jemand anders gehabt, da sein Vater stets mehr gefordert hatte, als sie geben konnte. Der Tod seines Vaters hätte eigentlich eine Erleichterung für sie sein müssen. Sie hätte das Leben genießen sollen, statt sich ein neues Paar Ketten anzulegen. Und außerdem: In was für eine Kirche geht sie und zu welchem Gott betet sie, wenn diese Religionsgemeinschaft bei helllichtem Tag in diesem Land existieren darf? Han erinnert sich, in der *New York Times* einmal einen Bericht über Untergrundkirchen in China gelesen zu haben. Er beschließt, den Artikel zu suchen und für seine Mutter zu übersetzen. Wenn sie Christin sein will, sollte sie lieber an den richtigen Gott glauben. Sie muss von den Menschen erfahren, die für ihren Glauben Freiheit und Leben riskieren, um sich in Bretterbuden und Höhlen zu versammeln. Han erinnert sich an die Fotos zu diesem Bericht, die Augen der Gläubigen, die in die Kamera blinzeln, ohne Leidenschaft und ohne Furcht. Han respektiert jeden, der ein Leben im Untergrund führt; da er schwul ist, ist er einer von ihnen.

Aber die Website der *New York Times* ist natürlich gesperrt, muss Han kurz darauf feststellen. Er sucht nach den Priesterseminaren und Organisationen, die in dem Artikel erwähnt wurden, und lacht beinahe laut auf, als er auf einen Bericht über den Verein der christlichen Patrioten Chinas stößt, die offizielle Dachorganisation aller vom Staat zugelassenen Kirchen. Der Verein organisiert gerade eine landesweite Konferenz, die die Rolle der christlichen Lehre für die Theorien der Weiterentwicklung des Kommunismus im neuen Jahrtausend zum Thema hat. Gott auf der Mission, den Marxismus wiederzubeleben, denkt Han.

Nach zwei Stunden Schlaf erwacht Han und freut sich, als er den ausgedruckten Bericht in seiner Tasche findet, schwarze Wörter auf weißem Papier. Er geht ins Arbeitszimmer seines Vaters. Seine Mutter, die am Schreibtisch sitzt, blickt hinter ihrer Bifokalbrille auf. »Hast du gut geschlafen?« fragt sie.

»Ja.«

»Ich habe Frühstück gemacht«, sagt seine Mutter und legt eine Broschüre beiseite, in der sie gelesen hat. Han nimmt sie, überfliegt ein paar Seiten und wirft sie auf die Seite des Schreibtischs, an der seine Mutter sitzt. Es ist eine Sammlung von Gedichten, die während des vergangenen Jahrhunderts von verschiedenen Generationen von Gläubigen in Festlandchina verfasst wurden.

»In deiner Freizeit … ich weiß, dass du in Amerika viel arbeiten musst, aber wenn du Zeit übrig hast, dann habe ich ein paar gute Bücher, die du lesen solltest«, sagt seine Mutter.

Han erwidert nichts und geht in die Küche. Er hat während der letzten zehn Jahre Handzettel und Broschüren und mehrere Bibeln im Taschenformat von Leuten auf der Straße entgegengenommen. Er bittet die jungen Männer von den Mormonen in die Küche und hört ihnen ein oder zwei Stunden zu. Er bleibt auf dem Parkplatz von Einkaufszentren stehen und lässt sich von den koreanischen Damen in gebrochenem Englisch eine Predigt halten. Wenn er eingeladen wird, geht er zu den Picknicks der örtlichen chinesischen Kirche, und er legt nicht auf, wenn Leute von der Kirche hartnäckig versuchen, ihn zu bekehren. Diese Belästigungen machen ihm nichts aus. Einmal wurde er in Cincinnati vor einem Fastfood-Restaurant von einer Frau mittleren Alters aufgehalten, die darauf bestand, seine Hände in ihre zu nehmen und für seine Seele zu beten. Er hörte zu und sah, wie ein Verkehrspolizist einen Strafzettel ausstellte, weil seine Parkuhr abgelaufen war; dennoch protestierte er nicht. Han fällt es schwer, diese Menschen wegzuschicken, weil ihn ihre Sorge um seine Seele, die ihm ungeheuchelt und dringlich erscheint, rührt. Dann wieder, wenn er Leute mit handgeschriebenen Plakaten auf der Straße sieht, die neben vielen anderen Sündern Homosexuelle verdammen, lacht er ihnen ins Gesicht. Diese Menschen, die ihn aus nur ihnen verständlichen Gründen lieben oder hassen, amüsieren Han, aber nur, weil sie nicht wichtig sind und ihre Leidenschaft ihm keinen Schaden zufügt. Er stellt sich vor, seine Mutter wäre eine von ihnen; allein der Gedanke irritiert ihn.

Sie folgt ihm in die Küche. »Du kannst immer mit der Bibel anfangen«, sagt sie und stellte eine dampfende Schale Reisbrei vor ihn hin. »Reisbrei aus lila Reis, dein Lieblingsfrühstück.«

»Danke, Mama.«

»Das ist gut für dich«, sagt Hans Mutter. Er weiß nicht, ob sie über das Essen oder die Religion spricht. Sie setzt sich auf die andere Seite des Tisches und sieht ihm beim Essen zu. »Ich habe mit vielen Leuten geredet«, sagt sie. »Manche haben mir erst nicht geglaubt, aber nachdem sie mit mir in der Kirche waren und die Bibel gelesen haben, hat sich ihr Leben verändert.«

»Mein Leben ist gut genug. Ich brauche keine Veränderung«, murmelt Han.

»Es ist nie zu spät, die Wahrheit zu erfahren. Konfuzius hat gesagt: Wer am Morgen die Wahrheit erfährt, kann am Abend ohne Reue sterben.«

»Konfuzius hat gesagt: Wer fünfzig wird, lässt sich von der Welt nicht mehr täuschen. Mama, du bist schon sechzig und lässt dich immer noch täuschen. Ist dein Glaube an den Kommunismus nicht Beispiel genug?« fragt Han. »Schau mal, Mama, ich habe dir diesen schönen Artikel ausgedruckt. Lies selbst. Die Kirche, in die du gehst, der Gott, über den du sprichst – es wurde alles erfunden, um Menschen wie dich reinzulegen. Weißt du denn nicht, dass alle vom Staat zugelassenen Kirchen die Kommunistische Partei als ihren einzigen Führer anerkennen? Vielleicht wirst du eines Tages noch mit der altbekannten Schlussfolgerung daherkommen, dass Gott und Marx ein und derselbe sind.«

Hans Mutter nimmt das Blatt. Sie scheint weder überrascht noch enttäuscht. Nachdem sie den Ausdruck gelesen hat, legt sie ihn sorgfältig in den Papierkorb neben dem Tisch und sagt: »Keine Wolke kann die Sonne ewig verdunkeln.«

»Mama, ich bin nicht gekommen, um mir deine Predigten

anzuhören. Ich bin seit zehn Jahren in Amerika, und genügend Leute haben versucht, mich zu bekehren, aber ich sitze hier als derselbe Mensch wie vor zehn Jahren. Was sagt dir das?«

»Aber du bist mein Sohn. Ich muss dir helfen, auch wenn sie gescheitert sind.«

»Du hättest mir früher helfen können. Erinnerst du dich noch, du hast meine Bibel verbrannt«, sagt Han und sieht zu, wie sie erstarrt. Er weiß, dass sie den Vorfall vergessen hat, aber er hat sich dafür entschieden, es nicht zu tun. Die Bibel hatte ihm sein bester Freund zum dreizehnten Geburtstag geschenkt. Sie waren ineinander verliebt gewesen, ohne es zu wissen; damals waren sie unschuldige Jungen, nicht einmal ihre Hände berührten sich je. Han wusste nicht, warum sich der Junge für die Bibel als Geschenk entschieden hatte, eine streng kontrollierte Publikation, die weder in einer Buchhandlung noch sonst irgendwo zu haben war. Er wusste nicht, welche Mühen der Junge auf sich genommen hatte, um die Bibel zu beschaffen, aber ihm war damals schon klar, dass es das wertvollste Geschenk war, das er je bekommen hatte. Und so wäre es geblieben, eine Erinnerung an seine erste Liebe, auf die er gut aufgepasst und die er in jede Stadt mitgenommen hätte, in die er zog, wenn seine Mutter mit der Bibel nicht ein Feuer gemacht und die Asche die Toilette hinuntergespült hätte. Sie wusste nicht, wie viele Stunden er nach der Schule mit seinem besten Freund verbrachte, wie sie beieinandersaßen und die Bibel lasen und in dem Buch einen sicheren Hafen fanden, während ihre Klassenkameraden darum wetteiferten, in die Kommunistische Jugendliga aufgenommen zu werden. Sie liebten die Geschichten, die Größe des Buchs, das ihre Sorgen winzig und vorübergehend erscheinen ließ. Als ihnen die Klassenkameraden Gleichgültigkeit gegenüber politischen Aktivitäten vorwarfen, lachten sie insgeheim über sie, da ihnen die Bibel erlaubte, in einer anderen, größeren Welt zu leben.

Hans Vater fand die Bibel, und seine Mutter verbrannte sie. Danach konnte Han seinem Freund nicht mehr in die Augen sehen. Er erfand Ausreden, um sich von ihm fernzuhalten; er kritisierte ihn und stritt sich mit ihm wegen jeder Kleinigkeit. Ihre Freundschaft – ihre Liebe – überdauerte nicht lange. Sie war sowieso zum Untergang verurteilt, eine erste Liebe, die keine Zukunft hatte, doch so wie sie endete, hatte jemand anders die Schuld daran. »Erinnerst du dich, du warst es, die die Bibel verbrannt hat«, sagte Han.

»Ja«, sagt seine Mutter und ringt nach Worten. »Aber Baba hat gesagt, dass es nicht richtig war, sie zu behalten. Es war eine andere Zeit damals.«

»Ja, es war eine andere Zeit, weil Baba immer befohlen hat, was zu tun war, und ihr beide den Gott des Kommunismus angebetet habt. Und jetzt ist Baba tot, und du hast dir einen neuen Gott gesucht«, sagt Han. »Mama, warum benutzt du nicht dein eigenes Gehirn, um zu denken?«

»Ich lerne es, Han. Es war die erste Entscheidung, die ich allein getroffen habe.«

Und es ist eine falsche Entscheidung, denkt Han, aber er lächelt nur mitleidig und nachsichtig.

Später, als seine Mutter vorsichtig einen Kirchenbesuch vorschlägt, sagt Han, dass er sie auf der Busfahrt begleiten werde. Es wird dir nicht schaden, mit hineinzugehen und zuzuhören, sagt seine Mutter, doch Han nickt nur, ohne sich festzulegen.

Die Halle des Westens, die Kirche, an der Han vor Jahren auf dem Weg zur Oberschule mit dem Fahrrad vorbeifuhr, ist noch immer das gleiche unauffällige graue Gebäude hinter einem verrosteten Eisenzaun, aber die Häuser in den Gassen daneben wurden abgerissen, und die Kirche, einst ein auffälliges Wahrzeichen der Gegend, wird jetzt von den neuen Einkaufszentren überragt. Han sieht, dass Leute jeden Alters in die Kirche gehen und sich höflich zunicken. Er fragt sich, ob die Leute begreifen, dass sie ihren Glauben in die falschen Hände legen, und wenn ja, ob es ihnen etwas ausmacht.

Hans Mutter bleibt ein paar Schritte vom Eingang entfernt stehen. »Kommst du mit?« fragt sie.

»Nein, ich gehe zu Starbucks und warte dort auf dich.«

»Starbucks?«

»Das Café dort drüben.«

Hans Mutter streckt sich und schaut hin, bemerkt zweifellos zum erstenmal das Café. Sie nickt, geht jedoch nicht weiter. »Mama, geh rein«, sagt Han.

»Ja, gleich«, sagt sie und blickt sich erwartungsvoll um. Bald laufen zwei kleine Bettelkinder, ein Junge und ein Mädchen, über die Straße zu ihr. Sie scheinen Bruder und Schwester zu sein, beide sind in Lumpen gekleidet, ihre Hände und Gesichter mit Schmutz und Ruß verschmiert. Der Junge, sieben oder acht Jahre alt, hält Han die Hand hin: »Onkel, bitte ein bisschen Geld. Unser Baba ist gestorben und hat uns große Schulden hinterlassen. Unsere Mama ist krank. Bitte ein bisschen Geld. Wir brauchen Geld, damit unsere Mama ins Krankenhaus kann.«

Das ein paar Jahre jüngere Mädchen macht es ihm nach und rasselt den Spruch herunter. Han schaut den Jungen an. Der Blick des Jungen hat etwas Verschlagenes, und Han fühlt sich unbehaglich. Er weiß, dass die Kinder zum Betteln gezwungen werden, wenn nicht von ihren Eltern, dann von Verwandten oder Nachbarn. Die Erwachsenen, die zu alt und weniger in der Lage sind, die Leute mit ihren Tragödien zu rühren, müssen die Kinder aus nicht allzu großer Entfernung überwachen. Han schüttelt den Kopf, er hat keinen Cent für diese Kinder; bei früheren Besuchen hat er sich sogar körperlich gegen Kinder zur Wehr gesetzt, die sich an seine Beine klammerten und nicht loslassen wollten, bis sie bezahlt würden. Han ist nicht geizig. In Amerika gibt er den Straßenmusikanten Dollarscheine, den Obdachlosen, die den ganzen Tag an derselben Stelle sitzen, Vierteldollar und kleinere Münzen. Gemäß Hans Standard sind sie ehrliche Arbeiter, und er gibt ihnen, was sie verdienen. Aber Kinderarbeit ist nicht akzeptabel, und Leute, die Kinder benutzen, verdienen nichts. Han stößt die Hand des Jungen weg und sagt: »Verschwindet.«

»Lasst den Onkel in Ruhe«, sagt Hans Mutter zu den Kindern, und sie verstummen auf der Stelle. Hans Mutter nimmt zwei große Scheine aus ihrer Geldbörse und gibt jedem Kind einen davon. »Jetzt kommt mit Großmutter«, sagt sie. Die Kinder stecken das Geld gewissenhaft ein und folgen Hans Mutter zum Eingang der Kirche.

»Einen Moment, Mama«, sagt Han. »Du gibst ihnen jede Woche Geld, damit sie mit dir in die Kirche gehen?«

»Es kann ihnen nur guttun«, sagt Hans Mutter.

»Aber das ist nicht richtig.«

»Es schadet niemandem. Sonst müssten sie auf der Straße betteln.«

»Es widerspricht meinen Prinzipien«, sagt Han. Er nimmt mehrere Geldscheine aus der Brieftasche und sagt zu dem Jungen: »Hör zu. Ich zahle dir doppelt so viel, wenn ihr beide das Geld zurückgebt und heute nicht mit in die Kirche geht.«

»Han!«

»Still, Mama. Sag kein Wort«, sagt Han. Er geht in die Hocke und wedelt vor den Kindern mit dem Geld herum. Das Mädchen blickt zu dem Jungen, und der Junge schaut kurz auf zu Hans Mutter und dann auf das Geld. Die Schläue und Berechnung in den Augen des Jungen machen Han wütend; seine Mutter lässt sich sogar von so kleinen Kindern reinlegen. »Komm schon«, sagt er lächelnd zu dem Jungen.

Ein paar Sekunden später nimmt der Junge Hans Geld, reißt seiner Schwester den Schein aus der Hand und gibt die beiden Geldscheine Hans Mutter zurück. »Gut«, sagt Han. »Ihr könnt jetzt gehen.«

Die Kinder gehen, halten Passanten auf und wiederholen ihren Bettelspruch. Han wendet sich lächelnd seiner Mutter zu. »Was hast du daraus gelernt, Mama? Das einzige, was sie interessiert, ist Geld.«

»Warum hast du das getan?« fragt seine Mutter.

»Ich muss dich beschützen.«

»Ich brauche deinen Schutz nicht«, sagt Hans Mutter.

»Das magst du behaupten, Mama«, erwidert Han. »Aber die Wahrheit ist, dass ich dich beschütze, und das ist auch meine Pflicht.«

»Mit welchem Recht redest du von der Wahrheit?« sagt seine Mutter, wendet sich ab und geht in die Kirche.

Han versucht, sich davon zu überzeugen, dass ihn die Worte seiner Mutter nicht aufregen. Aber er ist gekränkt. Er ist der Sohn seiner Mutter. Der Junge, der das Geld von ihm genommen hat, ist auch ein Sohn, aber eines Tages wird er Ehemann und Vater sein, und vielleicht wird er seine Söhne und Töchter zum Betteln auf die Straße schicken, vielleicht wird er ihnen auch ein besseres Leben ermöglichen. Han wird nie Vater werden – die Welt kennt ihn nur als jemandes Sohn. Nicht viele Männer bleiben ihr Leben lang nur Sohn, doch Jesus ist einer von ihnen. Es ist nicht einfach, ein Sohn mit Pflichten zu sein, denkt Han und lächelt voller Bitterkeit. Welche Rechte hat er? Er hat das Recht, nach seinen Prinzipien zu leben. Er arbeitet. Er wurde entlassen, bemühte sich ein paar Monate und fand neue Arbeit. Er zahlt seine Miete und grüßt seine Nachbarn. Er geht ins Fitnessstudio. Er sieht Nachrichtensendungen, aber keine Realityshows. Er zahlt für die Ausbildung eines kleinen Mädchens in einer ländlichen Provinz in China, schickt regelmäßig Schecks für ihren Unterricht und ihren Lebensunterhalt. Er masturbiert, aber nicht allzuoft. Er glaubt nicht an dauerhafte Beziehungen, doch hin und wieder trifft er sich mit Männern in einer Bar, hat Sex mit ihnen und benutzt dabei ein Kondom. Er flirtet im Internet mit anderen Männern, die so gesichtslos sind wie er, aber er will mit ihnen auch über Kunst reden. Er liebt seine Mutter und schickt ihr jedes Jahr zweitausend Dollar, obwohl sie oft behauptet, dass sie das Geld nicht braucht. Dennoch schickt er das Geld, weil er ihr Sohn und verpflichtet ist, sie zu beschützen und für ihren Lebensunterhalt zu sorgen, so wie sie ihn früher beschützt und für seinen Lebensunterhalt gesorgt hat. Er verbringt seinen gesamten Urlaub zu Hause mit ihr, doch was passiert, wenn sie zusammen sind? Bereits nach einem Tag kränken sie sich gegenseitig.

Han geht über die Straße zu Starbucks. Er ist müde und niedergeschlagen, aber dass sie beide unglücklich sind, liegt an seiner Mutter, nicht an ihm, und er beschließt, ihr zu vergeben. Ein paar Schritte vom Café entfernt, hört er das laute Quietschen von Reifen auf dem Asphalt der Straße. Han dreht sich um und schaut. Männer und Frauen laufen zu einem Auto, das bereits von einer Menschenschar umringt ist. Ein Verkehrsunfall, die Leute schreien, ein Kind wurde überfahren. Mehr Menschen strömen herbei, manche rufen mit ihren Handys die Ambulanz, andere telefonieren mit Freunden oder Verwandten, schildern einen Verkehrsunfall, dessen Zeuge sie geworden sind, und gestikulieren aufgeregt, während sie sprechen. Ein Mann in alten Kleidern läuft in die Menge. »Mein Kind«, schreit er.

Han bleibt kurz stehen und geht dann weiter, fort von dem Unfall. Er will nicht sehen, wie der Mann, der sich vermutlich rauchend in einer dunklen Ecke einen oder zwei Blocks entfernt aufgehalten hat, weinend den untröstlichen Vater spielt. Er will nicht wissen, ob es das kleine Mädchen mit der leiernden Stimme war oder ihr Bruder mit dem verschlagenen Blick, der überfahren wurde. Verkehrsunfälle passieren tagtäglich in dieser Stadt. Die Leute bezahlen andere, damit sie die Führerscheinprüfung für sie ablegen, oder kaufen ihren Führerschein direkt auf dem Schwarzmarkt; Autos nehmen keine Rücksicht auf Fußgänger, Fußgänger fürchten die schnellen Fahrzeuge nicht. Wenn er nicht hinsieht, kann es irgendein Kind sein, ein Sohn, eine Tochter, jemand ohne Bedeutung, den man sofort vergessen kann.

Aber irgendwie weiß Han, dass es der Junge ist. Es muss der Junge sein, der bereit war, jeden zu täuschen, der willens war, sich täuschen zu lassen. Der Junge wird ein Sohn bleiben und nie ein Vater werden. Die Menschen werden ihn vergessen, sobald die Straße von seinem Blut gesäubert ist; seine Schwester wird sich noch eine Weile an ihn erinnern, aber bald wird auch sie ihn vergessen haben. Er wird nur in Hans Erinnerung weiterleben, ein Kind, das nicht für seine Unaufrichtigkeit, sondern die Ungläubigkeit eines anderen bestraft wurde.

Han sitzt im Starbucks am Fenster und wartet auf seine Mutter. Als sie endlich aus der Kirche kommt, ist die Straße geräumt und gereinigt, keine Spur des Unfalls ist mehr zu sehen. Han verlässt das Café und geht mit zitternden Händen seiner Mutter entgegen. Sie lächelt ihn auf der anderen Straßenseite an, Hoffnung und Liebe im Blick, und Han weiß, dass sie den hässlichen Vorfall von vor zwei Stunden bereits vergessen hat. Sie wird ihm immer vergeben, weil er ihr Sohn ist. Sie wird das Bemühen, seine Seele zu retten, nicht aufgeben, weil er ihr Sohn ist. Aber er will weder Vergebung noch Rettung. Er wartet, bis seine Mutter heil auf seiner Straßenseite angekommen ist, und sagt dann, ohne sie anzusehen:

»Mama, es gibt etwas, was du wissen musst. Ich werde nie heiraten. Ich mag nur Männer.«

Hans Mutter schweigt.

Er lächelt und sagt: »Das ist ein Schock, nicht wahr? Was würde Baba sagen, wenn er es wüsste? Ekelhaft, nicht wahr?«

Nach einer Weile sagt Hans Mutter: »Ich habe es mir schon gedacht. Deswegen habe ich dieses Mal auch gar nicht versucht, eine Frau für dich zu finden.«

»Siehst du, ich bin verloren«, sagt Han. »Ich bin ... was haben wir früher über die Konterrevolutionäre gesagt? Ich stinke und bin hart und unwandelbar wie ein Stein am Boden eines Aborts.«

»Das würde ich nicht sagen«, sagt Hans Mutter.

»Gib's zu, Mama. Ich bin verloren. Wer immer dein Gott ist, er mag Menschen wie mich nicht.«

»Da täuschst du dich«, sagt Hans Mutter. Sie stellt sich auf die Zehenspitzen und berührt seinen Kopf, wie sie es getan hat, als er noch klein war. Auf diese Weise hat sie ihm versichert, dass er noch ein guter Junge war, auch wenn er etwas Unrechtes getan hatte. »Gott liebt dich so, wie du bist, und nicht, weil du dich an die Erwartungen anderer hältst«, sagt sie. »Gott sieht und versteht alles.«

Natürlich, würde Han am liebsten sagen. Ihr Gott ist nicht anders als chinesische Eltern sind, denen nie die Ausreden ausgehen, um ihren Sohn zu lieben. Doch er sagt nichts, als er zu seiner Mutter schaut, ihr Blick so voller Erwartung und Hoffnung, dass er wegsehen muss.

Das Arrangement

ONKEL BING besuchte Ruolan und ihre Mutter, wenn ihr Vater auf Geschäftsreise war. Ruolans Vater arbeitete als Vertreter für eine Teefabrik; jedes Jahr fuhr er im späten Frühling mit Proben des neues Tees nach Shanghai, Nanjing, Beijing, Großstädte, die Ruolan besuchen wollte, wenn sie älter wäre. Früher war der Vater vor dem Sommer zurückgekommen, aber jedes Jahr war er länger unterwegs, und seit Ruolans zehntem Lebensjahr tauchte er immer erst Ende Dezember wieder zu Hause auf, gerade noch rechtzeitig für das Großreinemachen am Jahresende und die Feiertage. Er schickte Postkarten, aber nicht oft. Er brachte Ruolan auch Geschenke aus den großen Städten mit: eine Puppe mit lockigem blondem Haar und tiefliegenden blauen Augen, duftende Radiergummis in Form von kleinen Hasen, Kleider mit Spitzenbesatz und glänzenden Applikationen, die für die Kleinstadt zu ausgefallen waren. Ihre Mutter legte die Kleider in eine Truhe und erlaubte Ruolan nicht, sie auch nur anzufassen. Nach einer Weile bat sie nicht mehr darum. Sie trug abgelegte Kleidung ihrer Mutter zur Schule, graue Blusen und blaue Hosen, die verwaschen und zu groß waren. *Grauhäutige Maus*, nannten die Jungen in der Schule Ruolan, doch auch das machte ihr nichts mehr aus.

Onkel Bing wohnte in einem Dorf in den nahen Bergen und war der einzige Lehrer an der kleinen Schule dort. Er war nicht verheiratet. Er war nicht einmal mit ihnen verwandt, aber seit Ruolan sich erinnern konnte, war er Onkel Bing. Jedes Frühjahr, bevor er aufbrach, hinterließ der Vater Ruolan einen Umschlag; er enthielt einen Zettel mit Onkel Bings Adresse und genug Geld für eine Rückfahrkarte mit dem Bus. »Im Notfall musst du Onkel Bing holen«, sagte Ruolans Vater. Sie hatte die Fahrt kein einziges Mal gemacht; es war nicht nötig, da Onkel Bing Ruolan und ihre Mutter jedes Wochenende besuchte, wenn ihr Vater nicht da war. Die Geldscheine legte Ruolan zwischen die Seiten eines alten Schulbuchs, das sie unter ihrer Matratze aus Stroh versteckte.

Jeden Samstagabend kam Onkel Bing mit einem kleinen Korb voller Lorbeeren oder Aprikosen und frisch gepflückten essbaren Farnen, Geschenken von den Eltern seiner Schüler. Sie kosteten Onkel Bing nichts, doch Ruolans Mutter dankte ihm stets, als hätte er für ihren Erwerb große Mühen auf sich genommen. »Das ist so freundlich von dir, Onkel Bing. Wie können wir dir deine Großzügigkeit jemals vergelten?« sagte sie.

Ruolan runzelte die Stirn. Ihrer Mutter gelang es, ihre Worte, selbst die bestgemeinten, mit Verachtung und Sarkasmus zu unterlegen. Onkel Bing aber ärgerte sich nicht. Er ging in den Hof, um Feuerholz zu hacken, und wenn ihm warm wurde, zog er das Hemd aus und hängte es über die Wäscheleine. Aus der Küche, wo Ruolan kochte, schaute sie auf die kleinen und großen Löcher in seinem Unterhemd. Als kleines Kind hatte sie die Finger in die Löcher gesteckt und es Fischernetz genannt. Das tat sie jetzt nicht mehr; sie war jetzt dreizehn und begann bereits, ihre Kindheit zu vermissen, als sie in Onkel Bings Gegenwart weniger gehemmt und glücklicher gewesen war.

Onkel Bing reparierte das Spalier für den Wein, das ein früher Sturm halb heruntergerissen hatte. Ruolan sah ihm bei der Arbeit zu und schnitt lustlos das Gemüse, bis ihre Mutter aus dem Schlafzimmer rief: »Wiegt das Messer tausend Tonnen?«

Ruolan antwortete nicht und hackte den Sellerie mit wütender Geschwindigkeit.

Zum Abendessen schenkte Ruolans Mutter Onkel Bing den starken Wein aus Yamswurzel ein. Sie sprachen über das Wetter, über zuviel und zuwenig Regen und wie er das Leben der Bauern beeinflusste, obwohl sich beide keine Sorgen um die Ernte machen mussten. Ruolan hörte ihrem müßigen Geplauder zu und drehte die Essstäbchen zwischen den Fingern. Wenn Onkel Bing da war, herrschte ihre Mutter sie nicht an, das ungezogene Herumspielen seinzulassen.

Wenn ihnen der Gesprächsstoff ausging, goss Onkel Bing Ruolans Mutter manchmal eine Tasse Yamswein ein, und sie stießen mit den Rändern der Tassen vorsichtig an. Sie trank ein paar Schlucke, musste husten und wurde rot, und dann sagte sie zu Ruolan, sie solle dafür sorgen, dass Onkel Bing etwas zu trinken habe, und zog sich ins Schlafzimmer zurück.

»Wie steht es um Mamas Gesundheit?« fragte Onkel Bing, nachdem ihre Mutter gegangen war.

Ruolan zuckte die Achseln und schwieg. Seitdem sie sich erinnern konnte, war ihre Mutter krank oder hielt sich für krank. Jeden Morgen rüttelte die Mutter sie wach und befahl ihr, die Rückstände im Medizintopf wegzuschütten – es hieß, damit der Patient schneller genese, solle man die Rückstände auf eine Kreuzung gießen, wo die Leute darübertrampelten. Ruolan glaubte, ihre Mutter mache das nur, um die Welt daran zu erinnern, dass es ihr nicht gutging; seitdem sie fünf war, musste Ruolan den Medizintopf in die Stadt tragen, und sie ekelte sich vor dem bitteren Geruch der Kräuter, der langwierigen, eingebildeten Krankheit ihrer Mutter und den Blicken, die die Leute ihr zuwarfen.

Onkel Bing trank schweigend ein paar Tassen. Ruolan schob ihm einen Teller mit gerösteten Erdnüssen hin. »Trink nicht so schnell, Onkel Bing«, sagte sie.

Er trank noch eine Tasse. »Möchtest du eine Geschichte hören, Ruolan? Es war einmal ein Mann, der liebte Drachen so sehr, dass er überall in seinem Haus Drachen an die Wände hatte malen lassen.«

»Und als der echte Drache kam, war er zu Tode erschrokken«, sagte Ruolan. »Das hast du schon oft erzählt.«

»Es war einmal ein Mann, der gab ein Vermögen aus, um eine Perle zu kaufen –«

»Und er verliebte sich in die Schachtel und dachte, sie allein ist das Geld wert, und gab dem Händler die Perle zurück«, sagte Ruolan. »Warum handeln deine Geschichten immer von Dummköpfen?«

Onkel Bing lächelte traurig und betrunken. »Was für Geschichten soll ein Dummkopf sonst erzählen?«

Ruolan bedauerte ihre Ungeduld sofort. Onkel Bing erzählte immer Geschichten und sang Volkslieder, wenn sie allein waren. Aber sie wusste inzwischen genug, um den wahren Grund für die Geschichten und Lieder zu vermuten. Die Großmütter und Tanten in der Nachbarschaft sprachen sie auf die langen Abwesenheiten ihres Vaters und Onkel Bings häufige Besuche an. »Schicken sie dich früh ins Bett?« fragten sie, und in ihrem Lächeln blitzte hinterlistige Neugier auf. »Ist deine Mutter auch krank, wenn dein Onkel da ist?«

Ruolan versuchte, die Frauen, schnatternd und schamlos wie eine Schar Enten, zu ignorieren, aber sie hatten ihr etwas Giftiges ins Ohr geträufelt. Sie schaute in den Spiegel und suchte nach Ähnlichkeiten mit ihrem Vater oder Onkel Bing. Sie sah keinem von beiden ähnlich.

»Hier ist eine neue Geschichte«, sagte Onkel Bing und goss sich eine weitere Tasse ein. »Es war einmal ein Mann, der hörte eine Geschichte über Zauberblätter. Wenn man sich ein Zauberblatt vor die Augen hielt, dann wurde man unsichtbar, und niemand konnte einen mehr sehen. Der Mann glaubte die Geschichte und sammelte jeden Tag seine Taschen voller Blätter. Er hielt sich jedes Blatt vor die Augen und fragte seine Frau: ›Kannst du mich noch sehen?‹ Die Frau sagte ja, bis sie schließlich die Geduld verlor. ›O Gott, wo bist du, mein Mann? Ich kann dich nicht mehr sehen.‹ Der Mann war glücklich. ›Endlich, das Zauberblatt!‹ sagte er und ging mit dem Blatt vor den Augen auf den Marktplatz. Doch als er versuchte, etwas zu stehlen, wurde er erwischt und verprügelt.«

Ruolan lachte, Onkel Bing zuliebe. Er lachte auch. »Die arme Frau. Wie konnte sie nur einen so dummen Mann heiraten?« sagte Ruolan.

»Vielleicht hat ihr Vater der Heiratsvermittlerin nicht genug gezahlt«, sagte Onkel Bing.

»Vielleicht war sie sehr hässlich, so dass nur ein Dummkopf sie heiraten wollte.«

»Oder sie war faul, und niemand sonst wollte sie.«

»Oder sie hat als junges Mädchen *Männer gestohlen*, und nur einem Dummkopf hat es nichts ausgemacht, ein Hahnrei zu sein«, sagte Ruolan mit boshaftem Vergnügen.

»Benutz keine Worte, die du nicht verstehst«, sagte Onkel Bing.

»Ich bin kein Kind mehr«, sagte sie. »Eine gute Frau lässt nicht zu, dass ihr Mann woanders lebt und sie ein anderer Mann jede Woche besucht.«

»Ruolan«, sagte Onkel Bing, und sie starrte ihn an, bis er den Blick abwandte. »Du bist jetzt ein großes Mädchen, und Onkel Bing ist alt«, sagte er und stand schwankend auf.

Bevor er sie aufhalten konnte, lief Ruolan durchs Zimmer und machte auf ihrer Pritsche ein Bett für ihn. Wenn Onkel Bing sie besuchte und über Nacht blieb, schlief er auf ihrer Pritsche im Wohnzimmer, und sie legte sich zu ihrer Mutter ins große Bett. »Onkel Bing«, sagte sie, »schlaf gut.« Ihr Ton war auf einmal nicht mehr so rebellisch, weil sie Mitleid mit dem traurigen Mann hatte.

Später drängte sich Ruolan an den Rand des großen Betts, so weit wie möglich weg von ihrer Mutter, deren flache, schnelle Atemzüge Ruolan an einen sterbenden Fisch erinnerten. Sie zog sich die Decke über den Kopf, doch vom warmen, vertrauten Geruch ihres eigenen Körpers, der sich mit dem bitteren Kräutergeruch des Betts vermischte, wurde ihr übel. Sie wünschte, sie würde nie wieder neben ihrer Mutter schlafen müssen, aber wenn sich Onkel Bings Bus verspätete, war sie es, die alle drei Minuten zur Tür lief und nach ihm Ausschau hielt, bis ihre Mutter sie ermahnte, sich nicht wie ein schamloses Mädchen in der Tür zu zeigen, wo alle Männer der Welt sie sehen konnten.

Wenn Onkel Bing wieder weg war, vergrub Ruolan den Kopf in ihrem Kissen und schnüffelte den ungewohnten Geruch seines Haars. Es roch seltsam tröstlich, anders als die stinkenden Jungen in ihrer Klasse oder ihr eigenes Zuhause.

Am ersten Tag jeden Monats ging Ruolan zur Zementfabrik fünf Kilometer außerhalb der Stadt, um das Krankengeld ihrer Mutter zu holen. Zwei Jahre zuvor hatte Ruolans Mutter aufgehört zu arbeiten. Sie war jetzt einundvierzig und musste noch vier Jahre warten, bis sie vorzeitig in Rente gehen konnte.

Ruolan unterschrieb die Quittung und nahm die wenigen labberigen, abgenutzten Scheine von dem alten Buchhalter entgegen. »Wie geht es deiner Mutter?« fragte er.

»Ganz gut.«

Der alte Mann blickte über den Rand seiner Brille hinweg zu Ruolan und schüttelte den Kopf. *»Die schönste Frau ereilt immer das traurigste Schicksal«*, sagte er. »Als deine Mutter hier angefangen hat – du warst noch ein Baby –, sah sie so jung aus, dass man sie für sechzehn hätte halten können. Wer hätte gedacht, dass sie so früh krank wird?«

Ruolan ließ den alten Mann in seiner Rührseligkeit versunken zurück. Sie konnte sich nicht vorstellen, dass ihre Mutter jemals schön gewesen war. Weil sie den ganzen Tag im Bett lag, war ihr Teint kränklich blass, nahezu durchscheinend. Ihr Haar, dass sie sich achtlos selbst schnitt, sah meistens aus wie ein Vogelnest. Auch wenn sie in die nächste Gasse zum öffentlichen Abort gehen musste, trug sie ihren Schlafanzug. Am Samstagnachmittag aber, bevor Onkel Bing kam, wusch sie sich und zog ihre besten Sachen an. Sie puderte sich das Gesicht mit dem alten, verklebten Rouge; danach waren ihre eingefallenen Wangen unnatürlich rosa, als hätte sie die Schwindsucht.

In diesem Sommer hatte Ruolan zum erstenmal ihre Periode. Es war keine Überraschung; sie hatte dunkel gefleckte Papiertaschentücher im öffentlichen Abort gesehen und gehört, wie andere Mädchen ihres Alters darüber sprachen. Sie fand in einer Truhe ein altes Baumwollhemd und riss es in Streifen. »Was machst du für einen Krach? Jetzt habe ich Kopfweh«, sagte ihre Mutter vom Bett her.

Ruolan zögerte und antwortete dann: »Ich habe meine *schlechten Tage.*«

Ihre Mutter seufzte hörbar und kam ins Wohnzimmer. »*Schlechte Tage*? Was ist schlecht daran?«

»Wie sagst du denn dazu, Mama?« fragte Ruolan. Ihre Mutter hatte nie mit ihr darüber gesprochen; und obwohl ihre Mutter unordentlich war, hatte Ruolan nie fleckige Unterwäsche oder einen anderen Hinweis bemerkt, dass auch sie jeden Monat von ihren *schlechten Tagen* heimgesucht wurde.

»Dafür braucht man keinen Namen«, fuhr ihre Mutter sie an. »Und du musst auch nicht herumlaufen und mit aller Welt darüber reden.«

»Wie du meinst«, murmelte Ruolan.

Die Mutter starrte sie verächtlich an. »Warum soll eine kranke Frau ihre Energie mit einer Göre wie dir verschwenden?« sagte sie und nahm ein paar Scheine und Münzen aus ihrer kleinen seidenen Börse. »Geh und kauf dir, was du brauchst.«

Ruolan nahm das Geld. Sie wusste nicht, was sie brauchte, aber sie hätte lieber eine Fremde auf der Straße gefragt als ihre eigene Mutter.

»Und geh bei der alten Apotheke vorbei«, fuhr die Mutter fort und holte ein Stück Papier und zwei weitere Scheine aus der Börse. »Bitte um eine Wochendosis für dich.«

Ruolan las, was die Mutter auf das Papier geschrieben hatte. Es war die gleiche Rezeptur, die sie sie jeden Monat holen ließ, eine Mischung aus Graswurzeln, Rinde und getrockneten Blumen, die ihre Mutter jeden Morgen als erstes aufkochte. »Ich bin nicht krank«, sagte Ruolan.

»Nach langer Krankheit wird aus dem Patienten ein guter Arzt«, sagte ihre Mutter. »Ich weiß, was du brauchst.«

»Ich habe gehört, dass alle Arzneien Gifte sind«, sagte Ruolan.

»Willst du behaupten, dass deine Mutter dich vergiften will?«

»Ich will nur sagen, dass es nicht gut für dich oder irgend jemand ist, jeden Tag Medikamente zu nehmen.«

»Ich bin krank«, sagte ihre Mutter. Sie warf das Geld und den Zettel auf Ruolans Bett. »Du bist jetzt eine Frau und hörst besser auf mich«, sagte sie. »Eine Frau zu sein ist an sich schon eine Krankheit.«

Bevor Ruolan antworten konnte, wandte sich die Mutter um und ging ins Schlafzimmer zurück. Ruolan schaute auf die mageren, aschfarbenen Füße ihrer Mutter, die in abgetragenen himmelblauen Pantoffeln steckten. Abscheu und Mitleid mit dem Körper ihrer Mutter benahmen ihr den Atem. Während der letzten zwei Monate hatte sich ihr eigener Körper verändert, ihre Brüste waren seltsam angeschwollen und schmerzten. Sie stellte sich vor, sie würde zu einer Frau, wie ihre Mutter es war; es war das letzte, was sie im Leben wollte. Sie knüllte das Papier zu einem kleinen Ball zusammen und warf es durch die offene Tür in den Hof. Dann strich sie die extra Geldscheine glatt und legte sie in das Schulbuch.

In der nächsten Woche kam Ruolans Vater nach Hause, viel früher als gewöhnlich. Zum erstenmal freute sich Ruolan riesig, ihn zu sehen. Sie hatten sich nie nahegestanden. Sie hatte sich daran gewöhnt, dass er nicht da war, und jetzt verstand sie auch den Grund für seine Abwesenheit. Sie waren Gefährten im Unglück, gefangen in einem Leben mit einer Frau, die sie nicht lieben, aber auch nicht verlassen konnten.

Nach dem Abendessen sprach der Vater das Thema Scheidung an. Er habe bei seiner und ihrer Arbeitseinheit einen Scheidungsantrag eingereicht, sagte er. In ein paar Tagen kämen die Fürsorgebeauftragten von beiden Fabriken vorbei, um sie davon abzubringen, doch wenn sie sich einig seien, würden sie den Scheidungsantrag unterschreiben, und sie beide könnten zum Bezirksgericht gehen und ihre Heiratsurkunde gegen eine Scheidungsurkunde eintauschen.

Ruolans Mutter erwiderte nichts. Sie tauchte ein Essstäbchen in die Suppe und zog damit ineinander übergehende Kreise auf dem Tisch. Der Blick ihres Vaters folgte der Spur des Stäbchens. Er sah älter aus, als Ruolan ihn in Erinnerung hatte; mit Fünfundvierzig war sein Haar mehr grau als schwarz.

»Und wenn ich nicht zustimme?« fragte ihre Mutter schließlich.

»Dann müssen wir vor Gericht.« Ihr Vater schaute auf

seine Handflächen und fuhr fort: »Aber warum müssen wir es uns schwermachen?«

»Dir, meinst du? Warum sollte ich dir die Schande ersparen, vor Gericht zu gehen?« sagte Ruolans Mutter. »Du hast eine Geliebte.«

Ihr Vater blickte zu Ruolan und sagte: »Geh raus und spiel, Ruolan.«

»Sie soll bleiben. Sie ist jetzt eine Frau. Sie soll von mir die Lektion lernen, wie man einen Mann behält.«

Es war nicht die Lektion, wie man einen Mann behält; es war eine Lektion, wie man keine hässliche Frau wird. Ruolan empfand rachsüchtige Freude, weil ihr Vater ihre Mutter verließ. Auch sie war bereit, sie im Stich zu lassen.

Ruolans Vater öffnete den Mund, doch bevor er etwas sagen konnte, schnitt ihm die Mutter das Wort ab. »Sag nichts. Ich werde nicht unterschreiben.« Sie stand auf. »Ich lasse dich nicht so einfach vom Haken«, sagte sie, bevor sie die Schlafzimmertür zuschlug. Ruolan schauderte angesichts des Gifts in ihren Worten. Sie schaute zu ihrem Vater, der müde und niedergeschlagen wirkte. Seine Lippen zitterten. »Baba«, sagte sie leise, »nimmst du mich nach der Scheidung zu dir?«

»Tut mir leid, aber Mama braucht dich mehr als ich«, sagte er und hob den Blick nicht von den Handflächen. »Sie ist krank.«

»Ich bin nicht ihr Heilmittel«, sagte Ruolan. Die Enttäuschung über ihren Vater schnürte ihr die Kehle zu.

Er schaute auf zu ihr, doch sein Blick war leer, seine Gedanken schweiften bereits an einen anderen Ort. »Bin ich deine Tochter, Baba?« fragte Ruolan.

Ihr Vater sah sie einen langen Augenblick an und sagte: »Nein.«

»Bin ich Onkel Bings Tochter?«

»Nein«, sagte ihr Vater und nahm den Koffer, den er nicht

ausgepackt hatte. »Du bist die Tochter deiner Mutter«, sagte er und ging hinaus auf die nächtliche Straße, bevor sie noch mehr Fragen stellen konnte.

Am nächsten Morgen weckte ihre Mutter Ruolan nicht wegen des Medizintopfs, und Ruolan stand zu spät auf, um noch zur Schule zu gehen. Die Tür zum Schlafzimmer ihrer Mutter war geschlossen. Einen Moment lang stellte Ruolan sich vor, wie ihre Mutter mit gebrochenem Genick und heraushängender Zunge von der Decke hing. Sie schauderte und drückte gegen die Tür; sie war von innen verriegelt. »Mama«, sagte sie. Als sie keine Antwort erhielt, schlug sie mit der Faust gegen die Tür und begann zu weinen.

Nach einer Weile öffnete ihre Mutter die Tür. »Was heulst du hier als erstes am Morgen herum?« sagte sie und drückte Ruolan den Medizintopf in die Hand. »Glaubst du, dass ich mich umbringe und deinen Vater so einfach davonkommen lasse?«

Ruolan wischte sich die Tränen ab. Auf halbem Weg zur Kreuzung überlegte sie es sich anders und kehrte um. Die Tür zum Schlafzimmer ihrer Mutter war erneut geschlossen, und Ruolan schüttete die Rückstände im Topf auf den Boden. Dann warf sie alle Bücher auf ihr Bett, nahm ihre wenigen Kleidungsstücke und packte sie in ihre Büchertasche. Sie holte das alte Schulbuch unter der Matratze hervor und zählte die Geldscheine; sie meinte, dass sie für die vierundzwanzigstündige Busfahrt nach Shanghai reichen würden; doch als sie vor dem Fahrkartenschalter im Busbahnhof stand, verließ sie der Mut, und sie kaufte nur eine Fahrkarte für Onkel Bings Dorf.

Zwei Stunden später stieg Ruolan aus dem Bus, und nachdem sie sich mehrmals verlaufen hatte, fand sie die Lehmhütte, die als Klassenzimmer der Dorfschule diente. Ungefähr zwanzig Mädchen und Jungen aller Altersklassen saßen auf hölzernen Bänken und lasen gemeinsam eine Geschichte über eine Kaulquappe, die ihre Mutter suchte. Onkel Bing ging herum und tätschelte die Köpfe der jüngeren Kinder, während er gemeinsam mit ihnen las.

Ruolan zog sich zurück, bevor Onkel Bing sie sah. Auf der anderen Seite des Hofes stand eine kleinere Hütte. Sie stieß die Tür auf und trat ein. Im Inneren war es dunkel, und sie brauchte ein paar Sekunden, bis sie das Bett sah und den mit Büchern und Papieren übersäten Schreibtisch. In einer Ecke der Hütte stand ein Ofen, auf dem in einem riesigen Topf Hirsebrei köchelte. Ruolan setzte sich auf den Schemel vor den Ofen, nahm aus Gewohnheit den Schöpflöffel und rührte den Brei. Der Griff des Löffels war gebrochen und mit zwei zusammengebundenen Essstäbchen repariert worden. Sie fuhr mit einem Finger über die Stäbchen und stellte sich ihr Leben in dieser Hütte vor, wie sie für Onkel Bing kochte, darauf wartete, dass er von der Arbeit kam, und ihn liebte wie eine gute Frau.

Die Tür wurde geöffnet, und Onkel Bing trat ein. Ruolan sah, dass er erst überrascht und dann besorgt dreinblickte. »Ist etwas passiert?« fragte er und packte Ruolan an der Schulter. »Ist mit Mama alles in Ordnung?«

»Es geht ihr gut«, sagte Ruolan.

»Ach, Ruolan. Du hast mir einen Riesenschrecken eingejagt«, sagte Onkel Bing und ließ sie los. »Warum bist du heute nicht in der Schule?«

»Onkel Bing, der Brei ist fertig«, sagte Ruolan.

»Ja. Ich bringe ihn den Schülern. Sie müssen Hunger haben.«

»Du kochst für die Schüler?«

»Sonst würde die Hälfte von ihnen nicht kommen«, sagte Onkel Bing und erklärte, dass der Brei für viele Schüler die einzige Mahlzeit des Tages war und sie nur deswegen zur Schule gingen.

Ruolan unterbrach ihn. »Baba war gestern da und hat von Mama die Scheidung verlangt«, sagte sie.

»Ich weiß. Er ist gestern abend vorbeigekommen«, sagte Onkel Bing und verließ mit dem Brei die Hütte. Ruolan setzte sich auf das Bett und betrachtete den Kopfkissenbezug, der an einer Ecke zerrissen war und zudem gewaschen werden musste. Sie erinnerte sich an Onkel Bings Geruch auf ihrem Kissen.

Als Onkel Bing mit dem leeren Topf zurückkam, hatte Ruolan bereits das Nähzeug in einem Korb unter dem Bett gefunden und flickte den Bezug. Die Nadel war verrostet, und hin und wieder wischte sie sie an ihrem Haar ab. Einen Augenblick sah Onkel Bing ihr bei der Arbeit zu, dann sagte er, dass er den Nachmittagsunterricht ausfallen lasse. Ruolan schaute aus dem Fenster und sah, wie die Kinder davonjagten. »Wir fahren mit dem nächsten Bus nach Hause«, sagte Onkel Bing und ging zur Tür. »Mama wird jetzt Trost brauchen.«

Ruolan betrachtete die Stiche, ohne etwas zu erwidern. Er dachte nur an eine Person, und Ruolan war enttäuscht, dass nicht sie es war. »Keine Sorge«, sagte sie schließlich. »Mama wird nicht sterben, bevor nicht alle anderen, die sie kennt, gestorben sind.«

»Ruolan«, sagte Onkel Bing missbilligend. »Sie ist deine Mutter.«

»Ist sie das wirklich?« fragte Ruolan und blickte auf zu Onkel Bing. »Baba hat gesagt, dass ich nicht seine Tochter bin. Wie kann ich da ihre Tochter sein?«

»Sie hat dich großgezogen.«

»Das hat sie nur getan, damit sie jemand hat, den sie quälen kann.«

»Ruolan.« Onkel Bing hatte die Stimme gehoben, und sie starrte ihn an. »Sie ist schlechtgelaunt, weil sie krank ist. Du musst ihr helfen, damit es ihr bessergeht.«

Ruolan antwortete nicht und begann wieder zu nähen. Als sie fertig war, biss sie den Faden mit den Zähnen ab und glättete mit dem Finger die Stiche. Sie schüttelte das Kissen auf, bevor sie es auf das Bett zurücklegte. »Warum erwarten alle von mir, dass ich ihr Heilmittel bin?« fragte sie.

Onkel Bing setzte sich neben den Ofen. »Sie hat jetzt nur noch dich«, sagte er.

Ruolan gab einen verächtlichen Laut von sich. Onkel Bing zögerte und sagte dann: »Vielleicht ist es Zeit, dass du die Geschichte deiner Eltern erfährst, damit du deine Mutter verstehst.«

»Ich will nichts verstehen«, sagte Ruolan.

Onkel Bing ignorierte sie. Er goss eine Schale Wasser ins Feuer, um die Glut zu löschen, und sagte: »Ich kenne deine Mutter mein Leben lang, seitdem wir kleine Kinder waren. Sie war ein wunderschönes Mädchen. Viele Jungen meines Alters waren in sie verliebt, und sie war glücklich und stolz darauf, doch als wir achtzehn waren, hat sie sich verändert. Die Heiratsanträge, die viele von uns von der Heiratsvermittlerin den Eltern überbringen ließen, wurden zurückgewiesen, und sie war weniger glücklich. Die Leute in der Stadt meinten, dass ihre Eltern sie behalten wollten, bis ein Angebot kam, das besser war, als wir es uns leisten konnten; schaut nur, wie die gierigen Eltern ihre Jugend für Geld verschwenden, sagten sie. Bald fanden viele Jungen andere Frauen, und Jahr für Jahr blieb deine Mutter allein. Sie müssen ein unaussprechliches, schmutziges Familiengeheimnis haben, sagten die Leute und stellten wilde Vermutungen an. Deine Mutter wurde sehr unglücklich und blass.

In dem Jahr, als wir siebenundzwanzig wurden, verheirateten ihre Eltern sie ganz unerwartet mit deinem Vater, der zwei Bezirke entfernt lebte. Nach der Hochzeit zogen sie in eine kleine Stadt, die noch weiter weg war. Ich war der einzige noch unverheiratete Mann. Ein verliebter Dummkopf, sagten die Leute über mich, und vielleicht war ich das. Als sie wegging, zog ich auch um in die Stadt, in der sie mit ihrem Mann lebte. Ich dachte, es würde mir genügen, wenn ich sie hin und wieder auf der Straße sah. Ein paar Tage nach der Hochzeit machten die ersten Gerüchte die Runde, dass der Bräutigam jede Nacht im Hof saß und schluchzte. Die Leute redeten über den Skandal, dass die Familie des Bräutigams seine Geisteskrankheit vor der Hochzeit vor der Braut verheimlicht hatte, aber als die Familie deiner Mutter nicht kam, um den Betrug anzuzeigen, deuteten sie mit dem Finger auch auf sie.

Im ersten Jahr ihrer Ehe war ich der einzige Freund deiner Mutter, und sie kam jeden Tag zu mir, um mit mir zu reden, bis das Gerücht aufkam, wir hätten eine Affäre. Ich meinte, dass ihr Leben dadurch noch elender würde, und hatte vor, sie für immer zu verlassen. Als dein Vater davon hörte, besuchte er mich. Ich dachte, er wollte Streit. Ich habe ihm gesagt, dass deine Mutter und ich unschuldig waren, aber er lächelte nur und holte eine Flasche Schnaps heraus. Wir tranken den ganzen Abend wie alte Freunde, und er erzählte mir seine Geschichte. Seit seinem fünfzehnten Lebensjahr war er verliebt in eine zwölf Jahre ältere Witwe. Seine Familie dachte, eine Ehe würde diese Verliebtheit in eine ältere Frau heilen, deswegen arrangierten sie die Hochzeit mit einem Mädchen aus einer anderen Stadt und sorgten dafür, dass sie woandershin zogen, damit niemand seine Geschichte kannte. Doch am Hochzeitsabend erklärte ihm deine Mutter, dass sie nicht wirklich seine Frau sein konnte.«

»Warum nicht?« fragte Ruolan. Zum erstenmal, seit Onkel Bing die Geschichte begonnen hatte, unterbrach sie ihn.

Er zögerte einen Moment und sagte dann: »Deine Mutter – sie ist eine *Steinfrau.*«

»Eine *Steinfrau?*«

»Du wirst es verstehen, wenn du älter bist«, sagte Onkel Bing.

»Wie weiß man, ob man eine Steinfrau ist?« Ruolan fragte sich, ob die Medizin, die ihre Mutter Jahr für Jahr jeden Morgen trank, sie in einen Felsen verwandelt hatte. Sie fragte sich, ob sie selbst vergiftet war und zu einer hässlichen, kalten Frau wie ihre Mutter würde, weil sie so lange den bitteren Geruch der Rückstände eingeatmet hatte.

Onkel Bing gab ihr keine Antwort, sein Blick war an Ruolan vorbei auf die ferne Vergangenheit gerichtet. »Sie hat zu deinem Vater gesagt, dass er entweder mit der Tatsache leben oder sich scheiden lassen soll. Sie hat gesagt, dass ihr eine Scheidung nichts ausmachen würde, weil ihr einziges Ziel gewesen war, zu heiraten und aus ihrer Heimatstadt wegzukommen, damit die Leute nicht länger über sie redeten. Dein Vater war schockiert, dass ihre Familie ihn hintergangen hatte, aber er konnte es niemand erzählen, auch seiner eigenen Familie nicht. Ich fragte ihn, warum, und er sagte, ein Ehemann sei ein Ehemann, egal, was in der Ehe fehlte, und es wäre unverzeihlich, dem Namen der eigenen Frau Schaden zuzufügen, auch wenn der Vorwurf der Wahrheit entsprach. Außerdem, so sagte er, verdienten sie es, denn auch seine Familie hatte betrügen wollen. Dein Vater ist ein guter Mensch. Mit seinem Kopf war alles in Ordnung. Er war verliebt in eine ältere Frau, das ist alles, aber er war gewillt, als verrückt zu gelten und verheiratet zu bleiben, um den Namen deiner Mutter zu schützen.

Nach diesem Abend wurden dein Vater und ich gute Freunde. Ich habe ihm geholfen, dich zu adoptieren. Wir – dein Vater und ich – dachten, dass es der Ehe guttun würde, wenn die beiden gemeinsam ein Kind großzogen. Damit du wirklich ihr Kind wirst, sind sie weit weg gegangen, in eine andere Provinz – hierher –, wo die Leute überhaupt nichts über ihre Vergangenheit wussten. Ich blieb zunächst, wo ich war. Ich wollte sie in ihrer Ehe allein lassen, und eine Weile schien es zu funktionieren. Doch nach drei Jahren besuchte mich dein Vater wieder. Wir tranken einen Abend lang, und er gestand, dass er nicht anders konnte, als hin und wieder die Witwe zu besuchen. Deine Mutter war sehr aufgebracht, als sie es herausfand, und weigerte sich, ihr Bett zu verlassen. Ich zog wieder um, um näher bei deiner Mutter zu sein. Ich habe mich um sie und dich gekümmert, wenn dein Vater bei der anderen Frau lebte. Er hielt Wort und kam nach Hause, zum Großreinemachen und für die Feiertage am Ende des Jahres. Den Rest der Geschichte kennst du. Glaub mir, Ruolan, deine Eltern sind gute Menschen. Sie haben es all die Jahre versucht, sie haben sich sehr bemüht.«

»Warum will er sich jetzt scheiden lassen?«

»Die andere Frau – sie hat als Kindermädchen gearbeitet –, sie ist jetzt krank, und er will sie heiraten, damit er sie pflegen und mit den Arztrechnungen helfen kann.«

Ruolan dachte an ihren Vater und die andere Frau, und sie taten ihr leid. »Warum hast du nicht geheiratet, Onkel Bing?« fragte sie.

Onkel Bing lächelte. »Ich bin einer dieser Dummköpfe, die sich ein Zauberblatt vor die Augen halten und dann keine Berge und Meere mehr sehen.«

»Würdest du Mama heiraten, wenn sie sich scheiden lässt?«

»Was würde eine Ehe jetzt noch ändern?« sagte er.

Ruolan war erleichtert, aber noch nicht zufrieden. »Heirate sie nicht«, sagte sie. »Sie ist Gift. Schau, wie sie Babas halbes Leben kaputtgemacht hat. Du willst doch nicht, dass sie dein ganzes Leben zerstört.«

»Ruolan!« rief Onkel Bing.

Ruolan schaute auf die dunklen Adern auf seiner Stirn. Er kam ihr fremd vor, so finster, wie er jetzt aussah, aber sie hatte keine Angst. Sie hatte gesehen, wie zwei Männer von ihrer Mutter vergiftet worden waren und jetzt traurige und verunsicherte Wesen waren, und sie wollte den Fehler korrigieren. »Was findest du gut an ihr? Sie ist faul, hässlich und schlechtgelaunt«, sagte sie. »Was immer sie tut, kann ich hundertmal besser.«

»Ruolan?«

»Denk drüber nach, Onkel Bing. Wir sind nicht mit ihr verwandt. Wir können sie verlassen und selbst eine Familie gründen. Ich kann kochen. Ich kann nähen. Ich werde die Hausarbeit machen. Nach der Mittelschule werde ich mir Arbeit suchen. Wenn du zu alt bist, um noch zu arbeiten, werde ich Geld verdienen und dich versorgen. Wozu brauchst du sie, wenn du mich haben kannst?«

Onkel Bing betrachtete sie mit einem traurigen, liebevollen Blick. »Du bist zu jung, um zu wissen, worüber du sprichst«, sagte er.

»Ich bin alt genug, um zu wissen, was gut für dich ist«, sagte Ruolan und spürte, wie sich etwas in ihr löste. Sie war also doch keine *Steinfrau*. Sie ging zu Onkel Bing, neigte sich vor und legte ihm die Hände auf die Knie. »Onkel Bing«, flüsterte sie und sah ihm in die Augen, wie sie glaubte, dass eine verführerische Frau es tun würde. »Kennst du das Sprichwort: *Was eine Mutter schuldet, zahlt die Tochter zurück?*«

Onkel Bings Lippen zitterten. »Nein, das habe ich noch nie gehört.«

»Jetzt kennst du es«, sagte Ruolan. Sie berührte Onkel Bings Gesicht, und seine Koteletten fühlten sich stoppelig auf ihren Handflächen an. Onkel Bing atmete schwer und schob dann sanft ihre Hände weg. »Deine Mutter schuldet mir nichts«, sagte er, stützte den Kopf in die Hände und sah sie nicht an.

Ruolan ging auf die Knie und blickte auf zu Onkel Bing. »Du brauchst ein Gegenmittel gegen ihr Gift«, sagte sie eindringlich. »Baba hat eine andere Frau. Du brauchst auch eine.«

»Du bist jetzt ein großes Mädchen, und Onkel Bing wird alt«, sagte er. »Es ist schon spät. Warum fährst du nicht mit dem nächsten Bus nach Hause, damit Mama sich keine Sorgen machen muss?«

Ruolan brach in Tränen aus. »Warum verstehst du mich nicht?« fragte sie.

»Ich verstehe dich«, sagte Onkel Bing. »Aber wir sollten das Leben so lassen, wie es ist.«

»Was ist gut an diesem Leben, Onkel Bing?«

»Du und deine Mama, ihr seid meine ganze Familie. Ich kann es mir nicht leisten, eine von euch zu verlieren.«

Ruolan wischte sich die Tränen mit dem Handrücken ab. Sie blickte zu Onkel Bing; er sah schwach, verzagt und niedergeschlagen aus, und er tat ihr leid. Wenn sie es wollte, könnte sie diese namenlose Liebe bewahren, nicht die einer Tochter oder einer Geliebten, sondern die Liebe beider. Sie könnte dieses Arrangement beibehalten, um seinetwillen ihre Mutter ertragen, aber warum sollte sie sich wegen der Liebe für das Unglück entscheiden? Warum sollte sie sich überhaupt für das Unglück entscheiden, aus welchem Grund auch immer? Sie berührte das Geld in ihrer Tasche. »Ich gehe, Onkel Bing«, sagte Ruolan, und Tränen liefen ihr über die Wangen. Wenn sie nicht mehr da wäre, würde er vielleicht begreifen, was für einen Fehler er gemacht hatte; vielleicht würde sie erst dann über ihre Mutter siegen, und er wüsste, dass er sich für die falsche Frau entschieden hatte.

»Sag Mama, dass ich am Samstag komme«, sagte Onkel Bing, der immer noch nicht wagte, zu Ruolan aufzublicken.

Der Tod ist kein schlechter Witz – richtig erzählt

DAS HAUS von Herrn und Frau Pang ist der Ort, wo ich mich davon erholen kann, eine Tochter zu sein. Die dort verbrachten Tage, eine Woche im Sommer und eine im Winter, sind die einzige Zeit, die ich nicht bei meiner Mutter, die Lehrerin ist, lebe. Kind seiner Eltern zu sein ist eine schwierige Aufgabe, eine Stellung, die man nicht kündigen kann. Der Himmel vergebe jedem Kind, das davon träumt, Waise zu sein, während sich seine Eltern krumm und bucklig arbeiten, damit es ein glückliches Leben hat. Kein Leben erscheint mir, die ich keine Waise bin, glücklicher als das eines Waisenkindes. So viele Male habe ich davon geträumt, an einer Straßenecke zu stehen, schäbige Kleider zu tragen, die zwei Nummern zu klein sind, meine Knöchel und Handgelenke von der Kälte bläulichweiß verfärbt. In meinem Traum singe ich mit dünner, im Wind zitternder Stimme Lieder über all die traurigen Dinge in der Welt. Nach dem herzzerreißendsten Lied verneige ich mich vor der Menge, und die Leute lassen großzügig Münzen in mein Straßensängerkörbchen fallen, Männer seufzen, und Frauen wischen sich mit den Fingerspitzen die Tränen weg.

»Gut gesungen. Sing noch ein Lied, Kleine Blüte.« Es sind immer die Söhne von Herrn und Frau Song, die klatschen und mich aus meinem Tagtraum wecken. Ich stehe mitten im Hof von Frau Pang, trage meinen brandneuen Mantel mit Hasenohren aus schneeweißem, weichem Fell; die zwei langen Ohren sind zu schlaff, als dass sie aufrecht stehen würden, und hängen mir wie ein extra Pony in die Stirn. Ich schiebe die Ohren beiseite und werde rot vor Aufregung. Kleine Blüte ist nicht mein Name, sondern der einer berühmten Heldin in einem Film, gespielt von meiner Lieblingsschauspielerin, Chen Chong. Mit Sechzehn ist sie bereits die berühmteste Schauspielerin im Land; sie lächelt mich jeden Tag vom Kalender neben meinem Bett an.

»Komm schon«, sagte der älteste der vier Jungen. »Willst du eine *kleine Blüte* sein?«

Ich nicke heftig, und die beiden Ohren flattern vor meinen Augen. In einem anderen Traum, der stets auf den Traum folgt, in dem ich ein Waisenkind bin und meine Stimme verkaufe, wachse ich zu einer Schauspielerin wie Chen Chong heran, und mein schönes Gesicht hängt geschminkt an den Wänden anderer Leute. Nur Schauspielerinnen können Make-up tragen, ohne als moralisch verkommen gebrandmarkt zu werden. Lippenstift und Rouge sind Bestandteile meiner Waisenträume.

»O ja, willst du nicht unsere kleine Blüte sein?« sagt der zweite der vier Brüder und lächelt spöttisch. Die vier Jungen brüllen vor Lachen. Mit Sieben bin ich zu jung, um die Bedeutung »kleine Blüte« in ihrem Wortschatz zu verstehen. Ich lache mit ihnen, aber Frau Pang beendet das Gelächter. Sie stürzt aus der Küche und droht den Jungen mit dem Kochlöffel. »Passt auf, was ihr sagt«, ruft sie. Die Jungen lachen noch einmal und gehen in ihr Zimmer zurück. Frau Pang zerrt mich davon und setzt mich auf die Löwin aus Stein am Eingang des viereckigen Hofs. Die Köpfe des Löwenpaars wurden während der Kulturrevolution von den Roten Garden als alter Krempel abgeschlagen. Ich sitze rittlings auf der Löwin und betaste die scharfen Kanten, die die Äxte hinterlassen haben.

»Halt dich von den jungen Songs fern«, sagt Frau Pang. »Warte hier. Wir gehen gleich auf den Markt.«

Frau Pang mag die Familie Song nicht. Herr und Frau Song waren früher Mieter eines Zimmers auf der Westseite des Hofes, doch als Herr Pang als Volksfeind aus seiner Arbeitseinheit geworfen wurde, hörten sie auf, Miete zu zahlen. Von da an behaupteten Herr und Frau Song, die gesetzlichen Eigentümer des Zimmers zu sein. Seit sie hier wohnen, haben sie Herrn Pangs Blumenbeet zerstört und auf der Stelle eine Küche errichtet. Sie haben Wäscheleinen zwischen Herrn Pangs Granatapfelbaum und dem Spalier mit dem Wein gezogen, und ihre flatternde Unterwäsche ziert permanent den Hof. Sie haben vier Söhne in die Welt gesetzt, und sie leben noch immer zu sechst in dem einen Zimmer, der jüngste Sohn ist bereits sechzehn, der älteste dreiundzwanzig.

Die Vormittagssonne steht auf halber Höhe des Himmels. Drei alte Männer sitzen an der nördlichen Mauer der Gasse, die Augen geschlossen, die zahnlosen Münder halbgeöffnet, und genießen den ungewöhnlich warmen Wintertag in Beijing. Auf der anderen Seite der Gasse hüpfen vier Mädchen Seil und singen ein Lied, das ich noch nie gehört habe: *»Eins, zwei, drei, vier, fünf. Wir wollen den Tiger jagen. Der Tiger frisst keinen Mann. Der Tiger frisst nur Truman.«* Erst Jahre später werde ich begreifen, dass der Truman ihres Liedes während des Koreakrieges der Präsident von Amerika war, doch im Winter 1979 ergibt ihr Lied keinen Sinn. Ich sitze da und singe das Lied leise vor mich hin. Nach einer Weile hören die Mädchen auf zu singen und malen Quadrate auf den Boden. Ich springe von der Löwin herunter. »Darf ich mitspielen?« frage ich.

»Sag den Schwur«, sagt ein Mädchen, und die vier umringen mich rasch, Hand in Hand, und warten feierlich.

»Was für einen Schwur?« frage ich.

»Du kennst den Schwur nicht?« sagt ein Mädchen und

verzieht das Gesicht. »Wo kommst du denn her? Von der Insel Java?«

»Nein, ich bin vom Institut.«

»Von welchem Institut?« fragt das Mädchen.

»Verschwenden wir keine Zeit«, mischt sich ein anderes Mädchen ein. »Sprich mir nach: *Ich verspreche dem Vorsitzenden Mao – wer sich nicht an die Regeln hält, ist Liu Shaoqi.*«

»Wer ist Liu Shaoqi?«

»Ein Konterrevolutionär«, sagt das Mädchen, ungeduldig angesichts meiner Unwissenheit.

Ich schwöre und komme mir komisch vor, weil sie so viele mir unbekannte Regeln haben. Jahre später erfahre ich auch mehr über Liu Shaoqi: Er war ein treuer Gefolgsmann und enger Mitarbeiter des Vorsitzenden Mao, wurde jedoch von einer Gruppe Halbwüchsiger zu Tode gefoltert, als er Zweifel an Maos Kulturrevolution äußerte.

Bei den Mädchen in der Gasse komme ich mir wie eine Ausländerin vor. Der Ort, an dem ich lebe, wird Institut genannt und befindet sich in einem Vorort Beijings neben einem alten Friedhof. Das Institut wird von hohen Mauern geschützt. Davor patrouillieren bewaffnete Soldaten, die Gewehre mit Bajonetten über der Schulter und lederne Pistolenholster am Gürtel tragen. Das Gerücht besagt, dass altes Zeitungspapier in den Holstern steckt und die Gewehre nie geladen sind, doch die Bajonette sind echt, sie sind scharfgeschliffen und glänzen. Das Herz des Instituts bildet ein graues Gebäude, das von weiteren Soldaten bewacht wird. Hier arbeiten mein Vater und viele andere Väter, es ist ein Forschungszentrum des Ministeriums für Atomindustrie. Für Kinder, die wie ich im Institut aufwachsen, gelten andere Regeln im Leben und bei Spielen. Wir dürfen weder durch das gesicherte Tor nach draußen gehen noch uns dem grauen Gebäude nähern. Das Spiel, das wir am liebsten spielen, besteht darin, zu erraten, wessen Vater »Rechendienst« hat – unsere Väter fahren in ein anderes Institut, um die *Maschine* zu benutzen, über die wir nichts wissen, bis das Wort »Computer« Jahre später zu einem geläufigen Begriff geworden ist. Der Rechendienst wird immer nachts geleistet, und jeden Nachmittag fahren ein oder zwei Väter in einer Luxuslimousine in die Dämmerung hinaus zu einem Ort, der auf keiner Karte verzeichnet ist. Der Wagen fährt geräuschlos an uns vorbei, und dann spielen wir. Jeder von uns tut so, als wäre er oder sie das Kind des Mannes hinter dem Vorhang. Indem wir Fragen stellen und die Antworten sorgfältig überprüfen, finden wir heraus, wer die Wahrheit sagt und wer eine Geschichte erfindet.

Von dort komme ich, es ist eine andere Welt als die der Mädchen in der Gasse. Mich überrascht, dass sie nie vom Institut oder von der Atomindustrie gehört haben. In meiner Welt weiß jedes Kind von Atomwaffen, und dem Direktor der Grundschule haben wir den Spitznamen »Atombombe« gegeben. Aber andererseits muss ich zugeben, dass sie bestimmt umgekehrt Dinge wissen, von denen ich keine Ahnung habe, wie zum Beispiel von Truman und dem Tiger, der ihn frisst.

Gegen Mittag setzt der Wind ein, der Wind aus Sibirien, der den Winter in die Stadt bringt, durch die Gasse pfeift und an den Schindeln auf allen Dächern rüttelt. Den ganzen Nachmittag knie ich auf einem Stuhl vor dem Fenster und warte, dass der Wind nachlässt, damit ich hinausgehen und mit den Mädchen in der Gasse spielen kann. Der zuvor blaue Himmel ist jetzt braungrau, die Sonne hinter dem Sand und Staub bleich wie ein schmutzigweißer Teller. Am späten Nachmittag laufen einer nach dem anderen die vier Jungen der Familie Song in den Hof, alle mit frisch geschorenem Kopf. Ich gehe auch hinaus. »He«, rufe ich in den Wind. Meine Augen schmerzen vom Staub. »Was ist mit euren Haaren passiert?«

»Weg«, schreit der jüngste der Brüder. »Windige Tage sind gut zum Haareschneiden.«

»Warum?«

»Man muss nicht aufkehren. Das erledigt der Wind«, sagt der dritte Bruder und macht eine Geste, als würde der Wind ihn wegwehen.

Ich lache. Ich mag die Jungen der Familie Song, die alle wissen, wie man einen Witz erzählt und die Leute zum Lachen bringt. Keiner von ihnen geht in die Schule. Der Jüngste wurde früher im Jahr wegen Bandenkämpfen von der Oberschule verwiesen; keiner von ihnen arbeitet, da Jobs rar sind und die Stadt voller junger Müßiggänger wie die Songs ist; *zu vermittelnde Jugendliche* werden sie genannt. Die jungen Songs verbringen ihre Tage damit, durch die Stadt zu spazieren, sich mit anderen Jungen zu schlagen und mit Geschichten über ihre Siege nach Hause zurückzukehren.

Frau Song steckt den Kopf aus der Tür und schreit: »Ihr Geldfresser! Wer hat euch gesagt, dass ihr euch den Kopf scheren sollt? Ich habe kein Geld, euch Mützen zu kaufen.«

»Nimm das Geld, das wir an Shampoo sparen!« entgegnet der Älteste.

Ich lache und laufe zurück ins Zimmer.

»Warst du wieder draußen, um mit den Songs zu reden?« fragt Frau Pang und schüttet Kohlen in den brennenden Bauch des Ofens.

»Nein«, lüge ich, obwohl ich weiß, dass Frau Pang nicht böse mit mir wäre. Frau Pang war früher mein Kindermädchen, und sie verwöhnt mich auf die Art, wie ich glaube, dass gutherzige Frauen ein Waisenkind verwöhnen, sie liebt mich, so wie ich bin, und ist das genaue Gegenteil meiner Mutter, deren Liebe ich mir mit großer Anstrengung und wenig Erfolg zu verdienen suche.

»Sie werden bald große Sorgen haben«, sagt Frau Pang, seufzt und stellt den Wasserkessel auf den Ofen.

»Warum?«

»In ein paar Jahren müssen sie Frauen für ihre Söhne finden. Und wenn sie keine Arbeit und keine eigene Wohnung haben, wie sollen sie dann heiraten?«

»Können sie nicht die Arbeit ihrer Eltern übernehmen?«

»Doch, das können sie, aber sie haben nur einen Vater und eine Mutter. Was sollen die anderen beiden tun?« sagt Frau Pang. »In der Schule haben sie nichts gelernt.«

»Ich wette, die zwei Ältesten werden die Arbeit von Herrn und Frau Song nicht übernehmen.«

»Woher willst du das wissen?«

»Ich weiß es einfach«, sage ich und lächle geheimnisvoll. Der älteste Sohn der Familie Song hat mir erzählt, dass sein Vater in einer Glühbirnenfabrik arbeitet und seine Mutter in einer Fabrik, die Lichtschalter herstellt. »Meine Mutter legt den Schalter um, und mein Vater springt an. Ein perfektes Paar, was?« sagte er und freute sich, als ich laut lachte. Herr Song ist ein stiller Mann, der jede Anweisung seiner lauten Frau sofort ausführt, eine verlässliche Glühbirne, die auf das Umlegen des Schalters prompt reagiert.

»Gib nicht an mit deinem bisschen Wissen«, sagt Frau Pang. »Die Dinge ändern sich ständig. Ein winziger Augenblick, und schon ist ein Berg abgetragen und ein Fluss ausgetrocknet. Niemand weiß, wer er morgen sein wird.«

Kurz vor dem Abendessen kommt Herr Pang von der Arbeit heim und plaudert im Hof mit Herrn Du über das Wetter, bevor er die Wohnung betritt. Herr Du hat die beiden kleinen Räume auf der östlichen Seite des Hofes gemietet und zahlt die Miete pünktlich. Er ist ein pflichtbewusster Sohn und lebt mit seiner alten Mutter zusammen, die nach einem Schlaganfall gelähmt ist. Er ist nicht verheiratet, weil keine Frau seine Mutter pflegen will. Neben den Songs und den Dus wohnen fünf weitere Familien im größeren inneren Hof, der mit dem vorderen Hof durch eine mondförmige Tür verbunden ist. Im inneren Hof lebten früher die Pangs, während der vordere Hof die Dienstboten beherbergte. Aber das war natürlich vor der *Befreiung*. Herr und Frau Pang wohnen jetzt in der kleinen Wohnung, in der früher ihr Chauffeur und seine Familie untergebracht waren; sie besteht aus einem Wohnzimmer, einem Elternschlafzimmer und einem weiteren Schlafzimmer, das sich die beiden Töchter der Pangs teilten, bevor sie heirateten, und in dem ich schlafe, wenn ich zu Besuch komme. Ein kleiner Raum neben der Küche dient Herrn Pang als Arbeitszimmer; die Tür ist immer verschlossen, die Fenster sind hinter einem schweren Vorhang verborgen.

»Wie war dein Tag?« Herr Pang kommt herein, stellt seine Aktentasche in die gewohnte Ecke, hängt Mantel und Mütze ordentlich hinter die Tür.

»Gut«, antworte ich. »Wie war deiner?«

»Wie immer viel Arbeit«, sagt Herr Pang und wendet sich Frau Pang zu. »Wie war dein Tag?« Etwas anderes fällt ihm am Ende des Tages nicht ein. Morgens fragt er immer: »Wie hast du geschlafen?«

Frau Pang antwortet nicht. Herr Pang verdient keinen Cent, obwohl er er hart arbeitet, sechs Tage in der Woche, und manchmal macht er sonntags auch noch Überstunden. Niemand weiß, was er in der Arbeit tut. Zu Beginn der Kulturrevolution wurde er aus seiner Arbeitseinheit geworfen, weil er der Sohn eines Großgrundbesitzers war, ein Feind der proletarischen Klasse. Als er nach der Revolution zu seiner Arbeitseinheit im Postministerium zurückkehrte, erklärte man, dass seine Akten verschwunden seien und es keinen Beweis gebe, dass er jemals hier angestellt gewesen war, obwohl alle seine Kollegen die Versammlung besucht und ihn als *Hundesohn der schändlichen Landbesitzerklasse* denunziert hatten. Dennoch geht er jeden Tag zur Arbeit und nimmt sich jeden Ersten des Monats frei, um einen weiteren Brief zu unterschiedlichen Abteilungen des Ministeriums und der Stadtverwaltung zu bringen und um eine Untersuchung seines Falls zu bitten.

»Ein anstrengender Tag«, sagt Herr Pang und setzt sich ans Kopfende des Tisches.

Frau Pang stellt geräuschvoll eine Schale Reis vor ihn hin. »Niemand bezahlt dich für deine Arbeit. Was kann man machen? Du verschwendest bloß dein Leben. Es wäre besser, du würdest zu Hause bleiben und mir im Haushalt helfen.«

Frau Pang verdient den Reis der Familie. Sie arbeitete viele Jahre als Kindermädchen, und ich war das letzte Kind, das sie betreute. In dem Jahr, das sie mit mir verbrachte, ist sie schnell gealtert, sagt meine Mutter immer, wenn sie mich wieder einmal als das schwierigste Kind der Welt bezeichnet. Jetzt übernimmt Frau Pang nur noch kleine Aufgaben: Sie erledigt für ein paar Familien in der Gasse die Einkäufe, wäscht für andere und pflegt Herrn Dus gelähmte Mutter.

Herr Pang erwidert nichts und zählt mit seinen Essstäbchen die Reiskörner.

»Bitte iss, Herr Arbeiter«, sagt Frau Pang und lächelt mich an.

Herr Pang isst schweigend. Nur zum Abendessen hält sich Herr Pang bei uns auf. Danach geht er sofort in sein Arbeitszimmer. Irgendwann hat er sich dort ein Klappbett aufgestellt, auf dem er seitdem schläft.

»Was tut er in seinem Arbeitszimmer?« frage ich, während ich Frau Pang mit dem Abwasch helfe.

»Weiß der Himmel!«

»Er ist der einzige Mench, den ich kenne, der ein Arbeitszimmer hat«, sage ich. »Ich habe gedacht, dass nur reiche Leute ein Arbeitszimmer haben, das sie nie benutzen.«

»Das hört sich nach ihm an.«

»Warum?«

»Weil er nichts tut in seinem Arbeitszimmer.«

»Aber er ist nicht reich.«

»Früher war er reich.«

»Warum behält er ein Arbeitszimmer, wenn er nicht mehr reich ist?«

»Weil wir dieses Zimmer haben und er den reichen Mann spielen kann. Es könnte schlimmer sein – alles konfisziert, keinen Cent mehr.«

»Warum? Ihr seid doch gute Menschen.«

»Gute Menschen haben nicht immer Glück«, sagt Frau Pang. »Kennst du das Sprichwort: *Das Pech sucht sich immer einen guten Menschen*?«

Doch das Pech hat sich Herrn Pang aus einem anderen Grund gesucht – er ist ein Mensch, der zu nichts nütze ist.

»Ich würde nicht behaupten, dass seine Eltern Parasiten waren, aber er ist ganz bestimmt einer«, sagt Frau Pang. Sie plaudert gern mit mir, wenn sie nachmittags die Wäsche mit der Hand wäscht; eine große Waschschüssel steht mitten im Wohnzimmer, die Wintersonne scheint bleich auf den Boden.

»Ja, das glaube ich auch.« Ich tauche den Finger ins Wasser, um die Temperatur zu überprüfen. Wenn Frau Pang nicht vergisst, heißes Wasser in die Schüssel zu gießen, werde ich die schwimmenden Socken fangen, als wären sie schlüpfrige Fische, und sie waschen, Herrn Pangs graue Socken zuletzt.

»Woher weißt du das?«

»Ich weiß es einfach. Er ist ein Parasit und lebt auf deine Kosten.«

Frau Pang lacht. »Du weißt wirklich viel. Was weißt du sonst noch?«

»Er ist sehr gebildet.« Das weiß ich von den Söhnen der Familie Song. Sie haben gesagt, Herr Pang sei der Beweis, dass Schule sinnlos ist.

»Ha, gebildet. Weißt du, wie er es auf die Universität geschafft hat? Die Aufnahmeprüfung ist sehr schwer, deswegen hat er seinen jüngeren Bruder gebeten, sie für ihn zu machen. Sein Bruder war sehr schlau. So kam er auf die Universität. Wenn er die Prüfung selbst gemacht hätte? Pah, dann würde er sein Leben nur damit verbringen, die Aufnahmeprüfung zu machen.«

»Wirklich?«

»Ja. Das ist die Geschichte«, sagt Frau Pang und reicht mir ein Stück Seife.

»Und dann?«

»Dann? Dann ist er auf die Universität gegangen und hat nicht einen einzigen Kurs belegt, um Ingenieur zu werden. Er hat jemand angeheuert, der die Kurse und Prüfungen für ihn gemacht hat.«

»Aber wer tut so was? Warum macht jemand ein Diplom für jemand anders, wenn er selber alle Prüfungen besteht?«

»Es gab immer arme Studenten, die bereit waren, so etwas zu tun. Sie konnten sich die Studiengebühren nicht leisten, und so mussten sie keinen Cent für eine gute Ausbildung zahlen. Das Diplom? Das war nur ein Stück Papier. Und mehr hat mein Mann nicht.«

»Oh«, sage ich und werfe Herrn Pangs Socken zurück ins Wasser, weil ich mich hintergangen fühle. »Was hat er dann auf der Universität getan?«

»Er ist ins Theater gegangen. Hat Kalligraphie und Malen geübt. Gegärtnert. Seinen Papageien Gedichte beigebracht. Sich selbst für einen Künstler gehalten. Was hätte er sonst tun sollen? Er hat nur seine Zeit und sein Geld verschwendet.«

Das ist die unglaublichste Geschichte, die ich je gehört habe, denke ich, und es gelingt mir nicht, Herrn Pang, den grauhaarigen, buckligen Mann, mit dem jungen Mann in Verbindung zu bringen, der sein Geld in der Stadt verplempert hat. »Warum hast du ihn dann geheiratet?« frage ich.

»Weißt du, wer ich damals war?« sagt Frau Pang. »Mein Vater war auch ein Landbesitzer. Wir hatten Dienstboten in unserem Haus, Zimmermädchen, Kindermädchen, Chauffeure, Privatlehrer. Ich war auch ein Parasit.«

Aus Büchern und Filmen weiß ich, dass die Töchter von Grundbesitzern immer verwöhnt, hässlich und gemein waren. »Du siehst aber nicht so aus«, sage ich.

»Ich bin auch keiner mehr.« Frau Pang lächelt.

»Aber Herr Pang ist noch einer.«

»Ja, er ist noch ein Parasit.«

»Warum hast du ihn geheiratet?« frage ich noch einmal.

»Wir haben geheiratet, weil unsere Eltern es so wollten. Das ist mein Anteil am Glück. Niemand hat mehr Glück oder Pech, als der Himmel erlaubt. Und niemand hat nur Glück oder nur Pech. Ich hatte früher Kindermädchen und Zimmermädchen, die alles für mich getan haben, und jetzt arbeite ich für andere Leute.«

»Aber Herr Pang hat nur Glück. Er arbeitet nie.«

»Das ist sein Pech. Er hat nichts zu tun. Er ist zu nichts nütze.«

Als ich im nächsten Sommer bei Herrn und Frau Pang ankomme, ist Herr Pang pensioniert. Pensioniert ist vielleicht das falsche Wort, weil er seit Jahren nicht bezahlt wurde und auch keine Pension bezieht. Laut den jungen Songs, die alles, aber auch alles wissen, was in der Stadt los ist, war Herrn Pangs

Schreibtisch eines Montagmorgens einem anderen Mann zugeteilt und seine Sachen lagen im Flur gestapelt, wobei der Griff seiner Lieblingsteetasse fehlte. Er wollte nicht gehen, solange ihm der Griff der Teetasse nicht ausgehändigt wurde. »Es ist ein altes Stück Porzellan, älter als Ihr Großvater«, sagte er immer wieder, bis sich die Leute von seinem Vergleich beleidigt fühlten. Sie sagten, er solle den Mund halten und sich zusammen mit seiner Teetasse in die Mülltonne stürzen.

Das reichte. Herr Pang war zu einem Stück Abfall geworden. Als ich im Sommer ankomme, hat er sich in seinem Arbeitszimmer eingesperrt, zusammen mit dem Gockel, den Frau Pang für mein Lieblingsgericht gekauft hat. »Herr pensionierter Arbeiter!« Frau Pang klopft an die Tür. »Das Kind ist da.«

Herr Pang hebt eine Ecke des Vorhangs an und schaut mich argwöhnisch an. Ich drücke das Gesicht gegen das Fenster und spähe hinein. In dem Zimmer stehen Regale mit uralten Büchern. Sein Bett ist ungemacht und sieht aus wie ein unordentliches Hühnernest. Der Gockel stolziert auf seinem Schreibtisch herum und pickt. Weißer und grauer Hühnerkot, rund wie große Münzen, trocknet auf dem Boden.

»Bäh«, sage ich und deute auf den Boden. Herr Pang winkt und steckt das Ende des Vorhangs an seinen Platz.

Die Tatsache, dass Herr Pang den Verstand verliert, macht mich so unglücklich, dass ich nicht hinausgehe, um mit den Mädchen in der Gasse zu spielen. Obwohl ich Herrn Pang verachte, weil er ein Parasit ist, wünschte ich, er wäre ein gesunder Parasit. Beim Abendessen ziehe ich die Augenbrauen zusammen, und Frau Pang muss lachen. Herr Pang isst nicht mehr mit uns. Er isst mit dem Gockel in seinem Zimmer.

»Was ist los?« fragt Frau Pang.

»Nichts«, sage ich und schiebe mir das Essen in den Mund, ohne es zu schlucken.

»Bist du böse auf ihn?«

»Mhm.«

»Warum?«

»Ich mag nicht, wenn er so ist.«

»Er hat vor langer Zeit den Verstand verloren. Mach dir um ihn keine Sorgen.«

Ich lege meine Essstäbchen weg und gehe um den Tisch zu Frau Pang. »Ich bin wegen *dir* auf ihn böse.« Ich umarme Frau Pang und fange an zu weinen.

Frau Pang wischt meine Tränen weg. Ihre Handfläche ist so rauh wie Sandpapier. »Du bist ein sehr liebes Mädchen, sogar noch besser als meine eigenen Töchter«, sagt sie.

»Warum?«

»Sie sagen, dass es ihnen lieber wäre, wenn sie andere Eltern hätten«, sagt Frau Pang und lächelt. »Sie sollten sich schämen.«

Ich gehe zu meinem Stuhl zurück und esse weiter, fühle mich aber nicht besser.

»Schlimme Dinge passieren eben«, sagt Frau Pang.

»Aber sie sollen nicht dir passieren.«

»Glaub mir, das ist nicht der Rede wert. Ich habe viel Schlimmeres erlebt.«

»Warum hast du nicht den jüngeren Bruder geheiratet?« frage ich.

»Wessen Bruder?«

»Seinen Bruder, den, von dem du gesagt hast, dass er sehr schlau war, und der die Aufnahmeprüfung für ihn gemacht hat.«

Frau Pang lacht, als hätte sie gerade die absurdeste Geschichte der Welt gehört. Ich lache nicht mit. »Er ist seit langem tot. Er ist gestorben, bevor er mit der Universität fertig war«, sagt Frau Pang.

»Das ist traurig.«

»Nein, das ist nicht so schlimm. Manchmal bin ich froh, dass er so jung gestorben ist.«

»Warum?«

»Weil auch er der Sohn eines Großgrundbesitzers war. Er war so gescheit und sensibel.« Frau Pang starrt einen Augenblick auf die Wand hinter mir und seufzt. »Die Revolution hätte ihn umgebracht.«

»Warum? War er ein böser Mensch?«

»Man muss kein böser Mensch sein, um umgebracht zu werden«, sagt Frau Pang. »1966 haben die Roten Garden achtzig Personen aus drei Familien in der Nähe meiner Heimatstadt zu Tode gepeitscht, der Jüngste war ein dreijähriger Junge. Manche von ihnen habe ich gekannt. Ihre Großväter waren Landbesitzer.«

»Waren sie keine bösen Menschen?«

»Sie waren Menschen wie ich«, sagt Frau Pang. »Deswegen ist es einem lieber, jemand, den man liebt, stirbt jung, statt am Leben zu leiden.«

Ich denke einen Augenblick nach. »Meine Mama und mein Papa erzählen mir nie solche Sachen.«

»Vielleicht werden sie es tun, wenn du größer bist.«

»Nein, das werden sie nicht. Das ist ihre Berufskrankheit.« In unserer Welt im Institut ist ein Geheimnis ein Geheimnis, und es ist immer besser, zuwenig als zuviel zu sagen.

Nach dem Abendessen sitzen alle im Hof und genießen die kühler werdende Luft. Nur Herr Pang und Herrn Dus gelähmte Mutter fehlen.

Der Jasmin blüht in diesem Sommer wie verrückt, der Duft ist so stark, dass einem schwindlig werden könnte, wenn man zu nahe an den Büschen sitzt. Wespen haben unter dem Dach ein großes Nest gebaut, summen um den Wein und bohren die Trauben an, bevor sie reif genug sind, um geerntet zu werden. Der klebrige Saft der angebohrten Trauben ist so ätzend wie eine hochgiftige Flüssigkeit. Wenn man lange unter dem Weinspalier sitzt, meint man, man könnte den Trauben beim Verfaulen zusehen, einer Traube nach der anderen, im Nu werden aus glatten Schalen hässliche Narben.

Herr Du setzt sich als letzter, nachdem er seine Orchideen aus dem Zimmer getragen und sie vorsichtig unter sein Fenster gestellt hat. Herr Du ist ein großer Orchideenliebhaber. Er züchtet die teuerste Sorte, die Klivien. In diesem Sommer kostet ein kleiner Topf mit einer blühenden Klivie auf dem Schwarzmarkt hundert Yuan, mehr als der Jahresverdienst eines Arbeiters.

»Alter Du, passen Sie gut auf Ihre Orchideen auf«, sagt Herr Song und verscheucht mit seinem Bambusfächer einen vorbeifliegenden Moskito. »Haben Sie gehört, was letzte Woche in der Östlichen Vierzehnten Straße passiert ist? Jemand ist in das Haus eines alten Mannes eingebrochen und hat ihm alle Orchideen gestohlen, und sie haben den alten Mann auch noch erstochen.«

Herr Du nickt, ohne etwas zu erwidern; er verzieht das Gesicht zu einem Lächeln und sieht aus wie ein faltiges Baby. Er ist Hausmeister in einem Lagerhaus in der Nähe. Abgesehen von dem Bett, in dem seine alte Mutter den ganzen Tag stöhnt und flucht, besteht die Einrichtung seiner Zimmer aus Schachteln, die er aus dem Lager nach Hause mitgebracht hat. Sie sind außen mit alten Kalenderblättern beklebt. Einmal bin ich mit Frau Pang in sein Zimmer gegangen und habe meine Lieblingsschauspielerin, Chen Chong, an einem Schrank aus Schachteln hängen sehen. Unter ihrem Lächeln waren die Worte ERSTKLASSIGER HARNSTOFF, IMPORTIERT AUS JAPAN gedruckt.

»Was soll das Theater um die Orchideen?« Frau Song

schürzt die Lippen. »Ich versteh nicht, was daran besonders sein soll.«

»Was weißt du schon, Ma?« sagt ihr dritter Sohn. »Angeblich sind es japanische Orchideen. Importiert, verstehst du? So wie Toshiba, Sony, Panasonic – japanische Produkte.«

»Importiert? Nein, nein«, widerspricht der älteste Sohn. »Die Orchideen werden hier gezüchtet, es sind also höchstens *japanische Bauteile, in China zusammengesetzt.*«

Alle lachen. Japanische Produkte sind das Symbol des modernen Lebens in Beijing. Geräte aus japanischen Teilen, die in China zusammengebaut werden, kosten weniger, dennoch können die Leute mit ihrem zweitklassigen Luxus angeben.

»Trotzdem, Orchideen sind es nicht wert, dass man dafür sein Leben verliert«, sagt Frau Song.

»Ein Vogel gibt sein Leben für ein Stückchen Futter. Ein Mann gibt sein Leben für einen Cent Reichtum«, sagt Frau Pang und seufzt. »Sie sehen nicht die Blumen, sie sehen das Geld.«

»Nicht alle.« Der zweite Sohn deutet auf Herrn Du. »Der alte Du hier ist eine Ausnahme. Andere züchten Orchideen wegen dem Geld. Er züchtet sie, als wären sie seine Frau und seine Kinder.«

»Genau«, sagt der erste Sohn zu Herrn Du. »Sie haben das Recht, für Ihre Orchideen zu kämpfen. Wir werden Ihnen keine Vorwürfe machen, wenn Sie von einem Räuber umgebracht werden. Ein Mann muss kämpfen, wenn jemand seine Frau und seine Kinder stehlen will, stimmt's, alter Du?«

Alle Songs lachen. Herr Du lächelt wieder und sagt kein Wort. Seine alte Mutter schreit unverständliche Worte aus ihrem Zimmer. Er nickt erneut und trägt die Orchideen zurück ins Haus, so fürsorglich, als wären sie seine Frau und seine Kinder.

In dieser Nacht kann ich nicht schlafen. Moskitos schwirren außerhalb des Moskitonetzes um meinen Kopf wie kleine Jagdflugzeuge. Ich liege auf der einen Seite des Betts, bis die Bambusmatte von meinem Schweiß getränkt ist, dann rolle ich auf die andere Seite und spüre das Muster, das die Matte in meine Oberschenkel geprägt hat. Ich warte darauf, dass der Dieb in unseren Hof einbricht und mit den Orchideen wegläuft, die Herr Du liebt wie Frau und Kinder, und Herrn Du in einer Lache aus Blut zurücklässt. Zum erstenmal vermisse ich unsere Wohnung, die von den hohen Mauern des Instituts gesichert ist.

Der Einbrecher kommt weder in dieser Nacht noch in den folgenden Nächten. Dennoch liege ich jede Nacht wach und warte, bis die Dämmerung oberhalb des Vorhangs hereinkriecht und das gedämpfte Krähen des Hahns durch Herrn Pangs festverschlossenes Fenster dringt. Ich gehe nicht mehr auf die Gasse, um mit den Mädchen zu spielen, schlafe an den heißen Nachmittagen und wache schweißgebadet auf. Ich bin ganz benommen, während ich im Bett sitze, durch das Fenster in den inneren Hof blicke und darauf warte, dass das Dummchen aus ihrem Zimmer kommt und im Hof tanzt. Sie ist die einzige Bewohnerin des inneren Hofes, die je durch die mondförmige Tür in den vorderen Hof gekommen ist. Die fünf Familien, die Frau Pang im Alltag nicht begegnen wollen, haben eine neue Tür, die in die Gasse führt, geöffnet und die mondförmige Tür mit Stacheldraht versperrt. Das Dummchen hat sich einmal durch den Draht gezwängt, um sich mit den jungen Song zu unterhalten, und dabei ihre Brüste entblößt, die so erstaunlich groß waren, dass es mir vor Schrecken die Sprache verschlug. Als die Songs mit Steinschleudern auf ihre Brüste zielten, hat sie mit ihnen gekichert.

»Wo schaust du hin?« Frau Pang kommt mit einer Tasse Chrysanthementee herein. Während ich schlafe, kühlt sie die Kanne mit dem Tee in einer Schüssel voll Wasser.

»Wo ist das Dummchen? Ich habe sie die ganze Woche nicht gesehen.«

»Sie wohnt nicht mehr hier. Ich habe vergessen, es dir zu erzählen. Sie haben sie im Frühling verheiratet.«

»Wer hat sie geheiratet?«

»Jemand in der Arbeitseinheit ihrer Tante. Ein älterer Mann. Er war schon dreimal verheiratet, und alle drei Frauen sind gestorben. Es heißt, er hat das Schicksal eines Diamanten.«

»Was bedeutet das?«

»Kannst du dir etwas Härteres als einen Diamanten vorstellen?«

»Nein.«

»Genau. Sein Leben ist so hart wie ein Diamant, und wen er heiratet, der nimmt Schaden.«

»Warum haben sie dann das Dummchen mit ihm verheiratet?«

»Weil sie ein Dummchen ist. Ein Dummchen ist leer, wie Luft. Hast du jemals gesehen, dass ein Diamant die Luft kratzt?«

Ich denke über Frau Pangs Erklärung nach. Sie erscheint mir sinnvoll und auch wieder nicht. Ich muss an Herrn Pang denken. »Welches Schicksal hat Herr Pang? Er ist kein Diamant, oder?«

»Was glaubst du?« fragt Frau Pang und lächelt.

»Natürlich nicht«, sage ich unsicher. Ich weiß, dass er Kratzer im Leben von Frau Pang hinterlassen hat. Er hat auch Kratzer in meinem Leben hinterlassen.

»Du denkst zuviel nach«, sagt Frau Pang und nimmt mein Kinn in die Hand. »Du wirst dünner. Deine Mama wird sich fragen, was mit dir los ist, wenn sie dich abholt. Morgen mache ich den Hühnereintopf für dich.«

»Morgen brauche ich den Gockel«, sagt Frau Pang zu Herrn Pang am vorletzten Abend. Er schleicht in die Küche, um sein Abendessen und eine kleine Handvoll Reis für den Gockel zu holen. Er riecht schrecklich.

»Hast du mich gehört?« fragt Frau Pang mit lauter Stimme, als er nicht reagiert.

»Ja«, antwortet Herr Pang leise und zieht sich zur Küchentür zurück. »Kann ich dir einen Gockel kaufen?«

Frau Pang legt mit einem Knall das Messer auf das Brett. »Ich werde den Hühnereintopf machen mit dem Gockel, den du in deinem Zimmer hast, und du wirst ihn nach dem Abendessen schlachten«, sagt Frau Pang, ohne Herrn Pang anzublicken.

Herr Pang erwidert nichts, hält weiterhin den Kopf gesenkt. Ich gehe um Herrn Pang herum und schlinge von hinten die schwitzigen Arme um Frau Pang. »Nana, ich möchte keinen Hühnereintopf.«

»Sie will keinen Hühnereintopf«, sagt Herr Pang leise zu Frau Pangs steifem Rücken.

Frau Pang erwidert meine Umarmung nicht und sagt mit einer merkwürdig trockenen Stimme: »Ich will den Gockel für den Hühnereintopf.« Ich zwänge mich zwischen Küchentheke und Frau Pang und blicke zu ihr auf. Große heiße Tränen fallen auf mein Gesicht.

Herr Pang geht geräuschlos aus der Küche und schließt die Tür so leise, als hätte er Angst, der Gockel würde das Geheimnis erfahren. Frau Pang nimmt ein Tuch und trocknet mein Gesicht. »Mach dir keine Sorgen. Er muss es tun.«

»Nana, ich möchte keinen Hühnereintopf.«

»Wir werden Hühnereintopf essen. Wir können ihn nicht ewig mit dem Gockel leben lassen.«

Der jüngste Sohn der Familie Song gerät auf dem Weg zum Bierkaufen in einen Hinterhalt einer Bande von Jungen aus der Westlichen Vierzigsten Straße. Als er aus dem Krankenhaus zurückkommt, ist sein zusammengeflickter Kopf mit einem blutgetränkten Verband umwickelt. Gut, dass er in diesem Sommer seinen Kopf glatt wie eine glänzende Glühbirne geschoren hat, will ich zu ihm sagen, überlege es mir jedoch anders. »Ein kahlgeschorener Kopf ist vom Arzt leicht zu nähen«, sage ich zu mir selbst, ganz leise, damit der Junge mich nicht hört.

»Mein Kopf ist aus Eisen«, sagt der Junge. Er sitzt unter dem Weinspalier und spuckt blutigen Speichel in den Jasminbusch. »Glaub mir – der Ziegelstein, so dick« – er zeigt es mit zwei Fingern –, »ist an meinem Kopf entzweigebrochen.«

Herr Du nickt und lächelt traurig. Er ist der einzige, der auf den Jungen reagiert. Dessen drei Brüder sind beschäftigt: der älteste Junge schleift ein Messer an einem Wetzstein; von dem kreischenden Geräusch bekomme ich eine Gänsehaut; der zweite Junge schwingt eine lange Eisenkette durch die Luft. »Wie ich sehe, seid ihr Hurensöhne lebensmüde«, ruft er imaginären Feinden vor der Mauer zu. »Nur Geduld. Wir kommen und holen eure Köpfe.«

»Schluss damit!« Frau Song stürzt aus dem Zimmer und drückt ein nasses Handtuch auf das geschwollene Auge ihres jüngsten Sohnes. »Niemand von euch geht heute abend raus, habt ihr mich verstanden?«

»Ma, wovon redest du?« sagt der dritte Sohn, der mit zwei Hackebeilen in den Händen aus der Küche tritt. »Die Jungs der Familie Song sind keine weichen Kakis, die andere ausquetschen können.«

»Ihr fordert den Tod heraus«, ruft Frau Song, knallt das Hoftor zu und setzt sich davor. »Heute abend geht keiner von euch aus diesem Tor!«

»Wovor hast du Angst, Ma?« fragt der älteste Sohn. »*Ein Baum kann ohne Rinde nicht leben. Ein Mann kann ohne Gesicht nicht leben.* Sie haben uns ins Gesicht gespuckt. Sollen wir ihnen das etwa durchgehen lassen? Ma, jeder muss sterben. Der Tod? Der Tod ist kein schlechter Witz – richtig erzählt.«

Die vier Jungen stampfen mit den Füßen auf und brüllen vor Lachen. Frau Song flucht, ruft nach ihrem Mann um Hilfe. Herr Song steht auf der Schwelle zu ihrem Zimmer und schaut wortlos seine Söhne an. Der Lichtschalter funktioniert diesmal nicht – Herr Song weigert sich, eingeschaltet zu werden wie eine fügsame Glühbirne.

»Bist du tot? Halt deine Söhne auf.«

»Lass sie gehen. Sie tun, was sie tun müssen«, sagt Herr Song und schlendert über den Hof. »Wie geht's den Orchideen?« fragt er Herrn Du.

»Nicht schlecht. Nicht schlecht«, murmelt Herr Du lächelnd, während er die Orchideen mit einer winzigen Schere zurückschneidet.

Frau Pang kommt aus dem Zimmer und zieht mich weg. »Kümmer dich nicht um anderer Leute Angelegenheiten«, sagt sie und klopft an Herrn Pangs Tür. »Zeit für den Gokkel.«

Auf dem Ofen kocht schon lange Wasser in einem Topf, bevor Herr Pang mit dem Gockel aus seinem Zimmer kommt, beide Flügel fest in der großen Hand. Er geht in die Küche, ohne die lärmenden Jungen der Familie Song zu beachten. Der Gockel gackert und schaut sich neugierig um.

Frau Pang deutet wortlos auf das Hackebeil auf der Theke. Sie will mich aus der Küche ziehen, aber ich halte mich am Türknauf fest und schaue zu Herrn Pang. Er wirft einen Blick auf das Beil, zieht einen Stuhl heran, setzt sich und hält den Gockel mit beiden Armen fest.

»Wenn niemand kauft, wird dich niemand verkaufen. Wenn

niemand isst, wird dich niemand umbringen. Gockel, ich will dich eigentlich nicht umbringen, aber du wurdest geboren, um den Bauch der Menschen zu füllen«, murmelt Herr Pang und streichelt die dunkelgrünen Federn auf dem Kopf des Gockels. Dann wendet er sich an Frau Pang. »Das Kind soll sich nicht fürchten«, sagt er leise.

Frau Pang zieht mich mit sich und schließt die Küchentür. Der Gockel kräht kurz und ist dann still. Wir warten eine Weile vor der Tür, bis Herr Pang mit einer Plastiktüte voller blutiger grüner und brauner Federn herauskommt. »Er ist soweit«, sagt er leise und nickt Frau Pang zu, ohne sie anzublicken. Sein Gesicht ist schweißnass.

»Wohin willst du damit?« Frau Pang deutet auf die Tüte in Herrn Pangs Hand.

»Sie kommen nicht in die Mülltonne«, murmelt Herr Pang und geht zu einem Jasminbusch.

Der Hühnereintopf ist das letzte Abendessen bei diesem Besuch im Sommer. Meine Mutter, die gekommen ist, um mich abzuholen, ist die einzige, die davon isst. Auf der Busfahrt vom Haus der Pangs ins Institut höre ich mir schweigend ihre Schelte an. Sie spricht lauter und lauter, bis mich alle Fahrgäste anstarren, und in ihren missbilligenden Blicken erkenne ich mich, ein rücksichtsloses und unhöfliches Kind, das das beste Essen, das ihr altes Kindermädchen für sie gekocht hat, nicht anrührt, noch dazu einen Hühnereintopf, den sich ihr Kindermädchen eigentlich nicht leisten kann.

Ich muss mein schlechtes Benehmen zweimal eingestehen, einmal meiner Mutter gegenüber und dann mit lauterer Stimme, damit alle Fahrgäste mich hören können, bevor meine Mutter das Thema fallenlässt und die Leute den Blick von meinem brennenden Gesicht abwenden. Ich schaue auf meine Sandalen und summe mein Lieblingslied vor mich hin: »Ich will der Kommunistischen Partei ein Lied singen. Ich liebe die Partei mehr als meine Mutter. Meine Mutter schenkt mir nur einen Körper. Die Partei aber schenkt mir eine Seele.«

Als ich im nächsten Jahr zu den Pangs komme, hat sich in der Zwischenzeit viel verändert. Chen Chong, meine Lieblingsschauspielerin, lebt jetzt auf der anderen Seite des Ozeans und arbeitet als Kellnerin in einem kalifornischen Restaurant, wo sie genauso lächelt wie früher auf den Kalendern an unserer Wand. In der Abendzeitung lese ich einen Artikel, in dem sie als Bürgerin zweiter Klasse verspottet wird, die von den Trinkgeldern amerikanischer Kapitalisten lebt; er enthält lange gefühlvolle Passagen, als wäre es so eine Schande, für den eigenen Lebensunterhalt arbeiten zu müssen, dass der Autor es kaum erträgt, darüber zu schreiben. »Die Trauben sind ihm zu sauer«, bemerkt meine Mutter verächtlich, nachdem sie den Artikel gelesen hat.

Klivien sind nicht mehr in Mode. Der Preis dafür fiel so schnell, dass sie jetzt billiger sind als Unkraut, sagt Frau Song. Viele Züchter haben ein Vermögen verloren. Herr Du ist vielleicht der einzige Mensch, der die Entwicklung begrüßt. Er muss sich keine Sorgen mehr um seine Klivien machen, wenn er in der Arbeit ist. Die Pflanzen gedeihen besser als je zuvor, tragen große goldene Blüten, als hätten auch sie, wie Herr Du, keine Angst mehr.

Herr und Frau Song sind frühpensioniert und haben ihre Stellen dem ersten und dem zweiten Sohn überlassen. Die Familie Song hat die Jasminbüsche von Herrn Pang abgeholzt und einen neuen Raum für den ältesten Sohn gebaut. In zwei weiteren Jahren werden eine Frau und ein Baby in dem Hof leben, beide in dem Zimmer des ältesten der vier Songs. Der Hof wird so voll sein, dass an Sommerabenden keine Brise mehr hereinweht, und der Wind aus Sibirien wird es nie mehr bis hierher schaffen.

Zu Beginn dieses Sommers hat Herr Pang eine befristete Anstellung bei einem kleinen wissenschaftlichen Verlag gefunden, bei dem mein Vater ihn eingeführt hat. Zu seinen Aufgaben gehört es, Abonnementswerbung in Umschläge zu stecken und die Umschläge zuzukleben. Mein Vater erzählt nicht, dass Herr Pang mit einem Gockel in einem Zimmer gewohnt und sein Universitätsdiplom zu Unrecht bekommen hat, und der Verlag ist schließlich einverstanden, ihn unter der Bedingung einzustellen, dass er auf Gutscheine fürs Mittagessen und die Bezahlung von Überstunden verzichtet. An seinem ersten Arbeitstag hat sich Herr Pang das weiße Haar angeblich pechschwarz gefärbt und eine brandneue Maojacke aus Wolle angezogen, so dass er wesentlich jünger aussieht als dreiundsechzig. Als er den ersten Monatslohn erhält, fährt er an einem Sonntagmorgen zwei Stunden mit dem Bus zu unserem Institut. Eine halbe Stunde lang bittet er die Wachmänner, ihn einzulassen, und versucht sie davon zu überzeugen, dass er ein guter Bürger ist, der ehrliche Arbeit verrichtet und seinen Lebensunterhalt verdient und dass er nur deswegen keinen Arbeitsausweis hat, weil der Verlag an befristete Mitarbeiter keine Ausweise ausgibt.

Jahrelang werde ich die Szene vor Augen haben, wie sich Herr Pang vor den Wachmännern verbeugt, die damit drohen, ihn verhaften zu lassen, wenn er nicht geht, unter jedem Arm einen lebenden Gockel, der mit ihm gackert. Der Gedanke, wie Herr Pang mit zwei Gockeln eine Stunde lang an den hohen Mauern des Instituts entlanggeht, ist herzzerreißend komisch. Aber nicht ich entdecke ihn, sondern mein Vater, der von einem langen Rechendienst zurückkommt. »Dein Vater hat mich wieder gerettet«, ist der erste Satz, den Herr Pang zu mir sagt, als er unsere Wohnung betritt und die zwei Gockel hochhält, als wären sie die wertvollsten Trophäen seines Lebens.

Sechzehn Jahre später werde ich mich an diese Szene erinnern. Aber als die Gockel endlich seinem Griff entkommen und mit flatternden Flügeln durch unsere Wohnung laufen, muss ich lachen. Ein paar Minuten später hat mein Vater sie wieder eingefangen, und ein paar Stunden später füllen sie unsere Bäuche und sind vergessen. Wenn man jung ist, vergeht die Zeit in kleinen Babyschritten, aber dann nimmt sie Geschwindigkeit auf und fliegt. In vier Jahren wird meine Lieblingsschauspielerin ihre Kellnerinnenlaufbahn beenden und als Joan Chen, Schauspielerin und Regisseurin, in Hollywood anfangen. Ihr Lächeln ist noch so hübsch, wie ich es in Erinnerung habe, aber sie wird nie wieder das sechzehnjährige Mädchen an unserer Wand sein. In weiteren sieben Jahren wird Frau Pang mich für immer verlassen. Vor ihrem Tod wird sie ein Jahr lang blind sein. Als ich sie das letztemal besuche, wird sie mein Gesicht berühren und unter ihren Fingerspitzen meine Tränen spüren, und wir werden beide so tun, als gäbe es die Tränen nicht und mit Vergnügen den Hühnereintopf essen, den ich so gekocht habe, wie Frau Pang es mir beigebracht hat. In fünf weiteren Jahren werde ich in Amerika sein, in einer kleinen, feuchten Wohnung in einer Kleinstadt im Mittleren Westen sitzen, den Brief meines Vaters lesen, in dem er mir den Tod von Herrn Pang mitteilt, und erfahren, dass er während der sechzehn letzten Jahre seines Lebens nicht einen einzigen Tag seine Arbeit versäumt und mit Engelsgeduld Umschläge zugeklebt hat.

Als wäre der Tod von Herrn Pang eine Geschichte, die nicht weh tut, wenn sie von den jungen Songs erzählt wird, werde ich mir vorstellen, wie die vier Brüder über seinen Tod sprechen, aus Langeweile und dem Bedürfnis heraus, einen Witz zu erzählen. Ich habe die Jungen nicht mehr gesehen, seitdem die Häuser der Gasse niedergerissen und die Bewohner in Wohnblocks in einem Vorort umgesiedelt wurden. Ich kann mir das Leben der Jungen und ihrer Familien nicht vorstellen, die Wohnungen grau und klein wie Taubenkäfige. Ich sehe nur die kahlgeschorenen Köpfe der vier Jungen, die noch in den Zwanzigern sind und reden und lachen und spucken und unreife Trauben pflücken, um sich gegenseitig damit zu bewerfen.

»War Herr Pang nicht ein alter Dummkopf?« höre ich im Geist einen der Brüder sagen. »Dreiunddreißig Yuan, gerade mal genug für ein paar Bier. Und der Dieb, ein Halbwüchsiger, der ein Obstmesser benutzt hat? Der Junge hätte mit dem Geld nicht einen einzigen Tag lang besser gelebt.«

»Der alte Mann hat wahrscheinlich gedacht, dass es sein selbstverdientes Geld war«, sagt ein anderer Bruder. »Er hat nicht daran gedacht, dass auch der Dieb arbeiten musste, um das Geld zu verdienen. Ich wette, der Junge war stocksauer, weil in der Brieftasche nur dreiunddreißig Yuan waren. Warum ihm nicht das Geld lassen und selbst stocksauer sein?«

»Wie Frau Pang immer gesagt hat: Ein Vogel gibt sein Leben für ein Stückchen Futter, ein Mann gibt sein Leben für einen Cent Reichtum«, sagt der dritte Bruder. »Wenn die Seele von Herrn Pang vor dem Friedhofsgericht steht, um sich anzumelden, wird der Richter sagen: Was? Du hast dich für dreiunddreißig Yuan erstechen lassen? Du bist ja noch dümmer als ich in meinem letzten Leben.«

»Was soll das heißen?«

»Dann sagt der Richter: Kennst du mich nicht mehr? In meinem letzten Leben war ich der alte Mann aus der Östlichen Vierzehnten Straße. Erinnerst du dich? Ich wurde von dem Kliviendieb erstochen!«

Ich stelle mir vor, wie die jungen Songs lachen, so wie sie über alle Menschen der Welt gelacht haben. Der Tod ist kein schlechter Witz – richtig erzählt, doch ich sehe keine Möglichkeit, ihn richtig zu erzählen. Ich beginne zu begreifen, was

Frau Pang vor langer Zeit über den Tod sagte – dass man geliebte Menschen lieber sterben als leiden sieht. Es tröstet mich, dass sie Herrn Pangs Tod nicht mehr erleben und sich die Witze der Songs nicht mehr anhören musste. Es tröstet mich, dass ihr Leben nicht noch einen Kratzer abbekam und ich die einzige bin, die mit dem merkwürdigen Witz von Herrn Pangs Tod leben muss.

Aber wenn ich länger darüber nachdenke, wünschte ich doch, Frau Pang hätte lange genug gelebt. Ich wünschte, wir würden dasitzen und ein letztes Mal seine Kleider falten. Ich wünschte, Frau Pang würde mich anlächeln, wenn sie Herrn Pangs Kleider wegräumt, und ich wüsste, dass sie stolz auf ihn ist, darauf, dass er mit neunundsiebzig Jahren zwischen Bergen von Umschlägen seinen Lebensunterhalt verdiente, sich als nützlich erwies, sich verteidigte und in Würde starb.

Weiche Kakis

DER APRIL kommt und geht und dann der Mai und der Juni, und es fällt nicht ein einziger Tropfen Regen. Seit dem Frühling ist der Himmel eine blaue Wüste. Jeden Morgen geht die Sonne auf, eine gleißende weiße Scheibe, die täglich größer und heißer wird. Zikaden zirpen halbherzig in den Bäumen. Der Teich vor dem Dorf ist zu einer Badewanne für die Jungen geschrumpft, die sich gegenseitig im hüfttiefen Wasser anpinkeln. Zwei Mädchen, vier oder fünf Jahre alt, stehen neben der Hauptstraße und flattern mit den nackten Armen wie verzweifelte kleine Vögel mit den Flügeln, während sie der reglosen Luft ein Lied vorsingen: »Komm doch, Ostwind. Komm doch, Westwind. Komm doch, Ost-West-Nord-Südwind und kühle meine Achseln.«

Jetzt, da der Juli in ein paar Tagen das Hinterbein aus der Tür strecken wird, wünschen wir nur noch, dass es nicht regnen und die Dürre bis zum Ende der Erntezeit anhalten wird. Wir sind Bauern und sorgen uns um einen Herbst, in dem kein Reis geerntet wird, doch die Dürre hat zu unserer Überraschung eine träge Befriedigung in unser Leben gebracht. Von morgens bis abends sitzen wir tagtäglich unter dem alten Schnurbaum, rauchen Pfeife und bewegen uns nur, um dem vollen Scheinwerferlicht der Sonne auszuweichen. Unsere Frauen sind zu Hause und kratzen sich am Kopf, um sich ein anständiges Essen für uns einfallen zu lassen. Der Reis vom letzten Jahr wird bald aufgebraucht sein, und davor noch wird sich das Haar unserer Frauen lichten, weil sie sich kratzen, bis sie kahl sind, doch wie alle kleineren Tragödien dieser Welt bekümmert uns das nicht mehr. Wir sitzen da und rauchen, bis unsere tägliche Ration an Tabak in unseren Beuteln aufgeraucht ist. Wir stopfen Graswurzeln und halbgetrocknete Blätter in unsere Beutel, und wenn sie verbraucht sind, rauchen wir Staub.

»Eine Strafe des Himmels, diese Dürre.« Endlich, nach einer langen Zeit des Schweigens, sagt einer von uns etwas.

»Ja, zu viele Tote.«

»In diesem Fall wird der Himmel nie wieder zufrieden sein. Es stirbt immer jemand.«

»Und es wird nie wieder ein Tropfen Regen fallen.«

»Mir ist es recht. Ich habe die Feldarbeit sowieso satt.«

»Ja, genau. Der Himmel versohlt uns den Hintern, und du kannst gar nicht schnell genug die Hose runterlassen und sagen: Komm, kratz mich, mich juckt's.«

»Das nennt man Optimismus, besser als heulen und um Entschuldigung bitten.«

»Du bist eine weiche Kaki. Ich würde Ihn an der Hose packen und zurückschlagen.«

»Mann, du bist aber ein Held.«

»Warum nicht?«

»Weil wir als weiche Kakis geboren wurden. Hast du schon mal gesehen, dass aus einer Kaki ein Held wird?«

»Lao Da.«

»Lao Da? Sie haben ihm den Kopf weggeschossen, als wär's eine Wassermelone.«

Lao Da war einer von uns. Er hätte hier bei uns sitzen, rauchen und darauf warten sollen, bis er an der Reihe gewesen wäre, ein, zwei Sätze zu sagen, zuzustimmen oder zu widersprechen. Bei Anbruch der Nacht wäre er wie wir alle nach Hause gegangen und hätte sich seinem geliebten Sohn gewidmet und ihm mit den Essstäbchen Reiswein in den Mund geträufelt. Ein Mann wie Lao Da, der seinen Platz zwischen

Himmel und Erde kannte, hätte nie damit geprahlt, ein Held zu sein. Und doch wurde Lao Da vor Beginn der Dürre exekutiert. An Silvester ging er in die Hauptstadt des Bezirks und erschoss siebzehn Menschen, vierzehn Männer und drei Frauen, in siebzehn verschiedenen Häusern, sechzehn davon waren auf der Stelle tot, und der siebzehnte erlebte noch einen halben Tag des neuen Jahres.

»Wenn man als weiche Kaki geboren wird, bleibt man besser eine«, zitiert einer von uns die tröstliche alte Weisheit.

»Kakis werden nicht weich geboren.«

»Aber sie werden wegen ihrer Weichheit geschätzt.«

»Wegen ihrer Reife.«

»Was, wenn wir weich und gereift bleiben?«

»Der Himmel wird uns auspressen, bis Er das Auspressen satt hat.«

»Vielleicht wird Er uns sogar mögen, weil wir Ihm soviel Spaß machen.«

»Dann werden wir nur noch die Haut auf den Knochen haben.«

»Besser als keine Haut auf den Knochen.«

»Besser als eine Kugel, die dir das Hirn wegbläst.«

»Besser als keinen Sohn zu haben, der deinen Namen erbt.«

Wir schweigen eine Weile und freuen uns, dass wir alle am Leben sind und Söhne haben, die unseren Familiennamen tragen. Letztes Jahr um diese Zeit war Lao Das Sohn einer der Jungen, fünf Jahre alt, und rannte hinter den größeren Jungen her, wie alle kleinen Kinder es tun, sammelte die Zikaden auf, die die größeren Jungen mit ihren Steinschleudern abgeschossen hatten, tat trockene Zweige und Laub ins Feuer, in dem sie geröstet wurden, und wartete auf seinen Anteil von ein, zwei verbrannten Zikaden.

»Lao Das Sohn ist einen schlimmen Tod gestorben.«

»Als könnte man einen guten Tod sterben!«

»Sind die siebzehn nicht einen guten Tod gestorben? Schnell und schmerzlos.«

»Aber in der Stadt haben sie gesagt, dass sie einen schlimmen Tod gestorben sind.«

»Gnadenlos ermordet – stand es nicht so in den Zeitungen?«

»Aber es stimmt. Sie wurden ermordet.«

»Stimmt, aber in der Stadt wollten sie nicht sagen, dass der Junge einen schlimmen Tod gestorben ist. Sie haben Lao Das Sohn nicht einmal erwähnt.«

»Natürlich nicht. Wer will schon was vom Sohn eines Mörders hören? Noch dazu von einem toten Sohn.«

»Auch wenn sie über ihn hätten schreiben wollen, was hätten sie schon schreiben können?«

»Beim Schwimmen ertrunken, das stand zumindest auf seinem Totenschein.«

»Unfälle passieren jeden Tag, hätten sie geschrieben.«

»Der Tod des Jungen war ihnen keine Geschichte wert.«

Die Geschichte der siebzehn Männer und Frauen wurde uns jedoch bei Lao Das Gerichtsverhandlung laut vorgelesen, sie schauten auf uns herunter von den vergrößerten Fotografien, die hoch oben auf der Bühne des Theaters, des provisorischen Gerichtssaals, hingen. Wir erinnern uns nicht mehr an ihre Namen, aber manche Gesichter – eine stark geschminkte Frau, die aussah wie ein Mädchen, von dem wir als Jugendliche besessen waren, ein Mann mit einem unheimlichen Muttermal knapp unter dem linken Auge, ein anderer Mann mit Augenbrauen wie Raupen –, diese Gesichter können wir nicht vergessen. Ebenso ein paar Geschichten. Die Geschichte des Mannes, der seit zwanzig Jahren im Winter schwimmen ging und als Erwachsener nicht einen einzigen Tag krank war. Die der Mutter eines halbwüchsigen Mädchens, das früher im Jahr an Leukämie gestorben war. Die Geschichte eines Parteikaders und seiner jungen Sekretärin, die gerüchteweise eine Affäre hatten, aber in der laut vorgetragenen Version waren sie beide ihren Ehegatten treu. Es nahm kein Ende, und nach einer Weile dösten wir ein. Warum wurden uns die Geschichten dieser Toten erzählt? Lao Da hatte keine Chance davonzukommen. Er stellte sich der Polizei, wohl wissend, dass er zum Tode verurteilt würde. Warum wurde den Verwandten das peinliche Wehklagen vor Gericht nicht erspart? Nur über Lao Da wurde keine Geschichte vorgelesen. Er war ein abscheulicher Verbrecher, mehr wurde über ihn nicht gesagt.

»Bedenkt doch: Lao Da war der einzige, der einen guten Tod gestorben ist.«

»Einen würdigen.«

»Er hatte genügend Begleiter für die Reise in die nächste Welt.«

»Und er hat uns auch in genügend Schwierigkeiten gebracht.«

»Es ist nicht seine Schuld. Der Himmel hätte einen anderen Grund gefunden, um uns auszupressen.«

»Stimmt. Lao Da ist nur ein Vorwand.«

»Vielleicht, habe ich mir gedacht, vielleicht ist der Himmel nicht auf Lao Da zornig, sondern wegen ihm.«

»Wie?«

»Ich habe von meinem Großvater gehört, der es wiederum von seinem Großvater gehört hat, dass irgendwann einmal eine Frau als Mörderin enthauptet worden ist, und danach ist in der Gegend drei Jahre lang kein Tropfen Regen mehr gefallen.«

»Das habe ich auch von meinem Großvater gehört. Der Himmel hat die Frau gerächt.«

»Aber sie wurde zu Unrecht verurteilt. Sie hat ihren Mann nicht umgebracht.«

»Stimmt.«

Lao Da wurde nicht zu Unrecht verurteilt. Wenn man siebzehn Menschen umbrachte, musste man mit dem eigenen Leben zahlen. Auch Lao Da nickte zustimmend, als der Richter das Urteil verlas. Er verneigte sich vor dem Richter und dann vor den Polizisten, die ihn von der Bühne führten. »Ich gehe ein bisschen früher«, sagte er. »Auf der anderen Seite warte ich auf euch.« Die Polizisten, der Richter und die Offiziellen auf und vor der Bühne versuchten alle, Lao Da nicht anzusehen, doch er beharrte auf seinen Abschiedsworten. »Kommt bald nach. Lasst mich nicht zu lange warten«, sagte er. Wir hätten nie gedacht, dass Lao Da so viel Sinn für Humor hatte. Wir grinsten ihn an, und er grinste ebenfalls, aber nur ganz kurz, als der Richter noch zwei Polizisten herbeiwinkte, die ihn hinter die Bühne stießen, bevor er Zeit hatte, noch weitere Aufforderungen auszusprechen.

»Lao Da war ein richtiger Mann.«

»Hat den Himmel versohlt.«

»Aber wer hat jetzt die Oberhand?«

»Das ist Lao Da jetzt egal. Er hatte seinen Auftritt.«

»Aber uns ist es nicht egal. Wir werden für die bestraft, die zur Unzeit gestorben sind.«

»Wer denn?«

»Die siebzehn.«

»Doch nicht die Frau des Hahnreis!«

»Bestimmt nicht. Sie hat es verdient.«

»Die Frau war kleiner als ein Zehennagel von Lao Das Frau.«

»Die Frau war keinen Furz von Lao Das Frau wert.«

»Stimmt.«

»Lao Da hatte eine gute Frau.«

»Sie war seiner würdig.«

Wir nicken und denken alle an Lao Das Frau und vergleichen sie insgeheim mit unseren eigenen Frauen. Lao Das Frau hat auf den Feldern wie ein Mann gearbeitet und sich zu Hause wie eine Frau benommen. Sie war rundlich und gesund und hat keinen Laut von sich gegeben, wenn Lao Da sie aus guten oder schlechten oder gar keinen Gründen geschlagen hat. Unsere Frauen sind nicht so vollkommen. Wenn sie nicht zu dünn sind, sind sie zu dick. Wenn sie fleißig sind, lassen sie uns nicht in Ruhe und meckern, weil wir faul sind. Sie schreien, wenn wir sie schlagen; schlimmer noch, manchmal schlagen sie zurück.

»Die gute Frau hätte ein besseres Schicksal verdient.«

»Sie hätte noch einen Sohn verdient.«

»Aber ihre Eierstöcke waren abgebunden.«

»Die arme Frau wäre noch am Leben, wenn das Amt für Geburtenkontrolle nicht wäre.«

»Die sind wirklich eine Plage, findet ihr nicht auch?«

Das Amt für Geburtenkontrolle war hinter Lao Da und seiner Frau hergewesen, weil sie ihr erstgeborenes Kind dem Amt nicht gemeldet hatten. *Ein Kind pro Familie*, pinselten sie in großen roten Lettern an Lao Das Haus. *Nur Schweine und Hunde haben mehr als ein Kind*, schrieben sie. Aber Lao Da und seine Frau gaben nicht auf. Sie spielten Verstecken mit dem Amt für Geburtenkontrolle und suchten in den Häusern von Verwandten Unterschlupf, wenn der Bauch der Frau dick wurde. Nach drei Töchtern und hochverschuldet wegen der Geldstrafen bekamen sie endlich einen Sohn. An dem Tag, als der Junge hundert Tage alt wurde, schlachtete Lao Da eine Ziege und zwei Ferkel für ein Festessen; danach schickte er seine Frau in die Klinik, wo sie sich triumphierend die Eierstöcke abbinden ließ.

»Wozu sollte sie noch leben, wenn sie Lao Da keinen zweiten Sohn gebären konnte? Wozu ist eine Henne gut, wenn sie keine Eier legt?«

»Stimmt.«

»Aber die Frau, die war was.«

»Ja, nicht wahr?«

Wir tauschen ehrfürchtige Blicke aus und wissen alle, dass unsere Frauen nie den Mut hätten zu tun, was Lao Das Frau getan hat. Unsere Frauen würden zetern und betteln, wenn wir keine andere Wahl hätten, als uns scheiden zu lassen, um einen fruchtbaren Bauch zu heiraten, aber Lao Das Frau hat sich nie wie eine gewöhnliche Frau verhalten. Als wir mit Lao Da in den Teich sprangen, um nach der Leiche seines Sohnes zu suchen, trank sie das ganze Gift, das sie finden konnte, sechs Flaschen Pestizide hintereinander, und legte sich ins Bett. Sechs Flaschen dieses starken Gifts haben sie in Stücke gerissen, aber sie gab keinen Laut von sich, biss die Zähne zusammen und wartete auf den Tod.

»Eine außergewöhnliche Frau.«

»Vielleicht ist der Himmel wegen ihr zornig.«

»Ihr hat niemand Unrecht getan.«

»Aber ihre Seele wurde im Stich gelassen.«

»Von wem?«

»Lao Da.«

»Lao Da hat sie und ihren Sohn gerächt.«

»Hat sie das gewollt?«

»Was hat sie gewollt?«

»Hört mal, sie hat Platz gemacht für eine neue Frau, damit Lao Da mehr Söhne haben konnte. Sie hat sich nicht vergiftet, damit Lao Da den Verstand verliert und einen dummen Plan ausheckt und siebzehn Menschen erschießt. Denkt mal nach. Lao Da hat es falsch verstanden.«

»Ihr Tod hätte mehr Früchte tragen können.«

»Das stimmt. So ist sie umsonst gestorben.«

»Und Lao Da auch.«

»Und die siebzehn.«

»Und die drei Töchter, verwaist wegen nichts.«

Wir schütteln die Köpfe, denken an die drei Mädchen, an ihr Geschrei und Geheul, das uns durch Mark und Bein ging, als die Funktionäre vom Bezirk sie an den Armen packten und in den Jeep stießen. Sie wurden in drei verschiedene Waisenhäuser in drei unterschiedlichen Bezirken gebracht, die kranke Brut eines kaltblütigen Mörders. Lao Da hätte auf uns hören und sie sofort nach der Geburt ertränken und ihnen die Mühen eines qualvollen Lebens ersparen sollen.

»Lao Da hätte es sich besser überlegen sollen.«

»Ein verantwortungsloser Mann.«

Wir hätten eine klügere Entscheidung als Lao Da getroffen. Wir hätten die Toten begraben und weitergelebt, eine neue Frau gesucht, die uns einen neuen Sohn geboren hätte, den Rücken krumm gemacht, um Frau und Kinder zu ernähren. Natürlich wäre es schmerzhaft gewesen, mit der Schmach zu erwachen, eine weiche Kaki zu sein, aber an der Schmach ist noch kein Mann gestorben. Nichts ist wichtiger, als sich ans Leben zu klammern. Der Tod führt uns nirgendwohin.

»Der Fehler eines einzigen Mannes kann ein ganzes Schiff voller Menschen zum Kentern bringen.«

»Stimmt.«

»Der Tod eines Sohnes ist bei weitem nicht die größte Tragödie.«

»Der Tod sollte nie ein Vorwand dafür sein, den Verstand zu verlieren.«

»Aber Lao Da hatte das Recht, Gerechtigkeit für seinen Sohn zu suchen.«

»Gerechtigkeit? Gibt es etwa Gerechtigkeit für uns?«

»Wenn man jemand umbringt, muss man mit dem eigenen Leben dafür zahlen. Diese alte Regel ist nicht verkehrt. Der Mann, der Lao Das Sohn umgebracht hat, hätte bestraft werden sollen.«

»Aber er wurde doch bestraft. Er war der erste, den Lao Da an dem Abend erschossen hat, oder etwa nicht?«

»Zwei Schüsse in den Kopf. Zwei Schüsse ins Herz.«

»Vor seiner Frau.«

»Das hat er gut gemacht.«

»Hätte er nicht besser machen können.«

»Als ich es gehört habe, habe ich mich gefühlt, als hätte ich gerade einen ganzen Krug Hirsewein getrunken.«

»Rache ist besser als der beste Wein.«

»Seht ihr, das meine ich mit Gerechtigkeit.«

»Stimmt. Der Hand der Gerechtigkeit entkommt man nicht.«

»Man muss nur warten.«

»Der Himmel sieht alles.«

»Aber wenn Er alles sieht, warum bestraft er dann uns? Was für eine Art Gerechtigkeit soll das denn sein?«

»Wie ich schon gesagt habe: Für uns Kakis gibt es keine Gerechtigkeit.«

»Wenn man einen Menschen umbringt, ist man ein Mörder. Wenn man viele umbringt, ist man ein Held.«

»Lao Da hat siebzehn umgebracht.«

»Nicht genug.«

»Wenn man etwas auf überzeugende Weise tut, ist man ein Held. Wenn einem das nicht gelingt, ist man ein Nichts.«

»Was soll man denn tun?«

»Eine Ordnung fordern, nach der alle leben.«

»Du bist ja ein Träumer und forderst etwas Unmögliches.«

»Das haben wir bei der Demonstration ja gefordert, aber es hat überhaupt nichts genützt.«

»Weil wir aufgegeben haben.«

»Quatsch. Warum sollte man für einen toten Jungen kämpfen?«

»Stimmt.«

»Warum sollten wir unser Leben für eine nichtexistente Ordnung riskieren?«

»Stimmt.«

Wir nicken alle und bemühen uns, den winzigen Zweifel zu zerstreuen, der uns umkreist wie eine hartnäckige Fliege. Natürlich haben wir getan, was wir konnten – nachdem wir den Jungen aus dem Wasser geholt haben, marschierten wir mit der kleinen Leiche in die Bezirksstadt und forderten Gerechtigkeit. Wir nahmen unsere Sensen, Schaufeln, Äxte und unsere Fäuste und Stimmen mit, aber als die Verwaltung eine Einheit bewaffneter Polizisten schickte, beschlossen wir, nach Hause zurückzukehren. Mit Gewalt ist dein Problem nicht zu lösen, sagten wir zu Lao Da. Geh vor Gericht und verklage den Mann; tu, was das Gesetz vorschreibt, sagten wir.

»Vielleicht hätten wir Lao Da nicht auf die Idee bringen sollen, den Mann zu verklagen.«

»An seiner Stelle hätte ich dasselbe getan.«

»Was denn? Wärst du durch die Stadt gelaufen und hättest Gerechtigkeit für deinen toten Sohn gefordert? Sein Sohn ist beim Schwimmen ertrunken – schwarze Worte auf dem weißen Papier des Totenscheins.«

»Die Jungen haben eine andere Geschichte erzählt.«

»Warum sollte das Gericht diese Geschichte hören wollen?«

Wir sitzen da und rauchen und warten darauf, dass jemand diese Frage beantwortet. Eine Gruppe Jungen kehrt patschnass vom Teich ins Dorf zurück. Hätte es letztes Jahr eine Dürre gegeben, wäre Lao Das Junge niemals ertrunken. In diesem Jahr machen wir uns keine Sorgen um unsere Söhne, nicht einmal um die jüngsten, die kaum schwimmen können. Aber letztes Jahr war es anders. Letztes Jahr war der Teich tief genug, um Lao Das Sohn das Leben zu kosten.

»Aber meint ihr nicht, dass auch die Funktionäre Fehler gemacht haben? Was, wenn sie Lao Da Geld gegeben hätten, damit er den Mund hält?«

»Was, wenn sie den Mann ins Gefängnis gesteckt hätten, wenn auch nur für ein, zwei Monate?«

»Das ist eine gute Idee. Oder so getan hätten, als hätten sie ihn ins Gefängnis gesteckt?«

»Ja, Lao Da einfach erzählt hätten, dass der Mann seine Strafe bekommen hat.«

»Zumindest hätten sie Lao Da etwas besser behandeln können.«

»Das hätte ihnen das Leben gerettet.«

»Woher hätten sie es denn wissen sollen? Sie haben Lao Da für eine weiche Kaki gehalten.«

»Sie haben ihn zum Spaß ausgepresst.«

»Sie haben ihn so lange ausgepresst, bis er zum Mörder wurde.«

»Lao Da war der letzte, von dem man geglaubt hätte, dass er durchdreht.«

»Erstaunlich, wieviel er einstecken konnte, und dann ist er plötzlich zerbrochen.«

»Stimmt.«

»Ich möchte noch einmal darauf hinweisen, dass man wegen einem toten Sohn oder einer toten Frau nicht den Verstand verlieren sollte.«

»Leichter gesagt als getan.«

»Stimmt. Wie oft haben wir ihm geraten, die Sache auf sich beruhen zu lassen?«

»Manchmal ist man von einer Idee besessen, und dann wird man zum Jagdhund und sieht nur noch die eine Sache.«

»Und jetzt werden wir für seine Dummheit bestraft.«

Wir schütteln den Kopf, voller Mitleid mit Lao Da und mehr noch mit uns selbst. Lao Da hätte auf uns hören sollen.

Statt dessen hat er die Namen und Adressen der Funktionäre niedergeschrieben, die ihn wie einen Hund behandelt haben. Wir wissen nicht, wie lange er die Morde geplant hat. Er war geduldig genug, um ein halbes Jahr bis zum Silvesterabend zu warten, der beste Zeitpunkt, um einen Massenmord zu verüben, weil alle Leute zu Hause waren und das Essen zum Jahresende vorbereiteten.

»Wir müssen Lao Da zumindest zugute halten, dass er seinen Plan gründlich ausgeführt hat.«

»Als es um Rache ging, war er bei vollem Verstand.«

»Und die siebzehn toten Seelen. Stellt euch nur vor, wie entsetzt sie waren, als sie Lao Da an diesem Abend gesehen haben.«

»Hoffentlich hatten sie noch Zeit zu bereuen, was sie Lao Da angetan haben.«

»Hoffentlich haben ihre Familien Lao Da um ihr Leben angefleht, so wie Lao Da sie um Gerechtigkeit für seinen Jungen angefleht hat.«

»Man kann nie wissen, was aus einer weichen Kaki noch werden kann.«

»Hoffentlich haben sie ihre Lektion gelernt.«

»Sie sind tot.«

»Dann hat hoffentlich jemand anders die Lektion gelernt.«

»Seid still! Seid vorsichtig, für den Fall, dass jemand vom Bezirk zuhört.«

»Sie sind nicht hier, weil es viel zu heiß ist.«

»Der Teich ist nicht mehr tief genug zum Schwimmen.«

»Der Teich ist wirklich die Ursache der ganzen schlimmen Geschichte. Denkt nur an die Arbeit, die wir in den Teich gesteckt haben.«

Wir nicken und seufzen. Ein paar Jahre zuvor haben wir unsere ganze Freizeit darauf verwendet, den Teich auszuheben, in der Hoffnung, was den Regen anbelangt, von nun an nicht mehr auf die Laune des Himmels angewiesen zu sein. Der Teich wurde bald zu einem Vergnügungsort der Funktionäre des Bezirks. Sie kamen an Sommernachmittagen in Jeeps, schwammen in unserem Wasser und angelten unsere Fische. Der Mann war einer der Richter – was für eine Arbeit er tatsächlich verrichtete, haben wir nie erfahren, da wir alle, die im Bezirksgericht arbeiten, »Richter« nennen. Dieser Richter und seine Freunde kamen und betranken sich, bevor sie ins Wasser gingen. Irgend etwas, was Lao Das Sohn sagte, ein Witz vielleicht oder ein Spitzname, den er dem Richter gab, brachte ihn auf die Palme. Er packte Lao Das Sohn und warf ihn in das tiefere Wasser des Teichs. Die anderen Jungen erinnerten sich an ein lautes Klatschen. Sie weinten und flehten, aber die Richter sagten, das sollte dem kleinen Mistkerl eine Lehre sein. Der schnellste der Jungen wurde losgeschickt, um Hilfe zu holen. Am Abend fanden wir Lao Das Sohn, seine Augenlider, Lippen, Zehen und sein Penis von den Fischen angefressen.

»Wisst ihr noch, Lao Da war einer von denen, die den Teich unbedingt haben wollten.«

»Er hat sich krumm gearbeitet dafür.«

»Der arme Mann wusste nicht, wofür er geschwitzt hat.«

»Niemand von uns weiß es.«

»Zumindest müssen wir diesen Sommer nicht schwitzen.«

»Natürlich schwitzt man nicht, wenn man auf den Tod wartet.«

»Auf den Tod? Nein, so schlimm ist es nicht.«

»Nicht so schlimm? Ich will dich was fragen – was werden wir unseren Frauen und Kindern im Winter zu essen geben?«

»Was immer vom Herbst übrigbleibt.«

»Nichts wird übrigbleiben.«

»Dann schlachten wir unsere Kühe und Pferde.«

»Und dann?«

»Dann gehen wir in die Bezirksstadt und werden Bettler.«

»Betteln ist verboten.«

»Mir egal.«

»Wenn du schon was Verbotenes tun willst, warum dann betteln und sich von allen anspucken lassen? Ich würde zum Bezirksamt gehen und verlangen, dass man uns was zu essen gibt.«

»Wie?«

»Mit meinen Fäusten und meiner Axt.«

»Mach keine großen Sprüche. Wir waren schon einmal mit unseren Fäusten und Äxten dort.«

»Aber das war wegen dem toten Jungen. Das nächstemal wird es wegen unserer eigenen Söhne sein.«

»Glaubst du, es wird was nützen?«

»Man muss es versuchen.«

»Unsinn. Wenn es was nützt, hätte es schon das letztemal was genützt. Lao Da hätte nicht morden müssen, und wir würden nicht bestraft.«

Niemand sagt mehr etwas. Die Sonne hat sich langsam an den südwestlichen Himmel geschleppt. Die Zikaden hören auf zu zirpen, doch bevor wir die Stille genießen können, nehmen sie die alte Melodie wieder auf. Ein paar von uns ziehen an den erloschenen Pfeifen und paffen imaginäre Rauchwölkchen in die Luft; andere nehmen trockene Zweige vom Boden und zeichnen dicke, regenschwere Wolken in den Staub.

Tausend Jahre frommes Beten

RAKETENWISSENSCHAFTLER, sagt Herr Shi, wenn die Leute ihn fragen, was für einen Beruf er in China ausübt. Pensioniert, fügt er aus Bescheidenheit hinzu, wenn die Leute staunen. Herr Shi hat den Ausdruck während eines Zwischenstopps in Detroit von einer Frau gelernt, als er versuchte, ihr seine Arbeit zu erklären, und Bilder zeichnete, wenn sein Englisch ihn im Stich ließ. »Ein Raketenwissenschaftler!« rief die Frau und lachte laut.

Die Menschen, die er in Amerika kennenlernt, sind ohnehin immer freundlich, und sie werden noch freundlicher, wenn sie seinen Beruf erfahren, deswegen wiederholt er die Worte, wann immer es sich fügt. Erst seit fünf Tagen ist Herr Shi zu Besuch bei seiner Tochter, die in einer Kleinstadt im Mittleren Westen lebt, und schon hat er etliche Bekanntschaften geschlossen. Mütter, die kleine Kinder in Buggys schieben, winken ihm zu. Ein altes Ehepaar, er im Anzug, sie im Rock, spaziert jeden Morgen um neun Uhr durch den Park, ihre Hand auf seinem Arm; sie bleiben stehen und begrüßen ihn, immer ist es der Mann, der spricht, die Frau lächelt bloß. Eine Frau aus dem Altersheim einen Block entfernt kommt und unterhält sich mit ihm. Sie ist siebenundsiebzig, zwei Jahre älter als er, und stammt ursprünglich aus dem Iran. Obwohl sie beide nur gebrochen Englisch sprechen, verstehen sie sich problemlos und werden in Null Komma nichts Freunde.

»Amerika gutes Land«, sagt sie oft. »Söhne machen reiches Geld.«

Amerika ist in der Tat ein gutes Land. Herrn Shis Tochter arbeitet als Bibliothekarin in der Ostasienabteilung der Universitätsbibliothek und verdient in einem Jahr mehr, als er in zwanzig Jahren verdient hat.

»Meine Tochter, sie verdient auch viel Geld.«

»Ich liebe Amerika. Gutes Land für jeden.«

»Ja, ja. Ein Raketenwissenschaftler bin ich in China. Aber sehr arm. Raketenwissenschaftler, verstehen Sie?« sagt Herr Shi, und seine Hände formen ein steiles Dach.

»Ich liebe China. China ein gutes Land, sehr alt«, sagt die Frau.

»Amerika ist junges Land, wie junge Leute.«

»Amerika glückliches Land.«

»Junge Leute sind glücklicher als alte Leute«, sagt Herr Shi, aber dann wird ihm klar, dass das eine völlig unvermittelte Schlussfolgerung war. Er selbst fühlt sich in diesem Moment glücklicher als je zuvor im Leben. Die Frau neben ihm, die alles aus triftigen Gründen oder auch grundlos liebt, scheint ebenfalls glücklich zu sein.

Manchmal lässt beide ihr Englisch im Stich. In diesem Fall schaltet sie auf Persisch um und mischt ein paar englische Wörter darunter. Herrn Shi fällt es schwer, Chinesisch mit ihr zu sprechen. Dann redet zehn oder zwanzig Minuten nur sie. Er nickt und lächelt unentwegt. Er versteht nicht viel von dem, was sie sagt, aber er spürt ihre Freude beim Sprechen, die gleiche Freude, die er beim Zuhören empfindet.

Herr Shi beginnt sich auf die Vormittage zu freuen, wenn er im Park sitzt und auf sie wartet. »Madam« sagt er zu ihr, da er sie nie nach ihrem Namen gefragt hat. Madam liebt Farben, Rot und Orange, Lila und Gelb, von denen er nicht gedacht hat, dass eine Frau ihres Alters oder ihrer Herkunft sie tragen würde. In ihrem dünnen Haar stecken zwei Haarspangen aus

Metall, ein weißer Elefant und ein blaugrüner Pfau. Sie wippen vor und zurück, und das erinnert ihn an seine Tochter als kleines Mädchen – bevor ihr Haar lang gewachsen war, hing ihr immer ein Schmetterling aus Plastik locker in die Stirn. Einen kurzen Augenblick lang will Herr Shi Madam erzählen, wie sehr er die Zeit vermisst, als seine Tochter noch klein und das Leben voller Hoffnung war. Doch noch bevor er zu sprechen ansetzt, ist er überzeugt, dass sein Englisch dafür nicht ausreicht. Außerdem spricht er nicht gern über die Vergangenheit.

Abends, wenn seine Tochter nach Hause kommt, hat Herr Shi bereits gekocht. Nach dem Tod seiner Frau hat er einen Kochkurs gemacht und die Kochkunst mit der gleichen Leidenschaft studiert, mit der er als junger Mann Mathematik und Physik studiert hat. »Jeder Mensch ist mit mehr Talenten geboren, als er anwenden kann«, sagt er beim Abendessen. »Ich hätte nie gedacht, dass ich einmal kochen werde, aber ich kann es, besser, als ich geglaubt habe.«

»Ja, wirklich imponierend«, sagt seine Tochter.

»Und so ist es auch mit dem Leben.« Herr Shi wirft seiner Tochter rasch einen Blick zu. »Es hält mehr Glück bereit, als wir jemals erfahren werden. Wir müssen üben, danach Ausschau zu halten.«

Seine Tochter erwidert nichts. Obwohl er stolz auf seine Kochkünste ist und sie ihn dafür lobt, isst sie sehr wenig, und das auch nur aus Pflichtgefühl. Er macht sich Sorgen, weil sie nicht mit der Begeisterung lebt, mit der sie leben sollte. Natürlich hat sie ihre Gründe, sie ist nach sieben Jahren Ehe frisch geschieden. Sein ehemaliger Schwiegersohn ist nach der Scheidung für immer nach Beijing zurückgekehrt. Herr Shi weiß nicht, was das Boot ihrer Ehe gegen einen verborgenen Felsen hat treiben lassen, doch was immer es war, es kann nicht ihre Schuld gewesen sein. Sie hat das Zeug zu einer guten Ehefrau, eine leise Stimme und ein großes Herz, sie ist pflichtbewusst und schön, eine jüngere Version ihrer Mutter. Als ihn seine Tochter anrief und von der Scheidung berichtete, stellte sich Herr Shi vor, dass sie untröstlich wäre, und wollte nach Amerika kommen, um ihr zur Seite zu stehen. Sie lehnte ab, und er begann, täglich anzurufen, um sie umzustimmen, und gab eine ganze Monatsrente für die Ferngespräche aus. Schließlich war sie einverstanden, als er sagte, dass er sich zu seinem fünfundsiebzigsten Geburtstag wünsche, einen Blick auf Amerika zu werfen. Es war gelogen, doch die Lüge erwies sich als gute Ausrede. Amerika ist es wert, einen Blick darauf zu werfen; mehr als das, Amerika macht einen neuen Menschen aus ihm, einen Raketenwissenschaftler, einen charmanten Plauderer, einen liebevollen Vater, einen glücklichen Mann.

Nach dem Abendessen zieht sich Herrn Shis Tochter entweder in ihr Zimmer zurück und liest, oder sie fährt weg und kommt erst spät wieder nach Hause. Mr. Shi möchte gern mit ihr ausgehen, mit ihr die Filme sehen, von denen er glaubt, dass sie sie allein anschaut, doch sie lehnt höflich, aber bestimmt ab. Gewiss ist es nicht gesund für eine Frau, insbesondere eine nachdenkliche Frau wie seine Tochter, zuviel Zeit allein zu verbringen. Er redet mehr als sonst, um sie aus ihrer Einsamkeit zu locken, stellt Fragen nach dem Teil ihres Lebens, von dem er nichts mitbekommt. Wie war die Arbeit? fragt er. Okay, sagt sie müde. Er lässt sich nicht entmutigen und fragt nach ihren Kollegen, ob es mehr Frauen oder Männer sind, wie alt sie sind, ob sie Kinder haben, wenn sie verheiratet sind. Er erkundigt sich, was sie mittags isst und ob sie allein isst, an was für einem Computer sie arbeitet und welche Bücher sie liest. Er fragt nach ihren alten Schulfreunden. Er glaubt, dass sie aufgrund der Schande der Scheidung keinen Kontakt mehr zu ihnen hat. Er fragt nach ihren Zukunftsplänen und hofft, dass sie die Dringlichkeit ihrer Situation begreift. Frauen in den Zwanzigern und Anfang Dreißig sind wie frisch vom Baum gepflückte Litschis: Mit jedem Tag werden sie weniger frisch und begehrenswert, und bald verlieren sie ihren Wert und müssen als Sonderangebot verschleudert werden.

Herr Shi ist klug genug, die Sache mit dem Sonderangebot nicht zu erwähnen. Dennoch kann er nicht umhin, ihr Vorträge über die Fülle des Lebens zu halten. Je mehr er redet, um so mehr rührt ihn seine eigene Geduld. Seine Tochter jedoch macht keine Fortschritte. Sie isst noch weniger und wird jeden Tag stiller. Als er sie schließlich darauf hinweist, dass sie das Leben nicht so genießt, wie sie es sollte, entgegnet sie: »Wie kommst du zu diesem Schluss? Ich genieße mein Leben.«

»Aber das ist nicht wahr. Ein glücklicher Mensch ist nicht so still!«

Sie blickt von ihrer Schale mit Reis auf. »Baba, du warst sehr still, erinnerst du dich? Warst du damals unglücklich?«

Herr Shi hat nicht mit dieser Direktheit seitens seiner Tochter gerechnet und ist unfähig zu antworten. Er wartet darauf, dass sie sich entschuldigt und das Thema wechselt, wie es Menschen mit guten Manieren tun, wenn sie merken, dass sie andere mit ihren Fragen in Verlegenheit bringen, aber sie denkt gar nicht dran. Die weitgeöffneten Augen hinter der Brille und der strenge Blick erinnern ihn daran, wie sie als Vier- oder Fünfjährige dauernd hinter ihm herlief, Fragen stellte und Antworten forderte. Die Augen erinnern ihn auch an ihre Mutter; sie betrachtete ihn zu einer bestimmten Zeit in ihrer Ehe mit dem gleichen fragenden Blick und wartete auf eine Antwort, die er ihr nicht geben konnte.

Er seufzt. »Natürlich war ich immer glücklich.«

»Na also, Baba. Wir können still *und* glücklich sein, nicht wahr?«

»Warum redest du dann mit mir nicht über dein Glück?« fragt Herr Shi. »Erzähl mir mehr von deiner Arbeit.«

»Du hast auch nicht viel über deine Arbeit geredet, weißt du noch? Auch wenn ich gefragt habe.«

»Als Raketenwissenschaftler – du weißt doch, wie es war. Meine Arbeit war vertraulich.«

»Du hast überhaupt nicht viel geredet.«

Herr Shi öffnet den Mund, doch es kommen keine Worte heraus. Nach einer Weile sagt er: »Jetzt rede ich mehr. Ich mache Fortschritte.«

»Klar«, sagt seine Tochter.

»Das musst du auch. Mehr reden«, sagt Herr Shi. »Und jetzt damit anfangen.«

Seine Tochter jedoch ist weniger begeistert. Sie isst wie üblich schweigend rasch auf und verlässt die Wohnung, bevor er mit dem Essen fertig ist.

Am nächsten Morgen gesteht Herr Shi Madam: »Die Tochter, sie ist nicht glücklich.«

»Großes Glück, Tochter zu haben«, sagt Madam.

»Sie ist geschieden.«

Madam nickt und beginnt, Persisch zu sprechen. Herr Shi ist nicht sicher, ob Madam weiß, was das Wort Scheidung bedeutet. Eine Frau, die so überschwenglich in die Welt verliebt ist, muss vor den Unbilden des Lebens beschützt worden sein, von ihrem Mann oder ihren Söhnen vielleicht. Herr Shi betrachtet Madam, ihr strahlendes Gesicht, während sie erzählt und lacht, und er beneidet sie nahezu für die Energie, die seine vierzig Jahre jüngere Tochter nicht aufbringt. Heute trägt Madam eine leuchtend orangefarbene Bluse, gemustert mit lila Affen, die durcheinanderpurzeln und grinsen; auf dem